大統領の料理人⑧

ほろ苦デザートの大騒動

ジュリー・ハイジー　赤尾秀子 訳

All the President's Menus

by Julie Hyzy

コージーブックス

挿画／丹地陽子

愛と感謝をこめて
レニーに

謝辞

今回、オリーの冒険の主舞台はペンシルヴェニア通りにあるブレアハウス、大統領の賓客の宿泊施設です。執筆にあたっては、ブレアハウスの歴史をはじめ、内部のレイアウトなどを詳しく調べましたが、残念ながらレイアウトに関しては、本書に具体的に記すことができません。そこでわたしなりに改装して描きました。もし、実際のブレアハウスに滞在なさったことがあり、本書の記述に大きな疑問をもたれたら、どうかご連絡くださいませ。貴重な体験をおもちの方と、ぜひ意見交換させていただきたいと思います。

数年まえのことになりますが、わたしが本シリーズのタイトルに悩んでいたとき、娘のロビンが友人のジェイミー・ポーグに相談したところ、楽しいタイトルをたくさん考えてくれました。本書（原題 *All the President's Menu*）はそのひとつを拝借したものです。ありがとう、ジェイミー！

また、わたしがフェイスブックで架空の国名について語ったら、エレーン・ワインマン・ミラーがすばらしいアイデアを提供してくれました。本書の〝サールディスカ〟は、彼女のおかげで誕生した国です。

それにしても、わたしは編集者に恵まれました。バークリー・プライム・クライムのナタリー・ローゼンスタインと彼女のアシスタント、ロビン・バーレッタに心からの感謝を。ステイシー・エドワーズ、エリカ・ローズをはじめ、原稿段階から刊行まで、わたしを励ましつづけてくれた方々にも、この場を借りて感謝いたします。

テクノ・ブックスのラリー・セグリフはどんなに忙しくても、わたしのeメールにかならず答えてくれ、彼のおかげでスムーズに進行できました。

わたしのエージェント、ペイジ・ウィーラーの熱意にはいくら感謝してもしきれません。

そしてコージー・プロモのみなさん、ほんとうにありがとう。

最後に、愛する家族を抱きしめて熱いキスを。

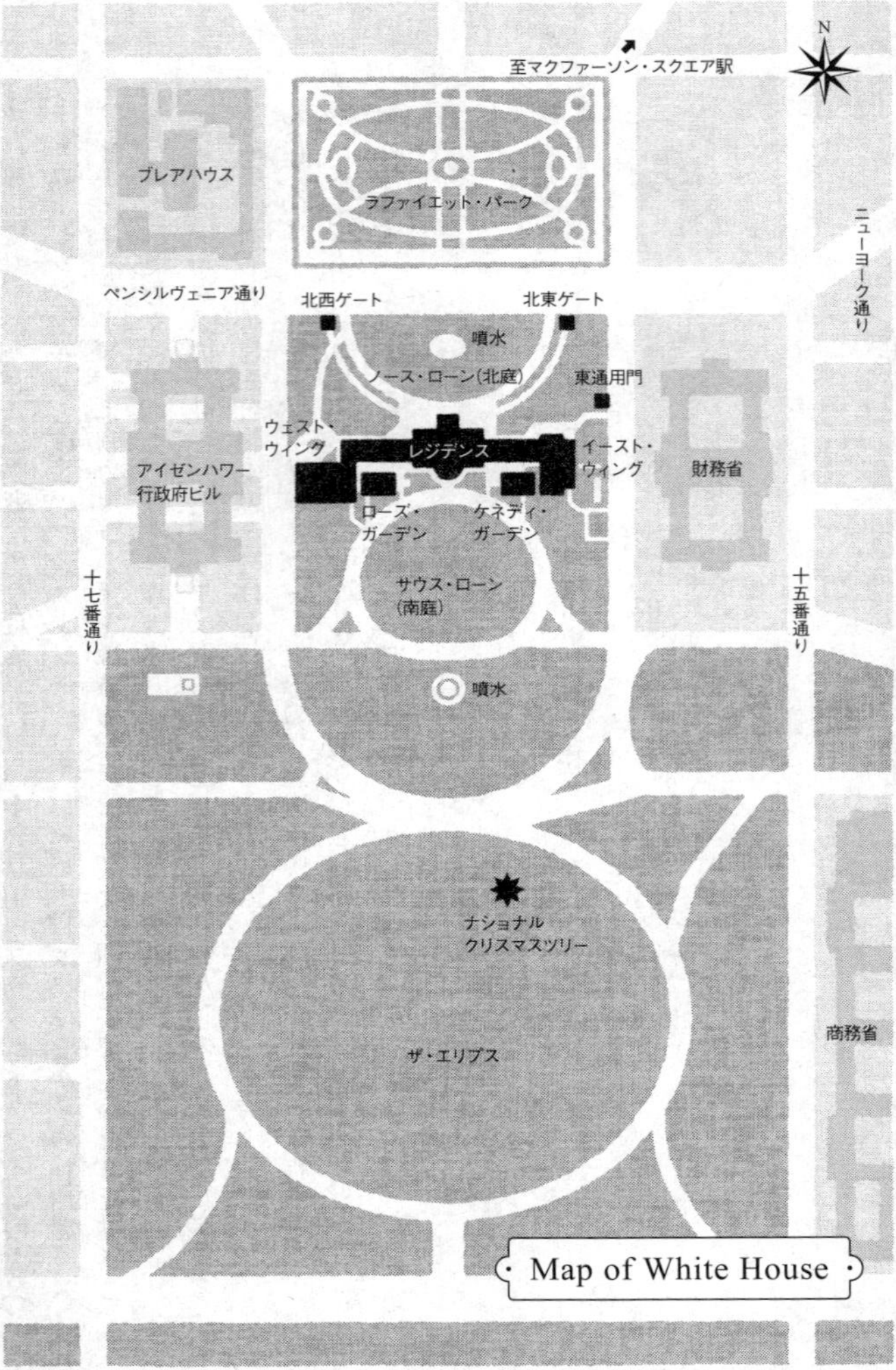

至マクファーソン・スクエア駅
N
ブレアハウス
ラファイエット・パーク
ニューヨーク通り
ペンシルヴェニア通り
北西ゲート
北東ゲート
噴水
ノース・ローン（北庭）
東通用門
ウェスト・ウィング
レジデンス
イースト・ウィング
アイゼンハワー行政府ビル
財務省
ローズ・ガーデン
ケネディ・ガーデン
十七番通り
十五番通り
サウス・ローン（南庭）
噴水
ナショナルクリスマスツリー
商務省
ザ・エリプス
Map of White House

ほろ苦デザートの大騒動

主要登場人物

オリヴィア（オリー）・パラス……ホワイトハウスのエグゼクティブ・シェフ
バッキー……アシスタント・シェフ
シアン……アシスタント・シェフ
マルセル……エグゼクティブ・ペイストリー・シェフ
ピーター・エヴェレット・サージェント三世……総務部長兼式事室長
マーガレット……サージェントのアシスタント
パーカー・ハイデン……アメリカ合衆国の大統領
レナード・ギャヴィン（ギャヴ）……主任特別捜査官。オリーの夫
キリアン……サールディスカのシェフ。訪問団のリーダー
ティボル……サールディスカのシェフ
ヘクター……サールディスカのシェフ
ネイト……サールディスカのシェフ
クレト・ダマー……サールディスカの役人
ケリー・フライバーグ……サールディスカの大統領候補

1

ホワイトハウスのエグゼクティブ・シェフとして、わたしの務めは大統領一家の日々の食事をつくること、ゲストをおいしい料理でもてなすことだ。シェフという職務を重くうけとめ、厨房のメンバーを誇りに思い、ささやかながら、母国アメリカの役に立っているのでは、と自負している。

ただ、この何年か、ときに料理以外の仕事もこなし、シークレット・サービスの不評をかった。といっても、自分から火中の栗を拾ったわけではない（まあ、ほとんどの場合は）。気がつけば大統領をとりまく危機や陰謀などに巻きこまれ、頑固な性質と大きな運に恵まれたおかげでなんとか乗りきることができただけ――。

ハイデン大統領とファースト・レディは一度ならず、もっと裏方に徹する料理人のほうが良いと思ったらしいけれど、いまでは料理に限らずいろんな面で、ご家族みんなと心を通わせることができている。

数カ月まえ、わたしはシークレット・サービスの特別捜査官レナード・ギャヴィンと結婚式を挙げた。それもここ、ホワイトハウスで、わたしの知らないうちに準備されたサプライズ結婚式――。同僚や友人、家族に囲まれ、わたしの人生は大きく変わった。式のあとは、厨房仲間のバッキーとシアンがつくってくれたおいしい料理をみんなでいただき、そろそろ冒険はよしておちつくんだよ、と温かいお説教をされ、わたしは素直に大きくうなずいた。ほんとにもう、テロリストや犯罪者と戦ったりすることはない……と思う。

結婚してからは、穏やかな日々がつづいた。とっくみあいもなければ、銃で狙われたり、手足を縛られたりすることもなく、それだけで十分、平和といえる。

ただ、いまこの時は、厨房のカウンターで頬杖をつき、ぴかぴかのステンレスを指でとんとん叩いている。

命の危険をともなう冒険とまではいかなくても、何か気晴らしがほしい。

残念なことに、政府の支出削減《セクエスター》が決定され、公式晩餐会は延期になってパーティは中止、政府がゴーサインを出すまで、外国からの訪問団は受け入れないのだ。

わたしは時計に目をやった。バッキーは用事を終えていつもどってくるかしら……。こんなに暇だとうんざりする。時間を忘れ、夢中になれる仕事がほしい。晩餐会にどんな料理を出せばよいか、ゲストが後々まで友人に語ってくれるような前菜、主菜を考えたい。装花係やソムリエと打ち合わせたい。もちろん、天下一品のデザートをつくるペイストリー・シェフのマルセルとも。

大統領ご夫妻に、あしたのディナーはゲストが百人です、といえたらどんなにいいだろう。七品目のコースを指定されたってかまわない。時間に追われ、髪ふりみだして仕事をするほうが、頬杖ついて過ごすより何百倍もいい。

それに何より、早くシアンにもどってきてほしかった。

支出削減中、職員は必要最低限のみとされ、ほかは一時解雇になる。そしてシアンは後者だった。わたしはシアンを厨房に不可欠のスタッフと考えているけれど、人件費の削減という観点から、わたしにはひと言の相談もなく決められてしまった。

ただ厨房は、バッキーとふたりでなんとかきりもりできた。彼が一時解雇にならなかったのは幸運としかいいようがない。もしわたしひとりきりになったら、気がふれてしまうだろう。

フランス訛《なま》りが年々濃くなるエグゼクティブ・ペイストリー・シェフのマルセルは、残留組だった。反ハイデン派の人たちは、大統領の家族が甘党だからだと批判するけれど、ぜんぜんそんなことはない。むしろデザートにはあまり関心がなく、香りのよい料理のほうに目を輝かせる。

大統領がマルセルを一時解雇にしなかったのは、交渉のテーブルには味も外見も絶妙なスイーツがあったほうがよいと考えたからだ。わたしがつくるステーキ・サラダやロブスター・ビスク、ポーク・サンドイッチは空腹を満たすけれど、気難しい参加者たちが顔をほころばせるのは、なんといってもマルセルのデザートだろう。

不満をいうべきではない、というのはわかっている。シアンの不在はさておき、ヴァージルもいなくなったのだ。数カ月まえ、ファースト・レディが彼に、アンガーマネジメントを受けて厨房スタッフに謝罪するか、でなければホワイトハウスを去るようにと最後通告した。ヴァージルはエグゼクティブ・シェフのわたしを無視して勝手にふるまい、その最悪の場面をファースト・レディが目撃してそうなった。

以来、ヴァージルからは何の音沙汰もないけれど、総務部長のピーター・エヴェレット・サージェント三世によれば、ヴァージルはいまもワシントンDCにいるらしい。ただそれ以外、アンガーマネジメントを含め、何をしているかはまったく不明。もちろん、厨房スタッフへの謝罪はないから、このままだと職場復帰はないだろう。

いずれにしても、支出削減が解かれるのを待つしかなかった。ただ、やはりシアンのことは心配でならない。期限がわからないまま、ずっと給与をもらえないから、暮らしはたいへんになるだろう。

ともあれ、ホワイトハウスの職務のうち、調理は大きな問題をはらむものでもないし、あり余る時間をなんとか潰すしかない。

「おはよう、ミズ・パラス」声がしてふりむくと、入り口にサージェントとアシスタントのマーガレットがいた。サージェントはいつものごとく、警戒心いっぱいのリスの目をしている。マーガレットはタブレットを持ち、大きなべっ甲フレームの眼鏡の向こうからじっとわたしを見ていた。どちらもにこりともしないけれど、それは珍しくもなんともない。珍しいのは、ふたりいっしょに厨房に来ることで、ついこのまえも、その珍しいことがあった——シアンの一時解雇を告げに来たときだ。わたしは気持ちをひきしめ、どうかバッキーまでそうなりませんように、と願った。

サージェントがつかつかと歩いてきて、マーガレットがその後ろにつづく。

「多忙きわまりないきみの邪魔をするようで悪いんだが」静まりかえった厨房を見まわして、小さくにやりとする。「白昼夢を見るので忙しいのかな？」

「ご用件はなんでしょう？」もう何年もつきあってきたから、サージェントの嫌味には慣れている。それに難問に直面したとき、彼は頼りになる人だとわかった。ただし、日常のことになると、口うるささには辟易する。

サージェントはマーガレットをふりむいた。

「きみから話したまえ」

マーガレットは四十代なかばで、小柄なサージェントよりもっと小柄だ。きゃしゃな指、大きな目、黒い髪は短めのボブカット。スーツは体にぴったりだから、ひょっとして、サージェントと同じ仕立て屋さんとか？

「お伝えすべき重要事項がいくつかあります」咳払いをして、タブレットの画面に視線をおとす。「最初は、ピーター・エヴェレット・サージェントが受信したメールで、送信者はパーカー・ハイデン」視線をあげ、おわかりですね、という顔をする。いくらわたしでも、ハイデン大統領の名前を忘れたりしませんよ、マーガレット——。

「気をもたせず、用件のみ伝えなさい」と、サージェント。

マーガレットは唇を結び、眼鏡のフレームを指先でつっとあげてからつづけた。

「サールディスカの高官を、約二週間後に晩餐でお迎えします」ちらっとサージェントに目をやる。「ふたつめは国務長官からで、サールディスカのシェフたちは当初の予定どおりこの厨房を訪問し、すでにこちらに向かっています」

「サールディスカのシェフが来るの？　支出削減の時期なのに？」

わたしが訊くと、マーガレットは「それが何か問題ですか？」といった。「あなたは伝達された内容をうけとめれば、それでよいのでは？」

その物言いに、さすがのサージェントもいささか驚いたらしい。

「いや、まあ……ミズ・パラスも承知だと思うが、サールディスカの料理人たちの訪米は一年以上まえに決まっていたからね、大統領もキャンセルするのは気が進まなかった」

二国間の大きな外交努力のすえに決定された計画だということは、わたしも知っている。だけどそれでも……。

「支出削減下でもキャンセルしなかったの？　予定どおり、あしたここに来るということ？」

サージェントはうなずいた。

わたしは目をつむり、鼻をつまんで考えた。ほんの数分まえ、忙しいほうがいいと思ったばかりだけれど。

「支出の削減が決まったとき」と、サージェント。「すべてキャンセルされた。しかしホワイトハウスに限定して考えた場合、国家間交渉に支障が出かねないものもある。サールディスカはそのひとつだ」

わたしは目まぐるしく考えた。フランスやカナダのシェフだったら、政府も礼儀を失しないかぎり、計画を延期できただろう。だがサールディスカとなると、そうもいかない。この国はアメリカの友人でもあり敵でもあるからだ。この十年以上、政治的、イデオロギー的に衝突したことがないからといって、すべてに意見の一致をみているわけではない。むしろ、一致していないほうが多いだろう。

思いがけない変更だった。当初はサールディスカのシェフをどうやって迎えるか、いろいろプランを練っていたものの、支出削減が決まって以降、頭のなかから完全に消えていた。あのころのメモを引っ張りだして、もう一度検討しなくては——。

そんなこんなを考えながら、ふと気づくと、サージェントがまだそこで何かしゃべっていた。

「サールディスカは軽視できないため、かわした約束は尊重すべきという結論になった」

「キャンセルしない可能性があるならあるで、もう少し早く教えてもらいたかったわ」

サージェントの口の端がぴくりとあがった。

「大統領はきみを会議に加えなかったことをさぞかし後悔しているだろう」

嫌味は聞き流すにかぎる。「それで、滞在期間は？」

「二週間」

「えっ、二週間？」声がうわずった。「たしか三、四日だと思っていたけど」当初の予定ではそうだったはず。早くメモを読み返さなくては——。

「ミズ・パラス、この世に変化しないものはない」まじめくさって。「サールディスカの次期大統領候補がわが国に滞在する期間と、料理人たちがきみとともに仕事をする期間がたまたま一致した。候補者がわが国の視察を終えた後に、ハイデン大統領主催の晩餐会が催される」

「〝候補者〟ということは、つぎの大統領に名乗りをあげた人なの？」どうにも信じがたかった。十年、二十年たとうと、いまの大統領が権力の座を退くとは思えないからだ。

「そう、名前はケリー・フライバーグだ。ニュースを見ていればわかるだろう。彼女はサールディスカで大きなキャンペーンをはっている」

ニュースはチェックしているけれど、フライバーグの訪米は報じられていない。

「いままで女性の大統領はひとりもいないわよね？」

「おそらく勝てないだろうが、ここまで大きくとりあげられた女性候補は、彼女が初めてだ」ぶひっと鼻を鳴らす。「彼女は国際関係の重要性を主張しているから、アメリカ合衆国訪問は当然ともいえる」

「二週間の滞在ね……」わたしは額をこすった。準備を整えなくてはいけない。それも早急に。「必要な情報を教えてください。晩餐会の予定日は？　一度じゃなく何度かやるのかしら？　ご本人とスタッフの食材注意事項はある？」

わたしはほしい情報を一つひとつ挙げ、マーガレットがメモしていく。

「わかりしだい知らせよう」わたしがひと息ついたところでサージェントがいった。「追加で何かあれば知らせる。では、ほかの部署にも行かなくてはならないので失礼するよ。われわれも忙しいのでね」

それからしばらくして、秋の木の葉の香りを漂わせながらバッキーがもどってきた。ウィンドブレーカーを脱いで、わたしの肩ごしにメモを見おろす。わたしはとりあえず思いついたまま書き留め、あとでまとめるつもりだった。

「何かあったのか？」

暇をもてあましていた三十分まえとは大違いで、やるべきことが山ほどできた。バッキーを見上げ、にっこりする。

「お客さまをお迎えすることになったの」

2

その日の午後、ハイデン大統領の長男ジョシュアが、調理のレッスンにやってきた。わたしは痛む胸で少年に、これからしばらくレッスンはできなくなったと告げる。

「最低、最悪」ジョシュアは思いっきり顔をしかめた。わめきたてるような子ではないけれど、口調はいやでも不機嫌になる。「国の支出なんとかで、もっとレッスンできると思ったのに」

「ええ、わたしもそう思ったんだけど。おちついたら、新しいレッスン計画をつくろう。ね？」

少年はうつむき、うなずいた。

「厨房に外部の人がいるあいだ、シークレット・サービスはたぶん、ジョシュアを厨房のなかに入れてくれないでしょう」

「いつもそばにいて、うるさいんだ」

「ジョシュアを守るためよ」少年の髪をくしゃくしゃっとなでる。「とっても大事な仕事だわ」

ジョシュアは口をとがらせながらもうなずいた。

「でも、きょうはレッスンできるよね?」

きょうじゅうに仕上げなくてはいけないことが山積している。だけどこれ以上、ジョシュアをがっかりさせることもできなかった。

「もちろんよ。さあ、始めましょう!」


翌日、サールディスカのシェフ訪問団は午前中に到着するはずだった。人数は四人。必要な書類はきのうのうちに届き、今回の訪問受け入れが支出削減中の例外である理由も簡単に添えられていた。

ハイデン大統領と補佐官たちは、サールディスカ政府はシェフの訪問キャンセルを侮辱ととらえるだろう、気むずかしい国から政治的批判を浴びて悪評をたてられるよりは受け入れたほうが無難、と考えたらしい。

わたしとしては、ほんの少しでいいから相談してほしかったと思う。なんといっても料理人の訪問だから、この厨房が外交の場に等しくなるのだ。サールディスカの人たちはホワイトハウスの厨房のようすを知りたくてたまらないだろう。

すでに一部の国はサールディスカ政府のやり方を蔑視し、相手にしなくなった。そして国連でも、そのような無視が広がる可能性は否定できないといわれる。

バッキーとわたしはゆうべのうちに書類に目を通したけれど、内容はずいぶん薄く、パスポートの写真の顔は怖くて指名手配犯のようだった。四人の出身地と、どこで調理を学んだかも書かれてはいたものの、それ以外の個人情報はほとんどない。

「たいした内容じゃないな」

「名前と顔をまちがえないようにしないとね——キリアン、ティボル、ヘクター、ネイト。四人いっしょに会ったら、混乱しかねないわ」

「ながめて楽しい顔とはいえない」

わたしは思わず笑ってしまった。

「パスポートの写真なら、わたしだって似たようなものよ」

「男はみんなそうかな」

「キリアンとティボルが、ほかのふたりより地位が高いみたいね。だけど、《世界の首脳のシェフ・クラブ》には、去年も今年も招待されていないわ」

「さぞかし、むかついただろうな」

「国として軽視されたように感じてもおかしくないわね。今度の特例の訪米がうまくいけば、彼らも少しは溜飲が下がるでしょう」

バッキーは後ずさると、腕を組んだ。

「いいかげんにしてほしいよな。これ以上、ぼくらにプレッシャーをかけないでほしい」うんざりしたように。「ただでさえ、人手不足なんだから」

わたしはため息をついた。バッキーのいうとおりだと思う。今度の訪問が成功するかどうかは、わたしたちの肩にかかっているのだ。でも、だからこそ、わくわくもした。外交の重要なプロジェクト。サールディスカのシェフたちに、早く会いたくてたまらない。

「わたしたちは厨房大使ってところね。政治的な交渉とは関係なく、外国人シェフに気分よく過ごしてもらうのが仕事だわ。問題が起きないように気を配らなきゃ。それくらいなら、わたしたちにもできるでしょう」

「ボスがそういうなら、たぶんね」

「ええ、なんとかなるわ」

それからほどなくして、男性シェフが四人、シークレット・サービスふたりに付き添われて厨房にやってきた。それぞれ自己紹介してから、わたしが厨房を案内する。四人はたまに質問をして、感嘆か嘲笑かわからない声を漏らした。

ホワイトハウスに入るのを許可されれば、この厨房にかぎらずペイストリー・キッチンや配膳室なども見学できる。センター・ホールはもちろん、このフロアのどこにでも行けるものの、かならず付き添いがいなくてはならない。

マルセルも厨房に来て、サールディスカのシェフ四人をペイストリー・キッチンの見学に連れていった。わたしとバッキーは、ファースト・レディのランチ・ミーティング用の軽食を給仕に渡したらすぐ、彼らに同行するつもりだった。大統領の食事は二十分まえ、西棟《ウエスト・ウイング》に送ってある。

四人のうちひとりが厨房にもどってきた。殴り合いでもするかのように拳をふりあげて早足で、わたしやバッキーと視線を合わせようともしない。

彼の名前は何だったかしら……。

「ティボル」わたしは声をかけた。

彼はステンレスのキャビネットを端から順ぐりに開けては閉め、閉めては開けていく。ガチャン、ガチャンという音が、彼の苛立ちを表わしているように思えた。

「何かさがしているの？」

彼が怖い顔でふりむいた。長身で体格もいいけれど、年齢はたぶん、わたしより十五歳は上だろう。赤ら顔には皺が刻まれ、黒髪はジェルで後ろになでつけられている。

「ネイトがわたしに、新しいシェフ・エプロンを持ってこいといった。しかしながら――」両手でぐるっとキャビネットを示す。「これでは見つけられない。戸棚はみなおなじ。区別がつかない」

わたしとバッキーの目が合い、彼は唇をきゅっと結んで顔をそむけた。ティボルの言い方には明らかにばかにした調子があり、バッキーはいい返したいのをこらえたのだろう。こういう状況では、たわいない口喧嘩でも国家間の問題に発展しかねない。つまりバッキーは、わたしに任せたということだ。

「予備のエプロンなら、あのキャビネットに――」そちらを指さす。「あるわよ」これで六つのキャビネットが、無駄にガチャガチャされずにすむ。「ネイトのエプロンが使えなくなったの？」

ティボルは愚かな質問だといわんばかりに鼻を鳴らした。

バッキーもおなじような音を漏らしたけれど、たぶん同意を示したものだろう。でもティボルはバッキーに視線を向けようとさえしなかった。

四人のシェフはここに来てまだ数時間とはいえ、個性の違いはぼんやりとうかがえる。ともかくティボルは、四人のなかでいちばん短気らしい。わたしのことが気に入らないのか、それとも女性全般を嫌っているとか？

「なぜ、何もかも見えないようにしてしまう？」

ティボルが話すと下の歯だけが見え、なつかしい〈おかしなカップル〉や〈ドクター刑事クインシー〉のジャック・クラグマンを思い出した。でなければ、漫画の犬のマトリーか。

ティボルはまたキャビネットに手を振った。

「なぜ、隠すのか？」

「たしかに、ガラス扉ならすぐ見つけることができるでしょうけど……」

タキシード姿の給仕長が、ファースト・レディの軽食をとりにきた。

「そうすると、なかが乱雑なのもひと目でわかってしまうでしょ？」

わたしはほほえんだ。でもティボルは、にこりともしない。

わたしとバッキーは軽食に蓋をして――ピタのチキン・サンドイッチ、キノアとチキンのスープ――給仕長がカートにのせた。

「よろしくね、ジャクソン」

「はい、お任せを」ジャクソンはウインクした。「いい香りがして、とてもおいしそうだ」

給仕長が出ていくと、ティボルはエプロンを手にとりながら、また顔をしかめた。

「アメリカ人は、理解に苦しむ」

バッキーのほっぺたがぴくぴくっとした。まいったわね……これが二週間もつづくんだわ。ティボルにいい返したい気持ちをぐっとこらえる。何より大事なのは自制心。そして頭を働かせること。知り合って間がない人に、きつい言葉を返すのは禁物だ。

「もし何かわからないことがあったら、遠慮せずに訊いてね」精一杯、気楽な調子でいってみる。

「気遣いは無用」

誰だって、心の内を見せたくなければどうしても無愛想になる。四人について、あれこれ考えるのはもうよそう。彼らだって、初めて足を踏み入れたホワイトハウスで、気持ちはおちつかないはずだ。気まずさは、お互いさまということで――。

「そろそろ上に行かない？」わたしは天井を指さして、バッキーとティボルにいった。〝上〟というのはペイストリー・キッチンだ。

到着してみると、マルセルは彼のデザート王国で熱弁をふるっていた。

ここは配膳室の真上で、位置的には中二階レベルになる。窓もなく、とっても狭い。そしてきょうは、狭苦しい空間に体格のいいサールディスカ人が四人もいるせいか、いやに暖かく感じられた。また、彼らが最後にお風呂に入ったのはいつかしら、と思わせるようなにおいまで……。バッキーとわたしは入り口ぎわで立ち止まった。正直いって、閉所恐怖症になった気分だ。

でもマルセルは気にならないのか、あるいはこういう状況に慣れているのか、本領を発揮できていた。黒い肌に輝く瞳は、プライドに満ちている。彼はいま、何十回という公式晩餐会で披露した自慢のデザートのサンプルを一つひとつ解説しているのだ。マルセルの前任のエグゼクティブ・ペイストリー・シェフは、デザート史に名を残す作品を展示できるよう、壁にガラスの戸棚を設けていた。古いものは劣化や埃のために棚からはずされていたものの、マルセルが絶対的自信をもつ逸品は常時飾られている。それは何年かまえ、大統領が著名な作家レイ・ブラッドベリを晩餐に招待したときのデザートで、あのときはわたしもうっとり見とれてしまった。お砂糖でつくった愛らしいタンポポの花束が、同じく食べられる花瓶に入れられ、テーブルの中央に置かれていたのだ。

ところがキリアンは――サールディスカ訪問団のリーダーで、国内トップクラスのシェフだ――色白の顔を左右に振って眉根を寄せた。ぷっくりした指で、髪がなくなった頭のてっぺんをこする。五十代に見えるけれど、ひょっとするともっと若いかもしれない。お腹はでっぷりし、ほっぺたも血色よくふくらんで、見た目は成功したビジネスマンといったところだ。

「この花はただの雑草ではないか？」

四人とも英語は話せるけれど、いちばん流暢なのはこのキリアンだろう。

「気品のある晩餐を、なぜ雑草で飾る？」

「いえいえ、タンポポは特別な花で――」マルセルは優雅なフランス訛りで説明しはじめた。おそらくこの質問を予想していたのだろう、すぐそばの棚から古い本を一冊とって掲げた。それはブラッドベリの半自伝的小説『タンポポのお酒』で、マルセルは大統領がいかにこの作品を、いまは亡き大作家を愛していたかを語った。

タンポポのぎざぎざの葉、美しく咲いた黄色い花がお砂糖でできているとはとても思えなかった。わたしでさえ、手で触れて確かめたくなるほどだ。でも、マルセルがこの狭いキッチンでつくるものはどれも、ただの飾りではなく食べることができる。その精巧さ、技術と感性のすばらしさは言葉ではいいつくせない。

マルセルはわたしの料理の腕を誉めてくれるけれど、とんでもない、彼はわたしの数段上をいく才能の持ち主だ。マルセルの作品を誰でも鑑賞できるよう、スミソニアン博物館で展示すればいいのに、とさえ思う。

そういえば、ティボルがここに来てすぐネイトに渡したエプロンは、いまもカウンターに置かれたままだ。それに、どうしてわざわざ厨房から持ってきたのだろう？　このキッチンにも予備はあるのに……。

マルセルは作品解説をつづけ、自宅待機中のスタッフにも触れている。わたしはそのあいだ、四人の顔と名前を復習した。

　しばらくまえ、四人を厨房からここへ送り出したあと、わたしは記憶力に自信がないとバッキーに愚痴った。

「キリアンは大丈夫なんだけど」背が低く、丸々として、訪問団を率いるリーダーでもある。

「ほかの三人のうち」バッキーは写真のひとつを指さした。「彼のことは〝ティボル雷帝〟とでも呼ぶか？」

「キリアンのつぎに覚えやすいわね。しかめっ面で、いつも不機嫌そうだから。良くも悪くも、それで区別がつくわ」

「うん。むずかしいのは、残りのふたりだな」写真を指先で叩く。

「ヘクターとネイトね……。何か特徴的なところがある？」

「ふたりとも、ホワイトハウスに来たからって、べつにわくわくしている感じはないな」

「ティボル雷帝はわくわくしている？」

　バッキーは首をすくめた。「キリアンは早く仕事にとりかかりたいようだし、ティボルは不機嫌にしていても的を射た質問をする。最低限、やるべきことはやるタイプに見えるよ」

「あとのふたりは無口なのよねえ。ネイトはひと言もしゃべらないでしょ。顔は青白くて無表情で、いてもいなくてもわからないわ」

「だったら、〝無色のネイト〟はどうだ？」

「なかなかいいわね。そうすると、最後のヘクターは……いつもほほえんでいる印象？」

「微笑というより、せせら笑いだろ」両手をあげて、わたしの反論を止める。「はい、はい、撤回します。だけどどのみち四人とも、温かくて穏やかな性格とは思えない」

「わたしたちの仕事は、彼らに気分よくいてもらうことよ。だったら、そうね、〝ハッピー・ヘクター〟にしましょうか？」

「ハッピー・ヘクター？　想像力に富んだ命名とはいえないが、まあ良しとしよう」

そしていまペイストリー・キッチンで、わたしはバッキーと考えたニックネームを反芻《はんすう》しながら四人をながめた。

ティボル雷帝はがっしりした体格、ジェルでなでつけた髪、赤ら顔。一方、無色のネイトは目だったところのない体つき、やや前かがみ。伏し目がちで、一点だけを見つめ、まったく発言しない。四人のなかで、彼がいちばん経験が浅いのだろう、たぶん。ティボルが口をゆがめて腕を組んでいるのに対し、ネイトはどこかおちつきがなかった。

ハッピー・ヘクターはキリアンより若く、背も高く、がっしりしている。そしてめったに口を開かない。顔はまん丸で、唇は両端が上がり、眉毛も上のほうにあるから、いつも何かに驚いているように見える。バッキーはせせら笑いだといったけれど、わたしにはこのヘクターがいちばんつきあいやすいように思えた。

マルセルがタンポポをガラス戸棚にもどしたところで、わたしはネイトに小声で訊いた。

「何があったの？」彼のシェフ・エプロンに赤いジュースのような染みがついているのだ。

これに大声で答えたのはマルセルだった。

「ちょっとしたアクシデントがあったんだよ」新しいエプロンをつかんでネイトに軽く投げ

る。「わたしのせいでそうなった。ほんとうに申しわけない」

ネイトはマルセルの言葉にいっさい反応せず、汚れたエプロンを新しいものにとりかえると、「ありがとう」とティボルにいった。そしてわたしとバッキーににんまりする。「わたしたちの訪問にとっては、幸先が悪い」

「すまない、すまない、わたしがいけなかったんだ」マルセルは両手を振った。「ティボルからラズベリー・ソースの鍋を受けとるときに手がすべってね、ソースがネイトのエプロンに飛んでしまった。いくらあやまっても、あやまりきれない」

どうしてソース鍋を？　わたしが尋ねようとすると、マルセルがまた四人にしゃべりはじめた。

「みなさんがここに来たとき、われらがエグゼクティブ・シェフ、オリヴィアも話したでしょうが、どうか滞在中は、ここの調理場をみなさんの母国の調理場とおなじように気楽に使ってください」マルセルは眉毛を手の甲でこすった。

ネイトとティボルがわたしをふりむいた。もしかして、わたしの肩書きに驚いたとか？

マルセルは鼻をすすり、目の焦点を合わせるかのように、何度かまばたきしてからつづけた。

「お互いの知識と経験を分けあういい機会だから。それぞれの国にとっても有益で……」

マルセルは背後のカウンターの縁をつかんだ。

「うっ、いったい《モン・デュ》……」白目をむいて、のけぞる。「わたしは《ジュ・スイ》……」

明らかにおかしい。わたしはマルセルのそばへ行こうと、呆然としている人たちを押しのけた。

マルセルは口をなかば開き、ぐらりとした。支えを求めてのばした右手は宙をきり、体がねじれて床に倒れこむ。腕がそばの棚にぶつかって、棚の端に置かれていたスタンドミキサーががたがた揺れた。危ない。いまにも落ちそうだ。

マルセルは床で意識を失った。

ミキサーが落ち、マルセルののばした腕を直撃してばらばらになった。せめてもの救いは、頭の上に落ちなかったことだ。

「マルセル！」わたしは彼の横にひざまずいた。腕が床のタイルの上で、後ろ向きに曲がっている。わたしは悲鳴をあげ、バッキーをふりむいた。

バッキーはすでに電話で助けを求めていた。

3

意識を失っても、呼吸はしている。わたしはマルセルの体に触れないよう注意しながら、調理服の首の部分をゆるめた。サールディスカのシェフたちには、できるだけ遠くに離れていてほしいと頼む。

「マルセル――」心臓をどきどきさせながら、小声で話しかけてみる。「お願い、目を開けて」

声が聞こえたかのように、マルセルの体がひくついた。背が丸まり、がたがた震える。わたしは応急処置の訓練を思い出しながら、調理服をもっとゆるめようとした。マルセルは咳をし、血を吐いた。

キリアンが床のマルセルを見つめたまま、「どうした？」といった。「彼は体調が悪いのか？」

わたしは唇を噛んだ。いったいどういうつもり？　意識がなくて腕が折れているのは、見ればわかるでしょ？

電話を終えたバッキーがもどってきて、わたしの横でひざまずいた。

「すぐ来るって」

医学の知識はないから、何が起きたのか見当もつかない。心臓発作だと、意識はなくなるの？　それとも脳卒中？　マルセルは高齢ではないけれど、可能性は十分にある。

部屋の向こうでサールディスカのシェフたちが話しているのが聞こえてきた。彼らもとまどっているらしい。

マルセルの呼吸は荒く、額には汗の粒が浮かんでいる。

ようやく医療部の人たちが到着し、わたしはマルセルの体から離れると、これまでの経緯をできるだけ細かく報告した。

「彼がきょう、何を食べたかは知っている？」若白髪で細身の医師が冷静な口調で訊いた。

「マルセルは仕事中、よく味見をします」マルセルの胴回りを見れば、つくるデザートがいかにおいしいかがよくわかる。ただ、彼は石橋を叩いて渡るタイプだから、食べてはいけないものをうっかり食べるということは考えられない。でも、もしそうだったら？　彼がつくるものに危険はなくても、キッチンには食用以外のものもたくさんある。

「わたしは一日のほとんどを下の厨房で過ごすので——」といったところで思いつき、サールディスカのシェフたちをふりかえった。「マルセルは何か試食したかしら？」食べる動作をしてみせる。英語は十分わかっていると思うけれど、念には念を入れたほうがいい。

四人は顔を見合わせ、キリアンとネイトが頭を横に振った。ティボルは首をすくめる。

「わたしたちは正午の食事の時間に来て——」ネイトがいった。「彼といっしょに食べた」

そういえば、マルセルは彼らのランチを海軍食堂《メス》に頼むといっていた。

ヘクターが目を見開いた。「あなたは何をいいたい？　わたしたちの食事におかしなものが入っていた？」

「そういう意味じゃないわ」

「ちょっと待って」キリアンが一歩前に進み出た。「彼はほかにも食べたし、わたしたちも」指で自分とヘクター、ネイトを示す。「食べたのは、ラズベリー・ソース」

ネイトは顔をしかめ、お腹に手を当てた。「そう、ラズベリー・ソース」

「ティボルが厨房に行ったあと――」ヘクターは見るからにおちつきを失っている。「マルセルが試してみろといった。彼は砂糖と果実だけだといった。あれに何が入っていた？」

わたしは意識のないマルセルに目をやり、吐いたのが血液ではなくラズベリー・ソースであることを願った。

「原因はまだわからないわ。バッキーとわたしがここに来るまえのことを知りたいだけなの」医師のアシスタントの若者を見ると、タブレットをにらんで何やら調べている。わたしは彼に訊いてみた。

「マルセルの既往歴を知らないのだけど、もしかしていま、薬物治療を受けている？」

アシスタントはタブレットから目を離さずにうなずいた。

「いま、ホワイトハウスの記録を確認中です」

医療チームに同行したシークレット・サービスがふたり、わたしたちを螺旋階段のほうへ追いやった。階段の下は配膳室だ。

「あとは専門家に任せてください」

まずバッキーが階段をおりはじめた。わたしは四人のシェフを促してからマルセルをふりかえり、「がんばってね」とつぶやいて、最後におりていく。

配膳室にも、シークレット・サービスがふたりいた。礼儀はわきまえつつも有無をいわせず、サールディスカの四人をカウンターの前に並んで立たせる。彼らが動揺したのは想像にかたくない。

キリアンがバッキーにささやいた。「どういうことだ？」

バッキーは無言で、わたしのほうに手を差し出した。彼女に訊きなさい、という意味なのに、キリアンは無視してバッキーに話しつづけた。

「なぜ、ここにいなくてはならない？　尋問されるのか？」

わたしとバッキーの目が合った。噂によると、サールディスカ国の取り調べや尋問はかなり手荒いらしい。わたしたちを見つめる四人の目には、明らかな怯えがあった。

キリアンの注意をひくため、わたしは一歩前に出た。

「マルセルの状態については、医療部かシークレット・サービスが教えてくれるでしょう」

努めて冷静に話したけれど、マルセルのことが心配で胸が苦しい。

バッキーはわたしから目をそらさない。ほかの四人にもそうさせたいからだろう。

「心配でならない」キリアンは短くそれだけいった。

「ええ、何かわかりしだい、みなさんにもお知らせしますね」

この場の空気をおちつかせたかった。でもわたし自身、不安でたまらない。マルセルは前触れなく突然倒れたのだ。しかもあの腕……。

いや、これ以上考えてはだめだ。自分とバッキーの務めは、ホワイトハウスが招いたサールディスカの人たちに少しでも快適に過ごしてもらうことなのだ。

「マルセルが回復すれば、原因もはっきりするでしょう。わたしたちがあれこれ想像しても仕方ありませんから」

わたしは両手をぱちっと合わせた。これは前任のエグゼクティブ・シェフ、ヘンリー・クーリーが、みんな力を合わせてがんばろう、というときの仕草だ。

「きょうはみなさんに、ホワイトハウスの厨房関連の部屋を見学してもらう予定で、そうするとつぎはチョコレート工房、案内役はマルセルでした。だから彼の早い回復を願って、とりあえず厨房にもどるとしましょう」わたしは隣の厨房につづくドアのほうへ手をのばし、四人を促した。

キリアンが大きなため息をついてから、うなずいた。彼が厨房に入っていくと、ほかの三人もついていく。わたしはシークレット・サービスをふりむいた。

「こちらはとくに問題ないと思うわ」

ひとりがマイクに向かって短くしゃべり、しばらくしてからわたしにいった。

「何かあればすぐ連絡してください」

シークレット・サービスは部屋を出ていった。

バッキーはわたしと並んで厨房に入りながらささやいた。

「苦戦するぞ、オリー。彼らは女性の料理長が苦手らしい」

「女性全般のこと？　それとも、このわたしだから？」

バッキーは首をすくめた。「それが何か問題か？」

いま、キリアンたちは母国語でしゃべっている。

「わけがわからない言葉を話されると、いらつくよ」バッキーが小声でいった。「あっちは英語もわかるから、不公平だ」

「マルセルが倒れて動揺しているのよ」下唇を噛む。「わたしもそうだわ。訪問団に関しては、マルセルに大役を担ってもらう予定だったから」

「ああ、そうだな。しかしこうなったら、ふたりでなんとかするしかなさそうだ」

「選択肢はないわね」

バッキーはもっと声をおとした。「彼らを二週間も滞在させるなんて、いったい誰が思いついたんだ？」

わたしはそれには答えず、四人に話しかけた。

「アメリカがいま支出削減中なのはご存じですよね？」四人のうちふたりが鋭い視線を向けてきた。おそらく詳しい事情を知りたいのだろう。でもそれは、あとまわし。「そのため、外国の訪問団はほとんどなくて、公式の晩餐会で決まっているのは、みなさんの国のケリー・フライバーグさんをお迎えするものだけです。フライバーグさんは北アメリカの都市をいくつか訪問なさるまえにハイデン大統領と会談なさると聞いていますが、一週間以上先のことですから、晩餐会メニューを考える時間はたっぷりあります。そこで、みなさんといっしょに仕事をし、わたしたちがどんな手順を踏むか、どのようなやり方で連携するかを見ていただければと思います。また、わたしたちも、みなさんからいろいろ学ばせていただきたいと」

「アメリカ人は、理解に苦しむ」ティボルはあのときとおなじ台詞《せりふ》をいった。

「たとえば、どのような点で？」礼儀を失ってはいけない。

ティボルはわたしに一歩近づくと、両足を広げて腕を組み、見下すように首をかしげた。頬がゆるんだのは微笑というより冷笑にしか見えないし、目つきは鋭いままだ。

「わたしたち四人は、あなたの国の調理法を学ぶために来た。それはいいか？」

わたしはうなずいた。

「サールディスカでは、指導者には伝統的な料理を供する。伝統からの逸脱などない。材料を注文し、食べてもらえる料理をつくる。メインだの菓子だの、チョコレートだの海軍だの、ばらばらの台所はない」うんざりしたように首を振る。「ほかにもまだあるだろうが、わたしはどうでもいい。わたしの務めは、指導者たちに満足してもらうこと。ここに来て何時間もたつが、まだ一品もつくられていない」

リーダーのキリアンは明らかに動揺し、ティボルを脇に押しやって前に出てきた。でも話しかけたのは、今度もわたしではなくバッキーだ。

「彼は出過ぎたことをいった。わが国にいろいろな台所がないのはほんとうだが、わたしたちはさまざまなことを学ぶために来たことを、彼は忘れている」

キリアンはティボルをにらみつけた。

「しゃべることしかしない人間から何を学ぶ？」

「ティボル」感情を押し殺した声。「忍耐を知らないのか？　ここに来てまだ一日とたっていない」

ティボルは時計を指さし、「そろそろ一日が終わる」というと、わたしとバッキーをちらっと見てからサールディスカ語にきりかえた。そしてたちまち喧嘩口調になる。

ヘクターとネイトは、あっけにとられてながめるだけだ。

キリアンはティボルの腕をつかんだ。

「もういい」英語でそういうと、歯を食いしばるようにしてつけくわえた。「わたしたちは、ここでは客だ。わがままな子どものようにふるまってはならない」

バッキーがわたしを軽くつついた。

「みなさん——」わたしはできるだけ威厳をこめていった。「ホワイトハウスでいっしょに仕事をするときは、英語で話していただけますか」

ティボルの目がつりあがった。

「きょう来たばかりのわたしたちに、祖国の言葉を捨てろというのか？」場所さえ違えば、床に唾を吐いていただろう。

「いいえ、できるかぎり英語にしてくださいとお願いしているだけです。きょうこの日から、わたしたちはひとつのチームです。力を合わせて働くには、意思の疎通が欠かせませんから」

「はっ」床を見下ろし、にらみつける。

キリアンがまた彼の腕をつかんだ。

「可能なかぎり、英語で話そう」そして口調をやわらげ、話題を変えた。「わたしは何より、ホワイトハウスの文化を知りたい。マルセルはそれを伝えようとしてくれたが、あんなことになってしまった」

「ええ、ほんとに」わたしはティボルが口をはさまないうちに同意した。「どうか、晩餐会の準備計画や実際の調理を存分に見ていってください。みなさんも、何かご存じの秘訣があれば教えてくださいね」そこでいったん言葉をきって、みんなの顔を見まわしてからつづけた。「晩餐会のゲストが少なめだから力を抜いてもかまわない、ということはありません。お互い、全力を尽くしましょう」

時計に目をやると、まだ二時半にもなっていなかった。だけどサージェントから、サールディスカとの時差に気を配るようにいわれ、きょうは三時で終了することにしていた。

「三十分後には、みなさんをホテルまでお送りする車が来ます。それまで、あしたのスケジュールを確認しませんか？　あしたの朝は、新しい気分で始めましょう」

そうして三十分後、彼らは厨房をあとにした。バッキーは壁にもたれて腕を組む。

「まったく、この厨房はひと息つく間もないな」

4

その晩、キッチンのテーブルで、ギャヴと食事をしながらきょうの出来事を報告しあった。

ギャヴが芽キャベツの鉢をとってくれた。

「それで、マルセルは意識がもどったんだな？」わたしが自分のお皿に芽キャベツをとりわけたところで、ギャヴが尋ねた。今夜のメニューはロースト・ポークのバルサミコ・ソース、マッシュド・ポテト、そしておいしい芽キャベツだ。夏の暑さがおさまってきた秋にはぴったりの組み合わせ。

「ええ。ホワイトハウスを出るまえに寄ってみたら、足元はまだふらつくけど、意識はしっかりしていたわ。あした、いろんな検査を受けるんですって」

「腕は？」

「ひどい骨折よ」肘の上側を示す。「肘の関節が脱臼して、上腕骨や尺骨とかも折れたみたい」

ギャヴは顔をしかめた。「ずいぶんつらそうだ」

食事をしながらおしゃべりしても、ギャヴは仕事についてはほとんど話さない。医療休暇が長引いて、そのあと二日間のハネムーンを経て、職場復帰したのは数週間まえだった。ハネムーンといったって、彼の持ち物をわたしのこのアパートに運んだだけだ。

復帰後は筋力の回復訓練をしているけれど、怪我を負う以前の状態までもどすのは、予想以上にむずかしいらしい。そんな話を聞きながら、わたしは彼が大事件のあとに計画してくれた結婚式を思い出した。わたしに内緒で母や祖母、親しい人を集めてびっくりさせてくれたのだ。

思わずふっと息が漏れた。

「どうした？」

「ううん、べつに」

「心ここにあらずか？」

「ごめんなさい。あなたの話を聞いていて、チャイナ・ルームの結婚式を思い出したの」

「結婚したのを後悔している？　お互い、自分の好きなように生きてきたからな。いまはまだ、夫婦として暮らす助走期間だ」

「そのわりに、ずいぶん息が合ってるわ」

ギャヴはわたしの手を握った。「そう思うか？」

「ええ、自信をもっていえるわよ」わたしの手をなでる彼の親指が気持ちいい。「あなたはどう？　こんな場所に越してくるのは気が進まなかったでしょう」彼のアパートはワシントンDCの繁華街に近く、記念塔をはじめ、窓からながめる景色はすばらしかった。

「ここ以外に行きたい場所などないよ」

わたしはにっこりし、握られた手をひっこめた。

「料理が冷めちゃいますよ」

彼が何かいいかけたとき、携帯電話が鳴った。ポケットから取り出し、画面を見て眉根を寄せる。

「はい、ギャヴィン」彼は応答して立ち上がると、話を聞きながらリビングのほうへ向かった。

〝特別捜査官ギャヴィン〟といわなかったから、たぶん私的な用件だろう。

彼は立ち止まった。

「いつ？」と尋ねる。

電話を耳に押しつけ、反対側の耳を手でふさぐ。

「聞きとりにくいんだが」

ギャヴの顔に戸惑いが、つぎに苦悩がよぎった。

「もう一度、どこにいるかいってくれ」あたりをきょろきょろし、わたしは急いで紙とペンをつかんで持っていった。

彼は目でありがとうというと、テーブルにもどって紙を置いた。目を細め、口もとをひきしめてメモをとる。何か声を漏らしたのはたぶん、確実にメモしていることを相手に伝えたのだろう。

そして、背筋をのばした。

「今夜は大丈夫？」しばらくして、うなずく。「わかった。では、明日いちばんに。わたしが行くまで、気持ちをしっかりもっていてくれ」

ギャヴは電話をきってテーブルに置くと、片手で目を覆い、黙りこくった。メモには〝グッド・シェファード病院、三五〇室〟とある。

わたしはその病院を知らない。

「何があったの？」

ギャヴは手を目から離し、一日でのびた髭《ひげ》をこすった。

「ビルとアーマを覚えているか？」

もちろん覚えている。数カ月まえ、ギャヴとラウドン郡のワイナリーを訪ねたときに会ったご夫婦だ。お嬢さんのジェニファーはギャヴと結婚を約束していたのに、式は挙げることができなかった。メリーランドの連続殺人鬼の、最後の犠牲者となったのだ。

けれどその後もご夫婦はギャヴと連絡をとりあい、まるで息子のように接した。そうすることで、お嬢さんの思い出をたいせつにしているのだろうと思う。そしてわたしのことも、とても温かく迎えてくれた。

「ビルがきょうの午後、脳卒中で倒れたんだ」書いたメモをとんとん叩く。「いまは安定しているが、楽観できないらしい」

「病院に行かなきゃ、ギャヴ」

彼はうなずき、どこか遠くをながめる目をした。

「アーマは、自分は大丈夫だといっている。医者からは帰宅してかまわないといわれたようだが、今夜はともかく病室で付き添うと」

「きっと、そばにいたいのでしょう。気持ちはよくわかるわ」

ギャヴがわたしに視線をもどした。「きみにもおなじような経験があるのか?」

わたしは手をのばし、彼の腕に触れた。

「いっしょに行きたいけど、サールディスカのシェフが来ているから」

彼はわたしの手に自分の手を重ねた。

「わかっている。自分は明日の朝、チームに連絡してからすぐ病院に向かう」

気さくで温かいアーマに対し、ビルは無口で用心深い人だった。

「無事に、元気に、回復するといいわね」

ギャヴは無言でわたしの手を握りしめた。

あくる朝、目覚まし代わりのラジオの音で目が覚めたら、ギャヴの温かい体に寄りそっていた。片手を彼のウエストにまわし、左足を彼の足に重ねている。何度かまばたきして頭をすっきりさせ、ラジオを消して、体をギャヴから離した。でもギャヴは、わたしがベッドから出ても動かずに、腕枕で天井を見つめているだけだ。

「よく眠れた?」

「まああかな」

「大丈夫？」

ゆうべの電話でギャヴは、ジェニファーとの日々を思い出したのではないか。アーマの電話は、ジェニファーの死を告げた電話と重なったのではないか——。もしそうなら、ギャヴはさぞかしつらい思いをしているだろう。かといって、わたしにできることは何もない。だからいまは、そっとしておこう。彼の気持ちがわたしにもどってきたら、そのときはどんなことでもするから。

「大丈夫だよ」

「うん。そうね」

「ただ……」肘をついて体を起こす。Tシャツは皺くちゃで髪はぼさぼさ、髭ものびている。こんなにすてきな人が、ほかにいる？　彼の魅力は日に日に増していくばかり。

わたしはベッドの縁に腰をおろした。

「いろいろ思い出すこともあるでしょう」

ギャヴは首を横に振った。「いいや、アーマとビルのことばかり考えていた。ひとりとり残されたら、どうなるんだろうと。ずっとふたりで生きてきたんだ。何十年もいっしょにね。人生には苦しみがつきものだ。しかし、悲しみはふたりで分けあい……」わたしの手を握る。

「ありがとう、ここにいてくれて」

わたしは彼の唇に軽くキスした。

「ええ。いつでも、どんなときでも」

「えっ。もう一回いってくれよ」大統領護衛部隊《PPD》の主任、トム・マッケンジーはあきれたように笑った。

ここは西棟にあるトムのオフィスだ。わたしはこれまで何度か、否応なく大きな事件に巻きこまれてきた。だからトムも一時は、わたしを邪魔者のごとく無視しようとしたけれど、いまではしぶしぶ、勘の良さを認めてはくれている。

「語学に堪能な人がいたほうがいいと思うの。サールディスカのシェフたちが何を話しているかが理解できる人よ」

「彼らは英語が話せないのか？」

「ううん、十分話せるわ」

「だったらそれをかき混ぜて、焼いて、味わったらいいじゃないか」首をかしげる。「きみたちなら、それくらいはできるだろう？」

わたしはむっとした。

「違うの。彼らはバッキーにもわたしにも理解不能な母国語で話すのよ」

「いいじゃないか。仲間うちで話したいことはいくらでもあるだろう」

「わたしはいいとは思わない」

「厨房では英語だけにしてくれと頼んでみたか？」

「ええ。だけど頼んでもまだサールディスカ語で話すのよ。それも、しょっちゅう」

トムはうつむき、かぶりをふった。「このところ、ホワイトハウスで大きな事件がないからな。そろそろ刺激がほしくなったか？」

「トム……何かいやなことでもあったの？　そういうときは皮肉屋になるけど、いまのはちょっとひどすぎるわ」

彼は鼻をつまみ、わたしの視線を避けた。どうやら図星だったらしい。だったら、冷静になるまで待つとしよう。

「大統領とファースト・ファミリーを警備する人員に――」トムが話しはじめた。「手すきの者などいないんだよ。支出削減下でも、PPDは従前どおりだ。といっても、ほかの部署の職員が減らされた影響を、もろに受けている。気を抜けない状況は、まえより厳しい」

「それはわかるけど、だからといって、わたしの要望にけんもほろろなのはフェアじゃないわ」

「そうだな。すまない」口先だけなのは、いやでもわかった。「しかし現況では、検討するまでもない要望だ」

わたしは唇を噛んだ。

「そんなことはないと思う。支出削減下でもなお、サールディスカという国に敬意を表して訪問団を受け入れたわけだから、最善の努力をすべきじゃない？」

「最善の努力が、語学に長けた人間をおくことか？　サールディスカの料理人だって、プライベートな会話をする権利はあるんじゃないか?」

もちろん、そうだと思う。だけどエグゼクティブ・シェフとして、自分の厨房内で理解不能なことがあるのは困る。彼らに対し、漠然とした不安を感じてしまうのをどう説明したらいいだろう。何をいっても、謀略に飢えているだけだと切って捨てられるような……。

「バッキーとわたしには、プライベートな会話なんて贅沢すぎる贅沢よ。マルセルが倒れたから、息つく暇もないわ」

「息ができない状況を説明しないかぎり、きみの要望は受け入れられない。論外、といってもいいくらいだ。第一、彼らの滞在期間は限定されている」

「二週間もあるわ」

トムの顔つきが険しくなった。

「きみは何度も危機を乗り越えてきた。この程度なら、たいしたことはないだろう。で、用件はこれだけか?」

5

厨房にもどると、バッキーがサールディスカ・チームに、大型の業務用ガス釜の使い方を教えているところだった。四人は腰の高さまであるスチールの大釜を前に困惑ぎみだから、たぶん初めて見たのだろう。こんなに便利なものを使わないなんて、わたしには想像もつかない。もしこれがなかったら、わたしなら途方にくれる。

男性陣はわたしがもどったことに気づいたものの、声をかけてきたのはバッキーだけだった。彼は大釜に火をつけると、オリーブオイルをたっぷり注ぎはじめた。

「チャウダーをつくる」

ほかの四人はきょとんとし、バッキーは「チャウダー・スープ」といいなおした。

四人は同時にうなずいた。

「スープを百人分以上つくることもしょっちゅうだからね」

驚きのうめきが漏れた。

「百人以上？」と、キリアン。「大袈裟ではない？　きのう、ペイストリー・シェフのマルセルから、たくさんの行事の写真を見せられた。しかし、数ははっきりしなかった。あなたの国が世界に発表するものの多くは、政治的な宣伝ではない？」

バッキーは口をゆがめ、大釜の底にオイルをひきながら答えた。

「マルセルは宣伝で写真を見せたりはしないよ」

ボウルを手にとり、材料を大釜に入れる。刻んだタマネギとピーマン、パプリカ、ニンジンが、熱いオイルのなかでダンスを踊った。

ティボルは大釜に興味があるふりをしながら、なぜかわたしのほうにもっと興味があるらしい。彼がわたしを見ていることにネイトとヘクターも気づき、肘でつついて目配せした。

バッキーは観衆の注意がそれたのを感じたらしく、声を大きくし、抑揚豊かにしゃべりはじめた。

「ゲストは百人を超えるどころか、千人以上のこともある。マルセルは大成功で終わった正餐のごく一部の写真を見せたのだと思う」

彼の話を聞いているのは、いまやキリアンくらいでしかない。そのキリアンが、何度も首を横に振った。

「この厨房は狭い。五十人か六十人くらいの食事しかつくれない」お見通しだよ、というような微笑を浮かべる。「サールディスカを発つとき、アメリカの富と力を信じこませる作り話には用心せよといわれた」

「みなさんに嘘をついても仕方ないでしょう」わたしは彼に近づきながらいった。「でもここで、それを長々と説明しても意味がありませんよね。わたしたちの目的は、おいしい料理で二国間の交流を深めることですから」

「だからこそ」ティボルがばかにしたように笑った。「ありもしない幻の晩餐会を自慢したがる」

バッキーとわたしの目が合った。

「幻の晩餐会?」と、バッキー。「メニューを考え、つくって、喜んでもらうのが幻か?」

「イギリス女王やドイツの首相を迎えた晩餐会のことは——」わたしは口をはさんだ。「サールディスカでもニュースになりませんでした? 自国の報道まで疑ったりしないでしょう?」でももしかしたら、ほんとうに知らなかったとか?

「そのような晩餐会が実際に行なわれれば、かならず耳にしたはず」と、キリアン。「あなたの国の大統領が他国の訪問者を楽しませるのは知っているが、あなたたちの話はどうも……」首をすくめる。「はっきりいわせてもらえば、大袈裟すぎて真実とは思えない」

「国ごとに、いろいろ違いはあるでしょう」文化が大きく異なれば、わたしたちには当然のことでも、彼らには非現実的で、ありえないことに見えるのかもしれない。「いっしょに仕事をして、わたしたちのやり方を少しでも理解してもらえればと思います」

「そしてこちらも」と、バッキー。「あなた方のやり方を少しでも理解したい」

「ええ、お互いに」

キリアンは納得いかない表情のままで、ティボルの目つきは恐ろしく、ヘクターだけがわたしたちにほほえんでくれた。

大釜がいい香りを漂わせ、わたしは引き出しから長いスプーンをとりだしてかきまぜた。すると、四人が四人とものけぞった。

「あら。何か問題でも?」

ヘクターは目をまん丸にし、ひきつった笑いを漏らした。ティボルは口の端に唾をためて、大釜を指さす。

「それはあなたのものではない」

わたしはかきまぜるのをやめると、スプーンを抜いて見つめた。

「どういうことかしら? これはあの引き出しにあったもので、共用品ですけど?」

「スプーンではない。それはミスター・バッキーがつくっていたもの。手を出してはいけない」

理解するのに二秒かかった。

「この厨房では、チームで仕事をするの」

「では」キリアンが鷹揚な口調でいった。「大統領はどのようにして知ることができる? もっとも出来のよい料理は誰がつくり――」バッキーに視線を向ける。「出来を悪くした責任は誰にあるのかを?」視線がこちらに向けられた。

わたしは額をこすった。二週間が果てしなく長いように思えてならない。

ピーター・エヴェレット・サージェント三世はデスクの上で手を組んだ。

「あらかじめ、通知していたはずだが」苛立ちをこらえたように。「サールディスカは家父長制社会だよ」

わたしのせいで、サージェントはため息ばかりついている。

「彼らはわたしを料理長として認めないのよ」

「今回の件は、荷が重すぎるといいたいのか?」眉をぴくりとあげる。「過去にはもっと困難な場面でも切り抜けたのではないか? きみはわたしを困らせたいらしい」

「そんなつもりはないわ」トムからも、おなじようなことをいわれた。ここは言葉を選ばなくては。「泣き言や不満をいいにきたわけじゃないの。ただ、バッキーとわたしが直面していることを知ってもらいたいだけ」

「ふむ。きみのアシスタントは彼らとうまくやれないのか? 彼らは敬意をもって接しようとしない?」

「いいえ、敬意は払っているわ。でもそれはたぶん、バッキーが男性だから」

サージェントは無言で、おそらく内心、おもしろがっているのだろう。

「力を貸してもらえない?」

サージェントの目が輝いた――ように見えたのは、わたしの気のせい?

「ミズ・パラス、わたしがきみに関して学んだことがひとつある。きみは厨房のエグゼクティブ・シェフとして、総務部長のわたしにはめったに支援を求めないということだ」

顔がほてった。要するにサージェントは、厨房の責任者はエグゼクティブ・シェフ、といいたいのだ。外国から来たシェフと折り合いをつける責任は、このわたしにある。サージェントが彼らに、エグゼクティブ・シェフをもっと尊重しろとお説教することはできるだろう。でもそれくらいで、生まれ育った社会の慣習が、たとえごく一部でも消えるはずがない。

わたしは自分の力をみずから示し、彼らにわかってもらう努力をするしかないのだ。そう、まさしく職場内訓練――。

「ところで、マルセルだが」サージェントは背筋をのばした。「現在は病院で検査を受けている」

「退院の時期はまだわからない?」

サージェントはかぶりを振った。「きょうの午前中には最新の情報が届くだろう。彼からきみに何か連絡がいったら、こちらに知らせてくれるな?」

わたしはうなずき、立ち上がった。

サージェントはわざとらしく鼻を鳴らした。

「なぜ立ち上がる?」

「必要な話は終わったと思ったから」

「いや、終わっていない」

わたしは椅子にすわりなおした。

サージェントはまた鼻を鳴らすと、顔の前で両手の指先を合わせた。

「追加情報がある」

いったい何？

「サールディスカの大統領選挙についてだ」

サージェントという人は最新ニュースにとんでもなく詳しい。

「選挙がどうしたの？」

彼はファイルの上に両手をのせて身をのりだした。

「総務部長という立場では、機密情報も知りうる。もちろん一部でしかないが、職務をまっとうするうえで必要な場合は閲覧許可が得られる」

「話が見えないのだけど……」

「ミズ・パラス、きみを信頼して一点のみ教えよう。いうまでもなく口外無用だ。約束できるな？」

「はい、誓います」

サージェントはゆっくりとうなずいた。

「ケリー・フライバーグが選挙に勝利する可能性はかなり高いが、サールディスカ当局は、それを世間に知らせたくないらしい」

たしかにおもしろい情報かもしれないけれど——。「それがわたしや、ここにいるシェフたちとどんな関係があるの？」

サージェントは椅子の背にもたれ、リスのような小さな目でわたしをじっと見た。

「ミズ・フライバーグは革新派として知られる。他国との同盟を望み、武器も含めたあらゆる物資の交易交渉を積極的に進めると表明もした」

「だから選挙で勝ち目はないのでしょう？」

「サールディスカには変化の風が吹いているんだよ」デスクの上で両手を組む。「フライバーグの勝率が上向いてきたため、ハイデン大統領は彼女を全力で接待したいと考えている。アメリカ合衆国の支援があれば、勝率はさらに上がるという前提だ」

「ええ、期待できそうね」

「よって、わたしたちの務めは、彼女の訪米を滞りなく終了させることだ。きみと、きみをないがしろにする者たちがつくる環境は、けっして望ましいものではない。きみは大義のために、自分の問題を脇に置くべきだろう。彼らの滞在中はバックミンスター・リード――バッキーに、厨房を任せるといい」

わたしはぽかんとした。「本気でいっているの？」

サージェントは大きく身をのりだした。

「なにも厨房の統括をあきらめろといっているわけではない。国のためにできることをやればいいだけだ。訪問客がバッキーのほうに従うなら、それをうまく利用したらどうだ？　この先二週間、彼らと衝突するよりはるかにいい」

啞然、茫然――。わたしは絶句した。

サージェントはわたしのようすを見て、ささやくようにいった。

「ミズ・パラス、これがきみの唯一の選択肢ではない。短い期間で彼らに敬意を払わせることができるなら、万々歳だろう。わたしはただ、問題を論理的に捉えてほしいといっているだけだ。大きな目的を達成するうえで、きみにやれることをやってほしいとね」

「どんな手段を使おうと、結果よければそれでよし、ということ？」

「ときにはそういうこともある。今回はそのひとつだ」

「わかりました。わたしなりにやってみます」

顔が上気するのを感じた。サージェントの表情に警戒心がまったくないのがうれしい。

「期待していてください」

6

ギャヴに電話をした。ビルとアーマのことを尋ねようと思ったのだけれど、留守番電話になったので、何もいわずにきった。時間があれば、折り返しの電話をくれるだろう。

それから急いでペイストリー・キッチンへ行き、例のラズベリー・ソースをさがした。マルセル以外に倒れた人はいないから、これが原因とは思えないものの、一度じっくり見ておきたい。

ソースはカウンターの上、蓋のない小さな容器に入っていた。冷蔵庫にしまわなくてはいけないのに、あの混乱のなか、みんなそれどころではなかったのだろう。容器の横にはスプーンが四つ。赤い汚れがついているから、たぶんこれで試食したのだ。

いちばん確認したかったのは、マルセルが吐いた赤いものがほんとうに血液だったかどうかだ。スプーンでソースをひとすくいし、とろりとした液体を空《から》のお皿に広げてみる。正確には覚えていないものの、色はあれとおなじで、ひと安心。どうやら吐血ではなかったらしい。

マルセルは病院で検査を受けているから、わたしが心配することでもないのだけれど、結果をまだ知らないから、気になって仕方なかった。

そして少しばかりキッチンを片づけて厨房にもどり、バッキーに声をかけた。

「調子はどう？」

サールディスカの四人のシェフは、中央のカウンターで仕事に励んでいた。今夜は数人のゲストを迎える食事会があるから、その準備だろう。ゲストのなかには下院議長と上院院内総務もいるから、支出削減の終了時期が検討されるのかもしれない。

わたしの声に全員がふりむいたけれど、キリアンが手を振って仕事にもどさせた。まるでわたしがいようがいまいが関係ないとでもいうように——。

「ようやく帰ってきたか」バッキーはほっとした顔をすると、四人に「ちょっと出かけてくる。すぐもどってくるから」といった。四人はさして関心がなさそうで仕事をつづけ、バッキーはわたしについてくるよう手を振った。そして厨房を出て、ホールを横切ると、チョコレート工房に入っていった。

彼はわたしが入ると、ドアを閉めた。ここはとても狭くて窓はひとつもなく、作業カウンターも一方の壁にあるだけだ。もちろん、ホワイトハウス自慢のチョコレートをつくるための器具類やキャビネットなどは完備している。でも余分な飾りなどはいっさいなくて、実用に徹していた。

「いったいどうしたの？」

「マルセルから、きみ宛てに電話があったんだよ。たぶんサージェントのところにいると思ったから連絡してみたら、打ち合わせが終わったあとだった」

「そのあと、ちょっと寄り道したの。マルセルは何を話したかったのかしら……。治療や検査で悪いニュースでも？」

「腕は手術したよ」バッキーは心配と苛立ちがないまぜの顔をした。「最低六週間は、ギプスがとれないらしい」

まぎれもなく悪いニュースだ。

バッキーの苛立ちはつのった。「サールディスカのシェフの滞在中は、マルセルにかなりの部分を頼る計画だっただろ？　もちろん彼を責める気はないが、計画は吹き飛んだよ。ファースト・ファミリーの毎日の食事をつくらなくちゃいけないのに、あの四人までいる。どうしたらいいんだ？　とりあえずはなんとかやってきたが、きみとふたりだけでどうやって乗りきる？　それにデザートまでは責任もてないよ」

バッキーのいうとおりだと思っても、わたしには答えが見つからず、髪をかきむしった。

「今朝、トムに会って、語学に堪能な協力者をひとりほしいと頼んだの」

「結果がどうだったかは、その顔を見ればわかる」

「マルセルのアシスタントをひとり復帰させられないか、サージェントに訊いてみるわ」

バッキーは首を横に振った。

「え？　どうして？」

「さっき、きみをさがして彼に連絡したとき、思いきってぼくから頼んでみたんだ」

「答えはノーだったのね？」

バッキーは腕を組んだ。「彼らを忙しくさせる方法はいくらでもあるだろうといわれた」

「まいったわね。いまはどうすればいいか、何も思いつかないけど……」思わず大きなため息が出た。「アシスタントを復帰させられないか、少し時間をおいてからもう一度サージェントにかけあってみるわ」

「幸運を祈る」

「四人のシェフにいくら手を焼いても追い帰すことはできないでしょ。ともかく厨房を混乱させないようにして、ファースト・ファミリーに満足してもらえる食事をつくらなきゃ。それから……彼らを説得して、町の観光でもしてもらいましょう。少しくらい自由時間があってもいいわ」

「彼らが町見物に出かけるタイプとは思えないけどね」

わたしは厨房をバッキーに任せるというサージェントの案はいわずにおいた。わたしにその気があろうとなかろうと、いまのバッキーなら怒りくるうにちがいない。

「とりあえずはあせらずに、目の前のことを一つひとつ片づけましょう」

サージェントから、ケリー・フライバーグの晩餐会に関する詳細がメールで送られてきた。驚いたことに、開催場所はブレアハウスとのこと。

ブレアハウスは、ホワイトハウスからペンシルヴェニア通りを渡ったところにある賓客の宿泊施設だ。第二次世界大戦中、フランクリン・デラノ・ルーズベルト大統領が、賓客の宿泊場所はホワイトハウス以外にすると決定し、ここを購入した。伝えられるところでは、この決定は夫人のエレノア・ルーズベルトがたまたまホワイトハウス内でウィンストン・チャーチルと出くわしたことがきっかけらしい。常客のチャーチルは、ルーズベルト大統領とおしゃべりしたくて、夜中の三時に部屋を訪ねたのだ。

以来、賓客の宿泊所はブレアハウスが第一候補となった。また、ホワイトハウスの全面的な改築の際、ハリー・トルーマン大統領は家族とともにブレアハウスを住居とした。その後、隣接する建物が購入されたり、増改築されたりして、現在は四棟からなる複合施設だ。サージェントによると、今回はここが晩餐会場として最適らしい。支出削減中だというのに、大統領がホワイトハウスで外国の賓客をもてなす会を開けば、大きな批判を招きかねないからだ。

その後、わたしとバッキーはサールディスカのシェフたちに、新しいスケジュールができたと伝えた。もちろん、休息時間を加えたものだ。

「当初のスケジュールでは、みなさんは朝の八時から夕方四時まで、この厨房にいることになっていました」わたしは話しながら、一人ひとりと目を合わせていった。「また、休息は交代制でした」具体的な変更点は、まだいわずにおく。「しかし、マルセルがあのようなことになり、わたしとバッキーでスケジュールを練りなおしました。DCを探検できる自由時間も増やしておきましたよ」

わたしは具体的な内容を語り、必要に応じてバッキーが説明を加える。

四人の反応はまちまちだった。キリアンはうんうんとうなずき、表情は明るい。

「念のためにいっておきますが、かならずこのスケジュールに変更されるとはかぎりません。もしマルセルが、片腕にギプスの状態でも復帰できたら、当初の予定どおりに進行します」

ネイトとヘクターはうなずきはするものの、その顔つきから、おそらく理解しきってはいないだろう。

そしてティボルは、理解しきっていた。むかついたような顔でこういったのだ。

「遊びに来たわけではない。サールディスカに貢献できることをするために来たのだ」指を大きく広げて両手を掲げ、同意を求めるようにほかの三人を見まわした。

ヘクターとネイトは困惑ぎみにひそひそ言葉をかわしたけれど、わたしには意味不明のサールディスカ語だ。

キリアンがティボルをなだめようとした。

「われわれにはよい機会になるだろう」いいきかせる口調でそういうなり、サールディスカ語にきりかえた。それもずいぶん早口だ。非難しているのか？　それともたんに協力を強いている？　言葉がわからなくても、体の動きや声の調子、表情などで、その思いが見えることもあるだろう。でもいまは、さっぱり見えない。

キリアンはしゃべり終えるとわたしをふりむき、ふたりきりで話したいことがあるといった。ティボルは腕を組んで、そっぽを向いている。

わたしは驚きつつも了承し、キリアンを冷蔵室のほうへ案内した。

「ここなら外には聞こえませんから。それで、お話はどのような？」

キリアンのほほえみが、かたちばかりでしかないのはわかる。

「友人ティボルを許してほしい。彼は彼の州の料理長で、わたしはわたしの州の料理長だ。アメリカ訪問をどちらが指揮するかはむずかしかったが、わたしが正式のリーダーに任命された。そしてティボルは不満だった」

そういうことか——。だから彼は終始、不機嫌なのだ。

「もしティボルがリーダーであれば、仕事の時間を減らすことには反対しただろう」

「でも一定時間、ホワイトハウスに入るのを禁じることもできるんですよ」

「ティボルなら、ホテルの部屋でも仕事をさせる。彼を許してほしい。彼は成功だけを考えている。ここにはわたしたちが学べることがたくさんあるが、彼はそれを立ち止まって見ようとはしないだろう」

「力を合わせて仕事をすれば、〝成功〟しますよ。わたしたちが望んでいるのは知識の交流と絆を築くことで、批判がましい報告書をサールディスカ政府に提出したくはありませんから。自由時間がほんの少し増えたところで、誰も傷つかないでしょう？」

キリアンは複雑な表情をした。近くに人がいないのを確かめるようにきょろきょろすると、わたしに近寄って声をおとした。

「あなた、バッキー、マルセルは、とても親切にしてくれた。まだここに来て一日と少ししかたっていないが、あなたたちの誰にも悪意は感じられない」

「そんなものがあると思っていた？」

キリアンは深刻な顔つきで、「もちろん」といった。「台所は競争の場所。懸命な努力をして一番になった男だけが生き残る」

「男または女、でしょ？」

キリアンは顔をしかめた。「正直に話してもよいか？」

「ええ、どうぞ」

「あなたは女だ」

「はい、自分でもそのつもりです」

冗談めかしていったのだけど、キリアンはにこりともしなかった。

「わたしたちの国で、女はそのような地位につかない。ここに来るとき、あなたと仕事をするのは困難だと思った。なぜ、女が料理長になれる？　どうやって、男をしりぞけた？」

「そういわれても……。アメリカでは料理長どころか、上院にも下院にも女性議員がいますし、科学とかビジネス界とか、いろんな分野で大勢の女性が活躍しています。アメリカにかぎらず、世界じゅうの国々で……。そう、サールディスカにも、女性の大統領候補がいるでしょう？」

「彼女は勝てない」切り捨てるように片手を振る。

わたしはフライバーグに関するサージェントの話を思い出しながら訊いてみた。

「どうして、そういいきれるのかしら？」

「裏でたくさんの男が動かなければ勝てない。勝って大統領になっても、その男たちが大統領の権力を自分のものにする」

「ずいぶん悲観的ですね。彼女の主張に心を動かされる人は多いような気がしますけど」

「主張はすばらしい。しかし、操り人形ではないといいきれるだろうか？」

「さあ、それは……。でもわたしだったら、候補者の主張や政策に同感できるかどうかで決めますよ。単純すぎるかもしれませんけど」

「あなたの国のニュースはどれも宣伝だといわれた。真実はひとつもないと。そして――」

両手のひらを掲げる。「ここに、あなたがいた」

「わたしのことは出国まえに知らされていたでしょう？」

「女にも可能性があることを示す宣伝材料にすぎないといわれた。希望を与えれば、女はもっと仕事に励む。アメリカもサールディスカとおなじだといわれた。女も仕事をするが、権力をもつ地位にはつけない」

「それはちょっとひどすぎます」

キリアンの表情は読めなかった。でも、わたしの言葉に同意してくれているような気がしなくもない。

「あなたもそう思うでしょう？」

彼は少し目を見開き、何かいいかけてから、口をふさぐように指を三本当てた。

「わたしはこの町を見て歩き、あなたのいう〝休息〟を利用したいと思う。仲間たちはあなたの計画に同意しないだろうが、リーダーはわたしで、わたしの指示に従う」

「予定が変わってしまって申しわけありません」

「べつにかまわない。しかし——」眉間に皺が寄った。「この会話は極秘にしてもらえるだろうか」

「わかりました。そうします」

キリアンは手を差し出し、わたしたちは握手した。

「充実した時間が過ごせますように。アメリカのよいところを見ていってくださいね」

キリアンはにっこりした。「はい。あなたと町の探検話ができることを期待しています」

7

その晩、仕事が終わってからシアンに会った。ふたりでマルセルのお見舞いに行くまえに、地元のサラダ専門店で軽く食事をする。

シアンはサラダを食べながらわたしの話を聞くと、「へえ……」と驚いた。「男社会から来たシェフたちは、アメリカの首都を見てまわる自由時間が増えるのがいやなのね？」

わたしはパルミジャーノのスライスとルッコラを重ねた。

「たぶんもっと複雑な感情よ。まったく違う環境で、ルールも違って、居心地は悪いでしょうね。そしてわたしに八つ当たりする。理由は、わたしが女の料理長だから」

「そこが問題だわ」

わたしはうなずき、チーズとルッコラを口に入れた。

「仕事をはずされて、逆によかったかも」と、シアン。

わたしは食べおえ、水を飲んだ。

「シアンには早くもどってきてもらいたいわ。それこそ、いますぐにでも。調子はどう？」

「収入なしで、復帰できる時期も不明なのよ」首をすくめ、フォークでサラダをすくう。

「神経がすりへっちゃうわ。臨時の仕事をさがしたんだけど、見つからなくて。失業した人が多いから、競争率がはねあがってるの」

「あなたの経歴なら、すぐ雇ってもらえるんじゃない？」

「それが逆なのよ。どのレストランも二の足を踏むの。いつホワイトハウスに呼びもどされるか、わからないでしょ」

「働ける期間が不明だと困るものね」

「こうなってみて、自分の将来をつくづく考えたわ」うつむいて、フォークをいじる。

「どういうこと？」わたしは緊張した。シアンはわたしと目を合わせようとしない。

「バッキーは副料理長で、それだけの腕がある人だと思うわ。彼は一時解雇されず、もちろんオリーも」かぶりを振って、ようやく顔をあげる。「わたしとしては、考えざるをえないわ」

「何か思うところがあるなら、話してみて。職場の不満でも何でも」

「オリーはわたしより年上だけど、ほんの数歳でしょ。それでエグゼクティブ・シェフなんだもの。わたしに居場所はないような気がするの」

「あなたは厨房に必要不可欠の人よ。才能があって、人望もあるわ」

「でも、この先はどうなるの？」

赤毛のシアンはほぼ毎日、コンタクトレンズの色を変える。きょうの色は青だけれど、テーブルの向こうから見つめるその目には、もっと暗い色があるように思えた。

わたしはフォークを置いた。

「一時解雇になって初めてそういうことを考えたの？」

シアンは首を横に振った。

「しばらくまえから？」

彼女もフォークを置き、うなずいた。

「オリーはなんでももっているわ。料理人として最高の地位についたし、愛する人と暮らしている。充実して、安定して、心も強い。そしてわたしはいまだに、自分の居場所をさがしてあがいている」

「ホワイトハウスの厨房は、あなたの居場所じゃないの？」

シアンは眉をひそめた。「世界を広げたいの。いまの仕事は、わたしからいろんなものをとりあげてしまう。時間、生活、そして心も。わたしにはもう、与えるものが残っていないような気がするの」

わたしが口を開きかけると、シアンは腕をのばしてわたしの手を軽く叩いた。

「何もいわないで。オリーはいつだって誉めてくれるわ。だから、がんばらなきゃって思える。オリーは口先だけじゃなく、本心からいってくれるもの。でもわたしは、自分にはもっと力があることを証明したい」

胸が苦しくなった。シアンのいいたいことはわかる。だからこそ、よけい胸が詰まった。シアンはわたしたちのもとを去ろうとしている——。

「いつごろ？　もうじき？」

「ずいぶんまえから、オリーに話そうとは思っていたの」弱々しい笑み。「ようやく勇気をふりしぼって話せたわ。ただ、あせりたくはないから、そうすぐってことにはならないと思う。お願い、このことは誰にもいわないでね」

「バッキーは？　彼は知っているの？」

シアンはかすれ声で小さく笑った。「ええ」

「やっぱりね。ずいぶん親しそうだったもの」

「チームはみんなそうでしょ？」

「ええ、そうね」つらくてたまらなかったけれど、彼女のためにできることがあれば何でもしようと思う。「さびしいわ、シアン……。納得がいくまで、いくらでも時間をかけて準備してね」

シアンの目がうっすらと赤くなる。

「ありがとう、オリー」

病室を訪ねると、マルセルの友人たちも来ていて、三人だけで話せる時間はあまりなかった。肘の手術は無事に済み、金属ピンで固定されていても、いずれはもとどおりになるとのこと。

ショップで買ったチョコレートを渡すと、マルセルは箱の店名を確認した。

「わたしなら、ここよりもっとおいしいものをつくれる」

シアンとわたしは笑いをこらえた。

「元気になったみたいね」

マルセルは街なかで売られているチョコレートを見下しつつも、かならず試食した。いまもひとつ口に入れると、ふたつめを確保してから友人たちにふるまった。

「原因はわかったの？」友人たちがマルセルのベッドから離れたところで訊いてみた。「どうして意識を失ったのか、お医者さまの診断は？」

マルセルはゆっくり大きく口を動かしながらチョコレートを味わい、一瞬、目を見開いた。

「ありがとう、オリヴィア、シアン。わざわざ足を運んでくれて、会えてうれしい」そしてなぜか、はずかしそうに。「意識がなくなった理由はわかった」

シアンとわたしは続きを待った。

「わたしには医療情報を報告する習慣がなくてね」

「無理に教えてくれなくてもいいわよ」

「いいや、そうではなく、まだホワイトハウスの医療部にも報告していないことがあって……。じつは最近、高血圧の薬を処方されてね。不運なことに、わたしは用量をまちがえてしまった」片腕が固定されているわりに、優雅に首をすくめる。「わたしの体は安定したとドクターが考えれば退院できるらしい」大きく息を吸い、ふたつめのチョコレートを口に入れた。「わたしの好きなダークチョコレート」

「そのようすだと、わりと早く退院できるんじゃない？」

「希望はあしたの朝、きょうの検査の結果しだいで。オリヴィア、きみも知っているとおり、大統領の食事を準備する人間が病気であってはならないから、たっぷりいろいろ検査された」

シアンはベッドをはさんでわたしの向かいに行くと、マルセルの無事なほうの腕をやさしく叩いた。

「用心するに越したことはないわ。でも、無理のない範囲で近況報告してね」

「はい、もちろんですよ。ムッシュ・サージェントやバッキーたちにも、いま話したことを伝えてもらえるとうれしい。みんな、わたしとおなじ不運な過ちを犯さないように」

マルセルは唇をなめ、部屋の向こうで友人たちが食べているチョコレートに目をやった。

「こんなはずではなかったのだけどね……」

「体調がもどったら、ホワイトハウスにも復帰してね」

マルセルは右腕をほんの少しだけあげた。

「こんな体で？　わたしは使いものにならない」

「マルセルのアシスタントをひとり復帰させてほしいと、もう一度頼んでいるのだけど、やっぱりマルセルにいてもらうのがいちばんだから。サールディスカのシェフたちのようすをたまに見てもらうだけでも助かるし」

マルセルは満面の笑みを浮かべた。

「偉いドクターと偉い総務部長が許してくれたらすぐにでもホワイトハウスに行こう」

「待ってるわね」大きな肩の荷が下りたようでほっとした。

もう少し話したかったけれど、マルセルの友人たちもおなじ思いらしい。それにマルセルも三つめのチョコレートを食べたいだろうから、シアンとわたしはおいとますることにした。

8

アパートの鍵をあけていると、ウェントワースさんが廊下に出てきた。

「支出削減で、ホワイトハウスの調子はいかが？」

「あら、ずいぶんお久しぶりですね」

ウェントワースさんは唇をゆがめ、さぐるような目つきでわたしを見た。

「あなたは結婚してから、年寄りを相手にする暇がなくなったみたいね。わたしとスタンリーがいっしょになったあと、一度くらいはおしゃべりしたかしら？」

ウェントワースさんも、わたしとギャヴが結婚してすぐ、このアパートのメンテナンス係、スタンリーと結婚した。わたしが旧姓のパラスで通しているように、彼女も〝ウェントワース〟のままで、わたしはうれしい。だって、ウェントワースさんはウェントワースさん、でいてほしいから。

「思った以上に忙しくなりました」

「あなたのすてきな〝足かせ〟はお元気？」

わたしは笑った。「彼はきっと、〝きみを拘束する気はない〟っていいますよ」

「でも、夫なんてそんなものでしょう？」離れていても、ウェントワースさんの目がきらっと光ったのがわかる。「家に閉じこめて、家事ばかりさせる」

「夜はほとんどいつも、おふたりで外食なさっていませんか？」

ウェントワースさんは額から白髪を払った。重ねたブレスレットがじゃらじゃらと肘のほうへ落ちていく。

「愚痴はいくらでもいったほうがいいのよ。でないと男はすぐいい気になるから」

わたしはウェントワースさんに近づくと、小声でいった。

「わたしたちふたりは、地球上で最高にラッキーな女ですよね？」

「だめよ」背後のドアをちらっと見る。「彼に聞かれたらどうするの」

「とっくに聞こえていると思いますけど？」

携帯電話が鳴った。ウェントワースさんにおやすみなさいをいいながらバッグからとりだすと、ギャヴからだった。

うれしい半面、がっかりもする。この時間帯の電話はたいてい、今夜は帰れないという連絡だからだ。

部屋に入ってから応答。

「もしもし」

「声が聞けてうれしいよ、オリー」そういうギャヴの声は疲れきっているようだった。でも、緊迫感はない。

「ビルのようすはどう？」

少し間があき、「安定している」と短い返事。でもどこか、ためらっているような……。

「今夜はずっと病院で過ごす？」

ふたたび間があいた。「うん、そのつもりだ。きみのほうは何も問題ないか？」

「ええ、大丈夫。あなたはふたりのそばにいたほうがいいわ」

「たぶんね」

「何か話し足りないことがあるんじゃない？」

ふっと息を吐くのが聞こえた。「急を要することは何もないよ。できるだけ早く帰るから。愛しているよ、オリー」

「わたしも」

シアンとマルセルのことを話して意見を聞きたかったけれど、いまはよそうと思う。とても疲れているようだから、少しでも休んだほうがいい。

「あしたはかならず帰るから」

「うん、待ってるわ。くれぐれも気をつけてね」

「きみも――」彼のやさしい笑顔が見えるようだった。

「ミズ・パラス、ミスター・リード」

バッキーとわたしが――四人のシェフも――顔をあげると、厨房の入り口にサージェントとアシスタントのマーガレットがいた。

わたしはサールディスカ料理（キャベツ、鶏ひき肉、米）を教わっていた最中で、エプロンで手を拭きながらそちらへ向かった。

「おはようございます、ピーター、マーガレット。何か急用でも？」

マーガレットはうなずくだけで何もいわない。

サージェントはいつものようにお腹の前で両手を組み、部屋にいる一人ひとりをざっとながめ――キリアンに目を留めた。唇の端がゆがんだのは、たぶん微笑だろう。

「おはよう。ホワイトハウスの厨房で、楽しい経験を積んでくれていると思うが、いかがかな？」

四人同時にうなずいたものの、誰ひとり言葉を発しない。

「ミズ・パラスとミスター・バッキーから、マルセルの不在によって困難が生じたという報告があった。しかし残念ながら、わたしには対応不可の状況であり、マルセルのアシスタントを短期であれ復帰させることはかなわず、二度の熱意ある要望には応えられなかった」

「ピーター、そういう話は総務部長室でするものではないかしら？」

いいや、どこでもいい、この厨房以外なら。なぜ、彼らがいる前でこんな話を？　どうしてわたしやバッキーに、先に教えてくれなかった？

サージェントの目つきが険しくなった。

「ミズ・パラス、きみは気づいていないようだが、ここにいるキリアンは――」彼のほうに手を向ける。「とても才能豊かなシェフでね」

「そういうことなら――」

サージェントはわたしの言葉をさえぎった。

「彼は州のトップ・シェフというだけではない」これにティボルが鼻を鳴らし、すぐ空咳でごまかした。「パティシエとしても、きわめて有能なのだ」

「それは――」なんとか話に割りこみたい。

サージェントはマーガレットのほうに首を振った。

「彼女の努力で、この情報を得ることができた」

マーガレットはサージェントに輝くような笑みを向け、そのままシェフ四人を見まわしたけれど、笑みはあっという間にしぼんだ。四人とも、なんの反応も示さないからだ。でもそれも、当然といえば当然のような……。

ヘクターとネイトはおちつかなげにこちらを見て、ティボルはキリアンをにらんでいる。そしてキリアンのほっぺたは、いつも以上に赤かった。

「ミズ・パラス、ここにキリアンがいるのは、われわれにとって非常に幸運ではないか？」

「ええ、とても」サージェントはいったい何をいいたい？

彼は四人に向かってつづけた。「いうまでもなく、マルセルの早期復帰を願ってやまない。が、彼の不在中は、キリアンに代役を務めてもらえればと思う」

わたしはびっくり仰天した。

「ピーター！」

彼は声を絞りだすようにしていった――「わたしのやることに抜かりはない」

唇を噛み、必死で気持ちを抑える。

「ちょっといいかしら、ピーター？」

彼はわたしを無視し、サールディスカ料理を味わうのをみんな楽しみにしているといいながら、スケジュールの再度の変更など、具体的な説明をしはじめた。マーガレットは射るような視線でわたしを見つづけている。

わたしはといえば、ほんとうにこれでいいのだろうかと、そればかり考えて、サージェントの話をまともに聞いていなかった。サールディスカの四人はときに熱心に、ときにとまどいつつ耳を傾けている。そのうちサージェントの口調から、そろそろ終わりが近づいたらしいとわかった。

「何か疑問点があれば、いつでもアシスタントに連絡してほしい。彼女は正確に、わたしに伝えてくれる」

サージェントとマーガレットが戸口に向かい、わたしは彼の腕に触れた。

「少し話したいのだけど」

「まあ、そうだろうな。しかし、時間は一分。わたしは忙しいのでね」マーガレットをふりむく。「きみは先にもどっていなさい」

彼女は若干不満げな顔をしたものの、有能なアシスタントとしては指示に従うしかない。

サージェントが厨房から配膳室を抜けて外の通路に出たところで、わたしはいった。

「マップ・ルームに行かない？」

反論は、なし。

マップ・ルームの壁はやさしいアイボリー系で、装飾も控えめだから、いまのわたしの気分にぴったりだった。それに人の出入りが少ない部屋で厨房にも近い。

ドアが閉まったところで早速訊いた。

「あれはいったいどういうこと？」

「いまさらいうまでもないが、わたしは人事を扱う総務部長だよ。その点に何か疑問でもあるのかね？」

「いいえ。人を雇うのもクビにするのも、ピーターの気持ちしだいというのは誰でも知っているわ。でも、パティシエの経験があるというだけで、キリアンをマルセルの代役にするのは納得できません。アメリカに、ホワイトハウスに来たばかりの人に、ほんとうに任せていいの？」

「これはわたしの決定ではない」

「じゃあ、誰の？」

「最高幹部だ」

「わたしに対して曖昧な言い方はよしてちょうだい。つまり、ハイデン大統領の決断ということ？」

サージェントは少しためらった。「違う。首席補佐官だ」

「セキュリティ違反はないのね？　大統領やゲストが口にするものを、外国から来た者に手伝わせてつくることはあるでしょう。でもそれと、完全に任せるのとはまったくべつよ。ほかに誰もそういう指摘をしなかったの？」

「とんでもない。しかしミズ・パラス、どうか、おちついてほしい。きみとわたしで政策決定などできないんだよ。この件に関しても、口をはさむ余地はない。あの四人は、サールディスカ政府とわが国のシークレット・サービスによって、厳しく審査されている」

わたしは納得できずにいらいらと、小さな円を描いて歩いた。

「だったら、さっきのやり方は？」厨房のほうに手を振る。「四人に話すまえに、わたしにひと言いっておこうとは思わなかった？」

「それでどのような違いがある？」

糊のきいたシャツの襟をつかんで、思いきり揺すってやりたい。

サージェントは困ったものだというように首をかしげたけれど、その顔にふっと何かがよぎった。

「そうだな、こういう言い合いは事前にすませておくべきだったかもしれない」

わたしは眉毛をごしごしこすった。これはサージェントの決定ではない、つまり彼もわたしとおなじ立場なのだ、いろんな思いがあったところでどうしようもない……。

「そうね、ひと言ほしかったわ」まえよりはいくらか冷静になれた気がする。

「悪いが、わたしとしてはこれが精一杯だ」サージェントの顔が険しくなった。「事前にきみと議論して方針変更できるはずもなく、そのような時間もなかった」

頭のなかがいっぱいで、何もいえない。

「お互い、マルセルの早い復帰を願うしかないだろう。そのときまで、きみはきみの力を発揮するものと信じている」スーツの袖を少し引き、わたしに腕時計を見せた。「きみとの時間は終了だ。わたしはつぎの仕事にとりかからねばならない」

サージェントは背を向け、去っていった。

もし……もしキリアンが、大統領のチョコレートスフレに材料以外のものを混ぜたら？

最後の防衛線は、わたしとバッキーだ。

こうなったら、やるしかない。わたしは腹をくくった。

9

不安を周囲に悟られないよう、気持ちをしっかりさせてからマップ・ルームを出た。厨房にもどっても、誰もわたしに気づかない。バッキーはコンロの鍋を指さしながら、キリアンとティボルに何か話している。三人とも、わたしのほうには背を向けていた。

ヘクターとネイトは中央カウンターの端で向かいあい、茹でたキャベツで具材を包んでいる。見た目はポーランドのロールキャベツ、ゴウォンプキに似ているけれど、サールディスカ版はもっとスパイシーだった。サージェントが来るまえ、ティボルが手短に講義をし、それによると、キャベツできっちりおなじ大きさに包んでから、キャセロールに隙間なく並べなくてはいけないとのこと。

ティボルは包み方を実演した。じつに手際よく、一分とかからずに四つのロールがきれいに仕上がった。たぶん、数えきれないほどつくってきたのだろう。

その後、包む作業にとりかかったのは、ヘクターとネイトだけだった。そしてしばらくして、サージェントとマーガレットがやってきたのだ。

いま、ヘクターは茹でたキャベツの山から一枚とった。わたしにはまったく気づかず、それをネイトの顔の前でひらひら振りながらにやついた。ネイトは自分のキャベツに肉ダネをのせようとして、振られたキャベツのしずくが鼻に当たり、むっとして顔をあげた。ところが、怒りの表情はすぐに消え、にやけ顔に変わった。サールディスカ語で二言三言いうと、目の前のキャベツをつかみ、ヘクターに投げ返そうと振りあげ――。

わたしがいるのに気づいたらしい。ネイトはヘクターをにらみつけると、何事もなかったかのように、そのキャベツを手もとに置いた。

ヘクターは口もとをひきしめて、新しいキャベツをとると作業を再開。ふたりともうつむいて、仕事に集中しているふりをした。しかし出来上がりを見ると、ティボルがお手本でつくったものとはほど遠い。

ここでバッキーたちもわたしに気づいた。

「お帰り」バッキーは明るい声でいったものの、わたしに何かいいたくてたまらない目をしている。

「何をつくっているの？」ロールキャベツと違う料理なのはひと目でわかった。

バッキーは言葉に詰まった。「これが何かは、きみの考えしだいというか……。サールディスカの伝統的な祝賀メニューを試すことにして、キリアンにお勧めのデザートを訊いてみたんだが」ふたりのほうへ手を差し出す。

するとキリアンが口を開く間もなく、ティボルが何やらうめき声をあげ、両手で自分の脚をばしっと叩くなり、ずかずかカウンターのほうへ行った。そしてスチールのカウンターを力いっぱい叩き、ネイトにサールディスカ語でわめきたてた。

わたしはあっけにとられ、「どうしたの？」とキリアンに訊いた。

キリアンの顔は紅潮している。「ネイトが仕事をうまくできない。ヘクターもおなじだが、ティボルは気づかなかったようだ」

ティボルは激高し、叱りつけていた。お手本の美しいロールキャベツは型に並べられ、その横に、ネイトとヘクターがつくった塊が八つ、乱雑に置かれていた。出来はティボルの足もとにも及ばないけれど、あそこまで怒りくるうほどではない。

「見苦しいな」バッキーがつぶやいた。

それがロールキャベツを指しているのか、ティボルの怒り方なのかはわからない。

「彼はヴァージルどころじゃないかもね」

「そこまでひどくない……と思いたいな」

わたしはカウンターへ行くと、ティボルの腕をつかんだ。

「それくらいにしてちょうだい」

彼がくるっとふりかえった。

「この厨房で、今後そういうことは控えるように」

ティボルはわたしの手を振り払った。

「なんのつもりだ？」

大声を聞きつけたのだろう、シークレット・サービスがふたり入ってきた。

「何かありましたか、シェフ？」

「ううん、何もないわ」わたしは嘘をついた。

ティボルは真っ青になり、シークレット・サービスが出ていくころには態度が一変した。出来の悪いロールキャベツに両手を振りながら後ずさる。

「これでいい。わたしがまちがっていた。謝罪する」

わたしとバッキーの目が合った。彼もティボルの態度の急変に困惑している。

「どういうこと？　あそこまで怒った直後に謝罪するの？　よくわからないわ」

ティボルはわたしのほうを見もせず、キリアンのもとへ行った。

「わたしがいけなかった」と、ティボル。

キリアンは彼の肩を叩いた。

「ティボルもヘクターもネイトも、少し休むといい」

キリアンはわたしをふりむき、目で何かを訴えた。たぶん、話したいことがあるのだろう。

バッキーとわたしは仕事中に休憩はとらないけれど、サールディスカから来たシェフのためならつきあうしかない。

「そうね、少し休憩しましょう。バッキー、みんなを海軍食堂に案内してくれる？　コーヒーでもなんでも好きなものを飲んで」

バッキーは小さくうなずいた。「じゃあ、行こうか」とシェフたちにいってから、わたしをふりむく。「時間は？　十分か十五分くらいかな？」

わたしは時計に目をやった。ランチの準備にとりかかるまで、時間の余裕はある。

「ええ、それくらいね」

バッキーはみんなを引きつれて出ていった。キリアンはドアまでいっしょに行ってから、仲間たちの肩を叩いて言葉をかけると、わたしのほうにもどってきた。

「騒ぎを起こして申しわけない。アメリカでの暮らしは、想像していたものとずいぶん違った。あなたたちはとても……とても率直だ。驚くほど、よくしゃべる」

いったい何をいいたいのだろう？

「夜、ホテルの部屋にいるときも」ホテルがある方向に漠然と手を振る。「この厨房で体験した自由が信じられないほどだ。誰にも制止されずに話せ、動ける」

「だって、みんな職業をもった大人だもの」

キリアンはにこっとした。「あなたとわたしの国はずいぶん違う。アメリカではいいたいことをいい、したいことができるといわれるが、わたしはそんな噂は信じなかった。仲間たちもおそらく信じていなかっただろう。子どものころからずっと、アメリカの自由や幸福はただの宣伝でしかないと教わってきた」

また〝宣伝〟……。サールディスカ政府が偏向教育しているなら、キリアンたちをホワイトハウスに行かせたりしないと思うのだけど？　しかも、二週間も。アメリカの自由と文化、理想は、ただの宣伝ではないといやでもわかってしまうだろう。サールディスカ政府は何を考えて、彼らをここに送りこんだのか？

わたしがそれをキリアンに尋ねると、彼は考えこんだ。

「世界は変わりつつあると、サールディスカも気づいたのだろう。使節を送って様子見をしておかないと、後々苦しむことになると考えた。でなければ――」力なくほほえむ。「わたしたちの忠誠心を試したか。この四人のなかに、反政府の思想をもつ者がいると疑ったのかもしれない」

「あなたは違うの？」

キリアンは左右を、天井から床までを、目をこらして見まわした。

「監視カメラなんてありませんよ。盗聴器もね」

「断言できるか？」

「ええ、できます」

キリアンは大きなため息をついた。

「ティボルは苦しんでいる。彼はアメリカの幸福を見たくない」

「わたしたちの暮らしを見れば、彼でも多少は影響を受けないかしら？」

「ティボルの両親は反政府の運動家で、ティボルが幼いときに投獄された。その後は一度も、両親には会えていない」

「大きな罪でも犯したの？」

キリアンはかぶりを振った。「いまでいうところのテロリストではない。国に変化をもたらそうと人びとを説き、団結しようとしただけだ。彼らにとって、ティボルにとって不幸なことに、その願いはかなわなかった」

「かわいそうに……」

キリアンは遠い目をした。「ティボルは小さいうちから監視の対象となり、政府の思想を叩きこまれた。彼は国がつくった製品といっていい。だからこそ、自分の好きな道に進むのを許可された」

「それが料理の道？」

「そう。ティボルは特権を与えられ、国の教えを守り、奨励し、出世した。しかし、ここに来て——」両手でぐるっと厨房全体を示したけれど、たぶんアメリカという国そのものを指しているのだろう。「これまで信じていたことが、揺らいでしまった」

「あなたが訪米を許可されたのはどうして？　ティボルよりよほど柔軟な人に見えるわ。アメリカについてどう思います？」

キリアンはほほえんだ。「わたしの家系は代々、名のある料理人。わたしは料理人として生まれ、調理を愛している」

「ヘクターとネイトは？」

「ふたりとも、発展が遅れた地方から出てきた。ティボルとわたしは何度かいっしょに仕事をしたことがある。しかし、ヘクターとネイトはわたしたちほど知識がなく、経験も浅い」

あきらめたように首をすくめる。「そのわりに、とてもよくやっている」

わたしはふうっと息を吐いた。「ありがとうございます、いろいろ教えていただいて」

キリアンはうなずいた。

と、そこで、わたしは彼が質問のひとつに答えていないことに気づいた。

「アメリカのことをどう思います？　びっくりしたこともあるでしょうが、見方が変わったりしました？」

キリアンはまた周囲をうかがった。

「もし話したくないのなら……」

「そういうことはない」唇を結んで目を伏せる。そして意を決したように目をあげると、わたしを指さした。「以前いったように、サールディスカでは女がボスになることはない」

「わたしが料理長だとやりにくいということですか？」

キリアンは何度もうなずいた。「最初はそうだった。しかしあなたには、女以上の何かがあるように感じた。うまくいえないが、苛立ちは減少した」

「それはよかった……」

「ティボルもわたしとおなじだと確信している」

「そうは見えませんけど……」

「きょう、ティボルはいらいらした態度をとった。あれは、苛立ちが減ったことへの苛立ちだ。何をいいたいか、わかるだろうか？」

「ええ、わかりますよ。でもそうなら、もっとほかにも見方が変わったことがあるのでは？」

彼は少し困った顔をした。

「わたしの家系は何代にもわたり、国にとてもよくしてもらった。しかしわたしには、もっとほしいものがある。この国には、わたしの国にないものがたくさんある」

「ケリー・フライバーグのことはどう思います？　もし彼女が選挙で勝てば、ずいぶんいろんなことが変わるでしょう」

キリアンはうつろに笑った。「彼女は勝てない。わたしにはわかる」

「だったらどうして、彼女をアメリカに？　単なるショーですか？」

盗聴器などないといわれてもなお、彼は声をひそめた。

「そう、ただの見せかけ、ショーでしかない。あなたはわたしの国を理解していない。指導者たちは、ほかの国から敬意を払われることを望んでいる。しかし、望みはなかなか、かなわない。フライバーグの革命的思想は、サールディスカも変化を受け入れ成長する国であることを世界に示すメッセージとなる」

「でも実態は違う？」

「国内は、安定しているとはいいがたい。政府はすべて順調のように見せたがっている。国民は飢えることなく健康で、しあわせに暮らしていると。しかし、そのような国民は一握りでしかない。そしてわたしは、その幸運な一握りだ」あたりを見まわし、ため息をつく。

「だがそれでも――」

「ひょっとして、キリアン……あなたはアメリカに亡命するつもり？」

彼は恐ろしい目でわたしをにらんだ。

そこへ、バッキーたちがもどってきた。

キリアンは鋭い目つきのまま、わたしの耳もとでささやいた――「ここで話したことは他言無用だ」

10

ギャヴを起こさずに、目覚ましの時刻だけ確認した。アーマとビルに会いに行き、彼にとってては長い一日だっただろう。とはいえ、八時の訓練に遅れてはいけない。

そしてわたしは、早く出勤したくてたまらなかった。マルセルから、仕事に復帰できると連絡があったのだ。これでサールディスカのシェフたちのスケジュールも再調整できる。とにもかくにも、マルセルがホワイトハウスにもどってくれるのがうれしい。

ギャヴはゆうべ遅く帰ってきて、何も問題ない、ただ疲れているだけだといい、詳しい話はきょうの夜、聞くことになった。結婚するとき、一人暮らしが長かったわたしは共同生活が不安だったけれど、いざスタートしてみると、少しでも彼といっしょにいたくてたまらない。彼のほうもおなじ気持ちでいてくれて、結婚を決意するまで長い時間をかけたことがむしろよかったのかもしれないと思う。

気持ちをひきしめて厨房に入ると、心地よい静寂に包まれた。消毒薬のにおいがぷんと鼻をつく暗がりを歩いて、ライトをつける。カウンターからオーヴンから、何もかもが穢《けが》れのない美しい光を放った。調理をする場は、何をおいても清潔でなくてはならない。キャビネットへ行き、洗いたての調理服とシェフ・エプロンを手にとって、ここにバッキーとシアンがいてくれたら、としみじみ思う。三人でときにいいあいながら、力を合わせて仕事をした日々が、はるか昔に遠のいたような気がした。シアンを失うのは、言葉にならないほどつらい――。

朝食の準備でカウンターを拭きながら、前向きに考えろ、と自分にいいきかせる。ともかくマルセルは帰ってくるのだ。たとえ片方の手しか使えなくても、彼の存在はとても大きい。

「おはよう」バッキーの声がした。

「おはよう。きょうはずいぶん早いじゃない」

バッキーはキャビネットから調理服とエプロンをとった。

「おなじ言葉を返そう」

「にぎやかな一日が始まるまえに、静かなひとときを過ごしたいってところかしら？」

バッキーはエプロンの紐を結んだ。

「ほんと、この厨房はいつも大波小波で、凪《な》ぐことがない。支出削減下なら、もっと穏やかでいいはずなんだが。現実には目くじらたてる同業者のご機嫌をとらなくちゃいけない」

わたしはカウンターを拭く手を止めた。

「ここはホワイトハウスの厨房で、わたしたちの本務は、国内最大の力をもつ人のために料理をすることなのにね」

「それはピーター・エヴェレット・サージェント三世のことか？」

わたしは吹き出した。

「いいえ。サージェントが自分をどう思っているかはべつにして――」笑いながら。「まわりが権力者として認め、敬う人よ」

「失礼」バッキーはにやにやした。「ぼくの勘違いだった」

それからシアンのことを話しながら、ファースト・ファミリーの朝食準備にとりかかった。大統領は平日でも、できるかぎり家族と朝食をとり、お子さんたちが学校に行くのを見送るようにしている。給仕係が来るまでまだ一時間ほどあるから、あわてなくてもいい。

「シアンはきみにいつ話そうかと悩んでいたよ。打ち明けるのがつらそうだった」

「ええ、聞くほうもつらかったわ」

「彼女は今後、どうすると思う？」

「シアンなら……」フリッタータ用に卵を割っていく。「望みの職につけるでしょう。ホワイトハウスでの実績があれば、高級レストランやホテルの料理長にもなれると思うわ。本を書いてもいいし、全国をまわって講演するとか」

「きみはここをやめたら、そうする気か？」

卵を割る手が止まった。「そんなに先のことまで考えたことはないわ」

「先のことは考えない？」バッキーはコンロにフライパンを置いた。

「いまの仕事が好きだから、ほかのことは思いつきもしないというか……。これ以上の仕事はないと思っているの」

「たしかにね。ところで、きのうはキリアンとどんな話をしたんだ？」

わたしは卵をかきまぜた。「彼の話を聞いていて、サールディスカ政府には圧政的な印象をもったわ」キリアンに口止めされたから、あまり具体的なことは話せない。亡命うんぬんに関しても。

ただ、どうすれば亡命できるのか、わたしはまったく知らない。それにキリアンは、アメリカに来ていろいろ考えることはあったにせよ、サールディスカでは恵まれた環境にいるようだった。表面的なものではうかがいしれない、もっと深い何かがあるのかも……。

「ぼくはヘクターの話を聞いたが、圧政的な印象はなかったな」

「四人とも出身地が違うでしょう。地域によってずいぶん差があるんじゃない？」

「うん、それはそうみたいだ。ただ、ヘクターもネイトも、不満はひとつもいわなかった。あのふたりは、キリアンやティボルより呑気なんだろ」

「少なくともティボルよりはね」

「彼は何が気にくわないのかな……。二週間も外国で過ごすんだから、その経験を楽しめばいい。なのに彼は、アメリカなんかくそくらえと思っている」

キリアンの話がほんとうなら、ティボルの反抗的な態度をあまり責められないような気がした。でもバッキーに、彼の生い立ちを話すことはできない。これからはティボルにむっとしても、できるかぎり我慢するとしよう。

バッキーはうつむいて作業しながら、「残してきた家族が心配なのかな」というと、顔をあげた。「奥さんとか子どもとか。でも二週間くらいなら、たいしたことはないよな」

わたしは刻んだパプリカをフライパンに入れた。ぱちぱちはねる野菜の甘い香りをかぎながら炒める。

「サールディスカの資料には、仕事関係の履歴しかなかったわ。でも、家族はいるはずよね」

「ネイトは独身で、一人暮らしだといっていた。訪問団に選ばれたのは、料理人としてはラッキーだよ。調理の分野に関し、彼の地元はキリアンやティボルの地元より遅れているらしいから。ヘクターもネイトも、この厨房が地元の厨房とずいぶん違うことにびっくりしていた」

「休憩時間をとって、いろいろ話せてよかったわね」ティボルは家族について語っただろうか？　「ヘクターやティボルは家族の話をした？」

バッキーは首を横に振った。「ティボルはぜんぜん話さないよ。ヘクターには弟がいて、やはり料理人らしい。地元がおなじだから、この訪問団に選ばれるのに兄弟ではりあって、弟はずいぶんがんばったが、兄に負けてしまった。ヘクターは弟がかわいくてたまらないようだ」

わたしはフライパンに卵を入れて、均一になるように混ぜた。

「あと一週間半残っているわ。先行き不安だけれど、彼らのことをもっとよく知れば、歩み寄れる点も増えるわね、きっと」

外で足音がして、シークレット・サービスふたりが四人を連れてきた。

「おはようございます」わたしが挨拶すると、四人はサールディスカ語の訛りで同時に「おはようございます」と応じてくれた。

ヘクターとネイトはにこっとして片手をあげ、後ろにいたキリアンもおなじように手をあげると、わたしの目をじっと見た。たぶん、他言無用の確認だろう。わたしはほほえんで、うなずいた。そのやりとりに気づいたのか、ティボルがわたしをにらみつける。

四人は早速キャビネットから、新しい調理服とエプロンをとりだした。ここの習慣のひとつが身についたようで、わたしとしてはうれしいかぎり。

給仕たちがやってきて、バッキーとわたしはそれぞれの料理に最後の仕上げをしてから渡した。すべて順調。いい一日になりそうだ。

四人のシェフが来てから初めて、わたしは明るい気分で前向きになれた。

「おはよう」サージェントがつかつかと入ってきた。きょうはアシスタントなしでひとりだけど、すぐキリアンのほうに目を向けてにんまりし、わたしはいやな予感に襲われた。

どんな用件だろうと、まずわたしに話してほしい。

「ピーター」わたしは近づいて、彼の行く手をさえぎった。「こんなに早い時間にどうしたの？　ふたりきりで話したほうがいいかしら？」

「マルセルが復帰する」

「ええ、そう聞いていますけど？」

サージェントはわたしが邪魔なのだろう、いらついた顔をした。だけどわたしは動かない。

「きょう、ゲストをひとり迎える」

「きょう？」

サージェントは恐ろしい目で、「そこをどいてくれるかな？」といった。

わたしがしぶしぶ脇に寄ると、サージェントは口の前で両手を合わせ、みんなに向かって声をあげた。

「本日の午前中、サールディスカの大統領候補ミズ・ケリー・フライバーグが、ハイデン大統領との会談でホワイトハウスを訪問する」

急な話に、四人のシェフは驚きの声をあげた。ただし、ティボル以外は喜んでいるらしい。

「では、ランチの用意が必要かしら？」

「いや、ミズ・フライバーグは西棟の海軍食堂で昼食をとる。食堂には連絡ずみだ」

「ありがとう」わたしはつぶやくようにいった。

サージェントはみんなに向かってつづけた。「ミズ・フライバーグはあなた方に――」四人のシェフに向かって手をのばす。「会いたいとのことだ。滞在日数が限られているため、時刻はまだ調整中だが、本日中に厨房を訪ねることになるだろう。新たな情報が入れば、わたしからシェフ・パラスに伝えるので、何か質問があれば、彼女に尋ねてほしい」

サージェントはわたしをふりむいた。

「いいかな？」

「ええ。予定に大幅な変更があったのね？」

「ホワイトハウスからニューヨークに直行せず、フィラデルフィアに寄ることになった。外遊全体のスケジュールは延長しないとのことだ」

「ほかに何か知っておいたほうがよいことは？」

「きみに対し、訪問の事前通知があるかどうかは不明だ。困ったものだが、わたしたちもどたばたしていてね。心の準備をしておいてほしい」

「はい、了解」

11

「わたしのオリヴィア!」ギプスの腕をアームスリングで吊るしたマルセルは、逆の腕をわたしの肩に置き、両方のほっぺたにキスをした。「バッキーにもキスをしたいが、そんなことをすればぎっと殴られる」マルセルはバッキーにウインクし、バッキーはわざとらしく顔をしかめていった。

「うれしいよ、もどってきてくれて」

マルセルが肩にはおっていたコートを片手でとると、真新しい真っ白な調理服が現われた。もちろん、ギプスの腕も袖に通している。

「調理服を自宅に置いていたの?　外で公式行事があるとき以外、ホワイトハウスからは持ち出せないでしょう?」

マルセルの白い歯が、黒い肌に輝いた。聴衆がいるのを確認するように周囲を見まわす。四人のシェフは興味津々で聞き入っていた。

「ホワイトハウスにこっそり何かを持ち込むのは非常に困難」と、マルセル。「でも、逆はそうでもない」わたしの頰を手のひらで軽く叩いて、またウインクした。「緊急事態は予測がつかないからね、自宅に二着ほど置いていた」

じつはわたしのアパートにも、万が一に備えた一着がある……。

「賢者はおなじことを考える、ってやつね」わたしは笑った。

それからマルセルに、ケリー・フライバーグの予定変更と、厨房訪問はきょうになることを伝えた。

「はい、はい」と、マルセル。「彼女はホワイトハウス・ツアーをするのかな？」

「時間があればするでしょうね」そこで微妙な話をするしかなくなった。「マルセルが不在のあいだは、キリアンが代役を務めることになったのだけど、こうしてもどってきてくれたから……」

マルセルはわたしの手を叩いた。「ムッシュ・サージェントから、わたしが完全回復するまでの対応についてはとっくに聞いたから。総務部長の判断は正しいと思うよ」マルセルはキリアンをふりむいた。「ムッシュ、あなたの作品を試食できるのを楽しみにしています」

キリアンは頬を赤らめた。「あなたの作品とは比べようもない」

「お気遣い、ありがとう」マルセルはほほえんだ。

「どうか、指示を出してほしい。ペイストリー・キッチンはあなたのホームグラウンドだ。わたしは訪問者にすぎない」

「では、助け合いながらやりましょう」

わたしは心のなかで拍手した。思ったとおり、きょうはいい日になりそうだ。

厨房の仕事はバッキーに任せ、わたしとキリアン、マルセルは今後のスケジュールを練るために静かな図書室へ行くことにした。

なかに入るとキリアンが、書棚の本に手を触れながら歩き、「ツアーでは、この部屋にも来る？」と訊いた。

「ええ、たいていはね。でもいまは支出削減中だから、残念ながらホワイトハウス・ツアーも中止なの」

キリアンは熱心に部屋を見て歩いているから、わたしはもう少し待つことにした。ホワイトハウスで働いて何年かたち、わたしはここの施設のすばらしさに慣れっこになってしまったのかもしれないと、彼の姿を見て思う。

「誰でもこの部屋に入れる？」

「ええ。でも規則はあって、ツアー参加者は事前に届け出をしないといけないの。個人を特定できる情報をセキュリティ・チェック用に提供して、当日も持ち込み不可の品物がたくさんあるわ」

キリアンにとくに驚きはないようで、曖昧にうなずいた。

「いつもは大勢の人がここに来る？」

マルセルが笑った。「何百人、何千人もね」

「一年間の数？」

「いいえ、ホワイトハウス開放日の一日の人数よ」

キリアンは部屋の中央まで来ると、感心したような、でも信じられないような顔をした。

「すごい数。圧倒された」

わたしは椅子に腰をおろし、ふたりにもそうするよう手を振った。

「そろそろ始めましょうか」

「きょうはチョコレート工房に行こう」マルセルはじつに楽しそうだ。「感動するよ、きっと」

キリアンはふっくらした手をぱちぱち叩いた。

「すばらしい」

「時間は二時くらいでも？」

「はい、二時で」

それから今週の残りのプランをいくつかたてた。マルセルが装花部に案内したり、バッキーが付き添って東棟《イースト・ウィング》のカリグラフィー室を見学したり――。カリグラフィー室では、晩餐会の招待状がどんなふうにつくられていくかがわかるだろう。

また、過去の大統領の食器が保管してある部屋も見てもらおうと思った。給仕の人たちも協力はいとわないといってくれているから。

そうやって打ち合わせを終え、三人で厨房にもどってみると、バッキーたちはカウンターに集まって肘をつき、何かの図面を熱心にながめていた。

「それでこちらが――」バッキーが説明している。「イギリス女王の晩餐会の座席表だ」

ヘクターがわたしたちに気づき、ほほえんだ。

「すごい準備。とても勉強になる」

ティボルは不満げに頭を振ると、カウンターの図面類を軽く叩いた。

「わたしは何ひとつ信じない。自慢したくて創作したものだ。サールディスカは無価値でもなければ無能力でもない」

「誰もそんなことはいっていないよ」バッキーが助け舟を求めるようにわたしをふりむいた。

「やり方が違うからといって」わたしはカウンターへ行った。「アメリカのほうが優れているとはかぎらないでしょう。たまたまゲストの数が多いだけで、晩餐会をたくさんこなしながら、少しでも良い方法を試行錯誤しているの。これからも改善しつづけると思います」

キリアンとマルセルがわたしの左右に立った。

「とても同感」

キリアンがいうと、ティボルは下の歯をむきだした。この人は、どうしていつもこんなに腹を立てるのだろう？　つらい過去を考慮しても、いささか過剰な気がした。

「わたしたちも、みなさんから学びます。この二週間の目標は、お互いに学び合うことですものね？」

ティボルは目を細めた。ヘクターが彼の腕に触れ、サールディスカ語で何かささやく。緊張した数秒が過ぎると、ティボルの肩から力が抜けて、表情もいくらかやわらいだ。

「サールディスカの伝統的デザートを教えよう」キリアンが作り笑いを浮かべていった。

つたのだろう。

「それはうれしい！」マルセルがいやに甲高い声をあげた。この場を少しでも明るくしたかったのだろう。

「大統領候補の晩餐会は、準備の仕方を目の当たりにするいいチャンス」キリアンはティボルの横に行くと、両手を肩にのせた。「アメリカがいうことはすべて宣伝だと教えられた。長いあいだそれを信じてきたのは、比べるものがなかったからだ。でもいま、教えられたことは真実ではないかもしれないと思うようになり、それがティボルは気に入らないのだろう？　心を閉ざして、このチャンスを無駄にするのはもったいない。国が嘘をついていたのかいないのか、自分の目で確かめなくてはいけない」

ティボルは肩を揺すり、キリアンの手を振り払った。

「祖国への冒瀆《ぼうとく》！」

ティボルは厨房を出ていき、追いかけようとするヘクターをネイトが止めた。

「ひとりにさせておきなさい」と、キリアン。「わたしはティボルをよく知っている。彼の信じていたものが、がらがらと音をたててくずれようとしている」

「どうしてティボルがこの仲間に？」

ヘクターが、わたしとおなじ疑問をキリアンにぶつけた。そして彼の答えは――。

「わからない。しかしおそらく、ティボルは試されている」

わたしたちが打ち合わせをしているときに、ティボルはもどってきた。もぐもぐと、謝罪とも不満ともつかない言葉を口にする。

「つぎは——」わたしはつづけた。「チョコレート工房に行きますね。マルセルは自分のデザインを早く見せたくてたまらないでしょうから。彼はほんとにアイデアマンで、美的センスもとびぬけているの」

「お世辞はほどほどに」マルセルは片手を振ったけれど、まんざらでもなさそうだ。

「ここに来た最初の日に、彼の名作を見たのは覚えている？」

四人ともうなずいた。

「だったら、心構えはできているわね。チョコレートは一番人気のデザートで、チョコレート製の〝芸術作品〟ができあがっていくのを見たら、まばたきするのも忘れるかも」

マルセルはみんなの注意をひこうと、ギプスの腕を少しあげた。

「細部まで解説するのはむりだと思う。それでも、わたしといっしょに行ってくれるかな？」

「もちろん」キリアンが代表で答えた。

時計を見ると、予定していた時刻にぴったりだった。バッキーとわたしは、ファースト・レディのミーティング用の軽食を準備しなくてはならない。マルセルが四人を連れて工房に行ってくれるのは、とてもありがたかった。

「では、出発」マルセルの号令で、みんなぞろぞろと厨房を出ていった。

「まるで交通整理のおまわりさんだな」ふたりきりになったところでバッキーがいった。

「移動のタイミングがずれると、事故を起こしかねない」小さなため息。「それにしても、テイボルはどうしてああなんだ？」

わたしは逡巡した。でもバッキーのためにも、最低限のことは話すべきだと心を決める。

「キリアンから聞いた話だと、かなりつらい育ち方をしたみたい。彼にとって、サールディスカ政府は父親みたいなものというか……。だから父親に嘘をつかれていたとは思いたくないのよ」

バッキーは両手を拳にして腰に当て、彼らが出ていったドアをふりむいた。

「だったらなぜ、彼をアメリカに来させた？ 思惑なしに、そんなことはしないはずだ」

「そこが不思議なのよねえ……。二週間は長いといっても二週間でしかないから、彼らが帰国すれば、謎は謎のままだわ」

バッキーは首をかしげた。

「オリーらしくないな。納得できないことは徹底して調べまくるんじゃないか？」

「人手不足の状況で、外国からのお客さまシェフをもてなさなくちゃいけなくて、しかもそのひとりが困った人で……くんくん嗅ぎまわるなんて、できるはずないでしょ」降参したように両手をあげる。「トラブルはごめんだわ。今回は波風が立たないよう、精一杯お行儀よくするの」

ファースト・レディのミーティング用の軽食を給仕に渡してすぐ、シークレット・サービスがひとり、厨房の入り口に立った。唇をほとんど動かさずに押し殺した声で、「ケリー・

フライバーグがこちらに向かっています」という。

わたしはさっき見たばかりの時計をもう一度見た。

「サールディスカのシェフたちを呼びもどせということね？」

「自分の任務は伝えることだけで、それ以上は答えられません」

「でも、あと何分くらいで到着なのかしら？」

外でエレベータの音がした。

「どうぞ、こちらへ」シークレット・サービスは片手を通路側へ差し出し、反対の手をわたしのほうへ向けた。

ドアの縁から女性の顔がのぞいた。これ以上ないほどの満面の笑み。彼女がケリー・フライバーグだろう。隣には、スーツのポケットに手を入れたハイデン大統領がいた。

「頼りになるシェフたちが、ここでおいしい、かつ健康的な食事をつくってくれる」と、大統領。「しかも、わたしたちに降り注ぐ火の粉まで払ってくれることがある」大統領はわたしにウインクした。「やあ、オリー、調子はどうだ？」

「お越しいただき、ありがとうございます、大統領」

「ケリー、彼女がホワイトハウスの誇るエグゼクティブ・シェフ、オリヴィア・パラスだ。そしてこちらが、有能な副料理長のバッキンスター・リード」

「はじめまして」わたしはフライバーグと握手した。

ひととおり挨拶が終わったところで、バッキーがわたしの耳に、四人のシェフに知らせに行ってくるよ、とささやいた。

ケリー・フライバーグは、新聞や資料の写真よりずっとすてきだった。ブロンドの髪をゆるく編んで肩に垂らし、自信と威厳に満ちた顔はやさしい笑みをたたえている。

しかもびっくりしたことに、彼女は長毛の白い犬を抱いていた。耳はぴんと立ち、目は明るい茶色でとてもかわいい。わたしは思わず尋ねた。

「そのわんちゃんは……」

「女の子よ。名前はフロスティ」

「さわっても……いいですか？」

「ええ、どうぞ」

わたしが首をなでると、フロスティは手のひらに鼻を押しつけてきた。

「ウェストハイランド・ホワイトテリアなの」

「〝ウェスティ〟ですね？」

「あら」とてもうれしそうに。「よくご存じね」

「中西部の友人の家に、ダンカン・トライロンという名前の子犬がいるんです」フロスティの頭をよしよしと叩く。「ウェスティはみんな、いい子だもんねえ」

フライバーグはフロスティの頭に鼻をこすりつけた。

「どこでもいっしょに行くの。まったく違う環境でも、この子がいてくれると気持ちがおちつくから」

四人のシェフはこれをどう思うだろう？　それに何より、どうしてサージェントはわたしに愛犬の話をしてくれなかった？

「ミズ・フライバーグは——」わたしたちの会話がとぎれたところで大統領がいった。「同胞のシェフたちに会いたくて来たんだが」厨房内を見まわす。「みんな早退したのかな？」

「いいえ、いまはチョコレート工房にいるので、バッキーがご到着を知らせにいきました。マルセルは嬉々として解説しているでしょう」

「そうだな。想像がつくよ」

「チョコレート工房？」と、ミズ・フライバーグ。「そういう場所がここに？」

「もしよろしければ、ご案内いたします」と、わたしはいったものの、工房は狭苦しく、大人なら二、三人くらいでちょうどいい。いまはそこに合計五人がいて、大統領とミズ・フライバーグが加わり、シークレット・サービスまでぴったりくっつくとなると、息すらできなくなるかも。

「でも工房はとても狭いので、シェフたちがもどってくるのをこちらの厨房でお待ちになってはいかがでしょう？」

「うん、それがいいな」と、大統領。

「のちほど、マルセルの絶品チョコレートを楽しんでいただければと思います」

ミズ・フライバーグはほほえんだ。「ええ、ぜひ」

駆ける足音がしてふりむくと、バッキーだった。顔は青白く、肩で息をしている。

「オリー」ごくっと唾をのむ。「失礼します、大統領」

「どうしたの?」

「マルセルが……」息がつづかない。「倒れたんだ」

12

バッキーの言葉を理解するのに数秒かかった。

いい
また倒れたの？

シークレット・サービスは大統領とミズ・フライバーグを囲んで厨房から移動させようとし、大統領はわたしの腕をつかんだ。

「何かわかったら知らせなさい」

「はい、大統領」

わたしとバッキーが急いで厨房を出ると、べつのシークレット・サービスがひとり駆けてきた。

「工房からサールディスカの料理人を連れ出してください。あそこは狭いので、医者が診断できる場所を確保しなくてはなりません」

彼はそれしかいわなかった。マルセルはどうしたの？　また薬の用量をまちがえた？

「自分についてきてください」シークレット・サービスはわたしたちを先導して工房へ向かった。

到着すると、サールディスカの四人が工房からよろめきながら出てきた。わたしはなかをのぞいてふたつのことに気づく――むっとする熱さと、床面の血。

「何があったんです?」わたしはマルセルの横にひざまずいている医師に訊いた。

医師はアシスタントに何か大声で命令すると、肩ごしにわたしを見ていった。

「彼らを早く連れていきなさい」

「キリアン、行きましょう!」

マルセルのことが気になって仕方ないけど、わたしにできることはないだろう。うしろ髪を引かれる思いで厨房にもどると、シェフたちはサールディスカ語で話しまくった。意味がわからないのがたまらなくじれったい。

「教えてちょうだい。何があったの?」

ティボルは顔面蒼白で、唇を引き結び、誰とも目を合わせようとはしない。そして厨房の隅のスツールまで行くと、腰かけるというよりも、全身を預けるかのようにどさりとすわった。

キリアンがわたしのそばに来た。

「マルセルは倒れるまえ、ティボルにしがみつこうとした。ティボルは支えようとしたが、マルセルは倒れて頭を打ち……」

「でも、無事なんでしょ?」

「わたしにはわからない」

そう、彼にわかるはずもないのだ。

「みんなが部屋を出るとき、彼の意識はあった？」少しでも安心できる材料がほしい。「何かしゃべった？」

バッキーはシェフたちの背後に立っていた。だから彼らには見えなくても、わたしには見える。バッキーはじっとしていられないほど、マルセルのことを心配している——。

「ねえ、何があったの？」おなじ言葉しかいえない。鼓動は速まり、顔が熱くなる。「何をしているときに倒れたの？」

キリアンは思い出そうと眉根を寄せた。

「復活祭の飾りで、ウサギとアヒルをチョコレートでどのようにつくったかを説明するといって……」ヘクターに尋ねる。「あのときはまったくふつうだったな？　おかしなところはなかった」

原因がなんであれ、命にかかわることではないと思いたい。薬の用量をまたまちがえた？　いや、マルセルがそんなミスを二度くりかえすはずはない。だったら、アレルギー反応？　血糖値の急上昇？

「マルセルは何か食べたのかしら？」

四人はおちつかなげに顔を見合わせた。

「マルセルはわたしたちに試食させた」と、キリアン。「ネイトは食べた。ヘクターも」テイボルを指さす。「彼も」

「あなたは？」

「わたしは食べなかった。わたしは甘いものはあまり食べない」

ん？　キリアンはパティシエとしても有能だったのでは？　まあ、いい。あとでゆっくり考えよう。

「ティボルは気分が悪くならなかった？」

彼は答えず、うるさいというように手を振った。

「ヘクターは？」

彼は余裕の笑みを浮かべ、両手をげんこつにして胸を叩いた。

「わたしは元気」

ネイトもうなずき、「わたしも元気」といった。

「マルセルは何を食べたの？」

これに答えたのはティボルだった。

「何も食べない。飲んだだけ。自慢のチョコレートを飲んだ」

たぶんマルセル特製の、あの温かいチョコレート・ドリンクだろう。従来のホット・チョコレートよりコクがあり、舌ざわりは絹のようで、ふわりと心地よい香りが残る。

「それに何か加えたかしら？」

ティボルは首をすくめ、仲間たちの顔を見た。

するとヘクターがうなずいた。「シュナップス」

「あなたたちも飲んだの？」

「飲んだ」と、ティボル。「マルセル、ヘクター、ネイト、わたしが飲んだ」

「それでも気分は悪くないのね？」

ティボルは万全とはいえないようで、額をこすった。

「彼がふたたび倒れるのを止めることができなかったのは残念だ」ティボルはわたしにじっと見られているのを感じ、こういいそえた。「マルセルの早い回復を願っている」

「どうしてかしらね……。病院でいくつも検査を受けて、問題がないから退院できたはずなのよ」

「医者がつねに正しいとはかぎらない」

ティボルはぼそりとそういった。

その日の午後、シークレット・サービスがひとりやってきた。マルセルは入院し、さらなる検査を受けるという。彼はわたしを安心させるようにいった。

「原因はかならずわかりますよ。それまで待ちましょう」

わたしもそう願っている。自分だけでなく、みんなのために——。

マルセルが欠け、またバッキーとふたりで仕切らなくてはいけなくなった。きょうはこれから何をすればいいのか、頭のなかを整理する。

「マルセルの今後の状況がはっきりするまで、サールディスカの伝統料理に集中しましょう。

わたしたちが勉強するのに、何かお勧めの料理はあるかしら?」

キリアンが、ある、といった。

「では、材料を書いてもらえます? 係の者に頼んでとりよせるので。届くまで、一日か二日はかかりますけど」そういえば支出削減中だから、もっとかかるかも。「教えていただけるのを楽しみにしていますね」

キリアンが材料をメモしているあいだ、バッキーはブレアハウスの晩餐会メニューをほかの三人と考えた。

わたしはサージェントに電話をしようと思った。大統領とケリー・フライバーグが厨房にまた来るかどうかの確認だ。そして受話器をとろうとしたら、逆に呼出音が鳴った。

「いったい、きみの厨房はどうなってるんだ、ミズ・パラス?」

「ちょうどいま電話しようと思っていたの。ミズ・フライバーグはこちらにいらっしゃるかしら? シェフたちはもうもどってきたわよ」

「厨房は安全か?」

「わたしにはそう見えるけど」

「大統領とミズ・フライバーグはいま上の階を見てまわっている。そちらにもどる時間があるとは思えないが、もしあれば連絡する」

電話は一方的にきれた。

「キリアン――」わたしは彼に声をかけた。「ペイストリー・キッチンのことで打ち合わせましょうか。マルセルが入院したから、わたしとバッキーが交代であなたのアシスタントにになるわ」

彼は首をかしげた。「あなたやバッキーに手伝ってもらわなくても、ティボルがいるから

いい。彼には十分な経験がある。あなたはペイストリーの経験が浅いといわなかったか？」

もっともな疑問だった。「わたしたちの目的は、知識と経験を分けあうことだから、お互

いにまじりあって仕事をするほうがいいでしょう」

「そこまで考えなかった」キリアンは納得したらしい。「では、そのようにしよう」

わたしたちは厨房とペイストリー・キッチンの時間配分や責任分担を細かく詰めた。やは

りひとりで責任をもつほうが充実感があるからだろう、キリアンは話しているうちに活き活

きしてきた。

バッキーは残りの三人を連れ、ほかの部署の見学に行った。

わたしはキリアンと今後数日の予定を確認すると、意を決して探りをいれてみることにし

た。よけいなことにはかかわらないと誓ったものの、マルセルがまた倒れて気持ちがおちつ

かない。

「ミズ・フライバーグと会えなくて残念だったわね」

キリアンはうなずいた。「そう、とても残念」

「時間さえあれば、また来てくれるとは思うけど」

キリアンのピンクの頰がもっとピンクになった。「そうなればうれしい」

わたしはさりげなくつづけた。

「サールディスカのことをもっと教えてくれない？」

キリアンは周囲を見まわした。

「何が知りたい？」

ここは正直に答えよう。

「あなたたちはサールディスカ語でどんな話をしているの？」

「不快なことは話していない」キリアンはほほえんだ。「ティボルとネイトは政治や宗教を語りあうことが多い。ヘクターとわたしは、それに加わらないようにしている」

「どうして？　ティボルとネイトは口論したりするの？」

「それはない。ふたりとも忠実なサールディスカ人」

「あなたとヘクターも忠実でしょ？」

「若者、ヘクターのことはわからない。しかし、わたし自身は国の制度の熱烈な信者ではない」そこであわてたように。「わたしは悪人、反逆者ではない。しかし、国のいうことが、わたしたちにとって最適であるという確信はもてない。教えられた以上のことが、世界にはたくさんあるように思いはじめてきた」

「アメリカに来たのも、そういう理由から？」

「疑問を抱いたのは、この旅よりずっとまえだ」いつものように周囲を警戒する。「わたしの忠誠心は、政府が思っているほどではない。わたしの心のなかを政府は知らない」拳で胸を叩く。「もし知られたら、わたしは国の外に出ることを許されなかっただろう」

「でも、あなたとおなじ疑問を抱いている人はほかにもたくさんいるでしょう？」

キリアンはほほえんだ。「たくさんいる。しかし、集まって議論する時間や場所を見つけるのはとても困難。国に疑問をもっただけで、反乱者として大きな苦しみを味わった者たちがいる」

「それはひどいわ」

彼は首をすくめた。「そのうち慣れる」

「でも、いまは四人だけでしょう？　話し合うことはできない？」

「わたしは彼らに――」表情がくもった。「自分の疑問を語る気はない。語ったとたん、わたしは裏切られ、国に帰される」

「彼らは彼らで、おなじように思っているかもしれないわ。疑問を抱いていることをあなたに話したら裏切られると」

「そのとおり」

「でもそれなら、ほかの三人が忠誠心に富み、疑問など感じていないと断定することはできないでしょう？」

キリアンはまばたきし、大きく息を吸った。

「そのようなことは、一度も考えたことがない。わたしは自分の考えを信じるだけだ」そこで苦笑い。「日々、お互いを知りつつある。時間がたてばわかるかもしれない」

「ええ、きっとね」

キリアンは顔をしかめた。

「どうしたの?」

「わたしが彼らを知ればそれだけ、彼らもわたしを知る。自分の考えを口にしてはならない。もし気がゆるんで……」言葉がとぎれた。「けっして油断してはならない」

わたしは自分の口に人差し指を当てた。「秘密は厳守します」

13

夕飯は、ギャヴが帰ってくるまでお預けだ。ひとりで食べる生活が何年もつづいたから、愛する人とひとつのテーブルで食事ができるのはとてもしあわせだと思う。メニューがなんだろうと、どんな話をしようと、彼とふたりで過ごせる時間が待ち遠しい。

ギャヴは夜中になるまえに帰ってきて、シャワーを浴びているあいだに料理を並べていく。といっても、今夜は残りものですませるしかなかった。ギャヴがシャワーを終え、グレーのTシャツとストライプのパジャマのズボン姿でキッチンに入ってきた。まだ髪は濡れている。とても疲れて見えたけれど、笑顔は温かい。

「オリー」彼はわたしの肩に腕をまわした。「何か手伝おうか?」

キッチンは狭いし、準備もほとんど終えている。

「いいから、すわって。少しはのんびりしてちょうだい」

「いいにおいがするな」

「きょうはいろいろあって、新しいものをつくる時間がなかったの。これで我慢してね」

彼は椅子にすわり、にやっとした。

「きみもいっしょに食べるんだろ？」

「ええ、いっしょよ」

「だったら十分しあわせな食卓だ」

わたしがサラダをテーブルに置き、ガスレンジに向きなおろうとすると、ギャヴがウエストに両手をまわして引きよせた。

「どうしたの？」わたしは笑った。

彼はわたしを自分の膝にすわらせた。

「アーマとビルのことが心配でね」

ギャヴは電話をかけてきたとき、どことなくためらっているようだった。そしていまも、何かをためらっている。あのときいえなかったことを、いまもいえない？

「どんなようすだったの？」

「電話で話したとおりだよ」

「でも、悩みごとがあるんじゃない？」

ギャヴはわたしの背中をなでた。「彼らには誰もいないんだ」

わたしは彼の首に片手をまわした。

「そうね。あなたもつらいでしょう」

「つらいのはビルたちだ。つらくて、さびしくて」

「あなたがわたしと結婚して、よけいさびしいのかしら？」

彼は目をそらし、首を横に振った。

「それは違うよ。しあわせになれたのを喜んでくれている。きみとの結婚をね」

「だったら？」

彼は思いつめたような目でわたしを見つめた。

「ふたりの力になれることをしたいと思う」

「ええ。いま、何か考えていることがあるの？」

ギャヴの目から感情が消えた。おそらくこれ以上は話したくないのだろう。気持ちの整理がつかないとき、彼はわたしと距離を置こうとし、それはわたしもおなじだった。そしてどちらかがそうなったら、無理に近づいたりせずに、そっとそのままにしておく。

彼の瞳にかすかな温もりがもどった。

「いずれゆっくり話し合おう」

ギャヴはわたしの背中をなでながらそういった。いまは話す時ではないと決めたのなら、それでかまわない。

「いいわよ」わたしは立ち上がると、彼の額にキスをして、準備の仕上げをした。

「それで、マルセルのようすはどんなだ？」

料理を食べながら、わたしは知っているかぎりを話した──意識はもどって、思考も明瞭、また入院したことに腹をたてている。

「彼と直接話したのか？」

わたしはお豆をすくいながらうなずいた。

「倒れた原因は聞かなかった？」

お豆を嚙んで、飲みこむ。「お薬の量はまちがえていないって断言したわ。二度とあんなことはしないって。でも当然、それも含めて検査、検査、検査よ」

「医者だって、前回とは違うと考えているだろう」

「さあ、どうかしらね。お医者さまはとりあえず、飲みつづけていたお薬の量を減らしたみたい。それで体の具合をモニターするらしいわ。でも、このまえ入院したときに、詳しく調べたはずなのよ。いまのところ原因は、まだ不明みたい」

「彼もさぞかしいらいらしているだろう」

「そうなのよ。頭を打ったときに脳震盪《のうしんとう》を起こしたらしくて、完全に回復するまで、ホワイトハウスの仕事からはずされることになったの」

わたしはギャヴに、訓練について尋ねた。いくら彼が望んでも、体の動きがもとどおりになるまで現場復帰は不可とのことで、訓練期間は延長され、この二週間、彼は毎日訓練場に通っている。

「筋肉記憶《マッスルメモリー》という言葉を聞いたことがあるだろう？　しかし、この体は――」自嘲ぎみに笑う。「記憶喪失になったらしい。とりもどすには、時間をかけるしかなさそうだ」

「わたしの目には、ぜんぜんそんなふうに見えないけど」

「きみはやさしいな。だが、基礎訓練のときでさえ、ここまで苦しくはなかった」

「少しずつでも楽にはなっていない？」

ギャヴはほほえんだ。「もう現場に出る歳ではなくなったかな、と思うときがある」

「歳？」サラダが喉に詰まりそうになった。「まだ四十歳と少しじゃないの」

「シークレット・サービスは、頭も体も敏捷《びんしょう》でなくてはいけない。いまはその条件に当てはまらない気がするよ」

少し自分に厳しすぎるような気がした。体つきは、とても四十代には見えない。長身で、贅肉はまったくないし、シャツを脱いだときに現われる鍛えぬかれた筋肉はすごいとしかいいようがないのだから。美しい肉体、という言葉がぴったりだと思う。

「現場にはもどりたいのでしょう？」

「できればね」

どこか生返事のように聞こえた。何かほかのことを考えている？

「きっともどれるわ」

そのとき、わたしの携帯電話が鳴った。手にとって、発信元を見てびっくり。ライマン・ホール病院なのだ。

「もしもし」

「オリヴィア！」

マルセルの大きな声がして、思わず電話を耳から離した。

「具合はどう？」

マルセルは返事もせず、一方的にしゃべりはじめた。

「これはね、病室の電話。ここは携帯電話が使えないから」小さな舌打ちの音。「オリヴィア、お願い、助けて！ きみの力がどうしても必要！」

電話を十センチ離しても聞こえるほどで、わたしはギャヴと顔を見合わせた。彼も困惑ぎみだから、マルセルの声がしっかり聞こえているのだろう。

「わかったわ。何をすればいいの？ 声は元気そうだけど、気分はよくなった？」

マルセルはわたしの問いかけを無視した。

「オリヴィア、とてもとてもたいせつなことだから、電話では話したくない」

「だったら……どうすればいいの？」

「いまどこにいる？ 話しても安全な場所？ ホワイトハウスではないよね？」

「ええ、自宅のアパートよ。ギャヴもいるけど」

「大丈夫。彼なら安全。病室の電話は壁にくっついているから、外に出たくても出られない」不満げに鼻を鳴らす音。「携帯電話はなぜ病院で使えない？ 病院はたいせつな電話をかける場所ではない？」

わたしには答えようがなかった。

「ねえ、マルセル、何があったの？」

「ちょっと待って」

がさがさっという音がつづいた。そして数秒後、くぐもったマルセルの声――。

「聞こえる？」

わたしは電話を少し耳に近づけた。

「何をしたの？」

「頭を枕とシーツの下につっこんだ。これから話すことは誰にも聞かれたくないから」

「マルセル、いったい……」

「オリヴィア」小さなため息が、シーツの下では突風になった。「わたしは麻薬を飲まされた」

「え？　麻薬？」つまり——。「そのせいで意識を失ったの？」

「そう、疑問の余地はない」

心臓がどきどきした。「検査の結果でわかったの？　麻薬って、どんな麻薬？」

「違う、違う。ドクターは、理由は不明だといっている。毒物検査の結果はまだわからない」

「だったら、どうして麻薬だなんて？」

「友人のフランコがわたしのノートパソコンを持ってきてくれて、それで調べてわかった。すごいと思わない？」

ギャヴも耳をそばだてて聞き、戸惑いを隠せないようだ。

「お願い、マルセル、最初から順序だてて話してくれない？」

「わたしは——」ぐっとこらえた口調になった。マルセルのいちばん苦手な話し方だ。「気絶したりしない。このまえ、薬の量をまちがえたときが気絶の初体験。失神することもなければ、気を失うような病気もない」不機嫌そうなため息。

「そうね。だから理由を調べたくなったのね？」

「ここのドクターは理由を教えてくれない」小さな舌打ち。「隠しているというより、わからないから。だからわたしは自分で答えを見つけることにした。そして症状をもとにウェブで調べたら……ほら、あった《ヴォワラ》！」

「何が……」わたしは下唇を噛んだ。「あったの？」

「わりとよく聞く名前。ダーク・チョコレートのようになめらかで、意識障害を起こさせるもの。効き目は速くて、検出はむずかしい」

「名称は？」

「ＧＨＢ」

ギャヴが声を出さずに口だけで教えてくれた。「ガンマ……ヒドロ……キシ……酪酸」

その薬物なら、聞いたことがある。

「ＧＨＢの検査もしたの？」

「していない」

「それでもＧＨＢだと断定できるの？」

マルセルは大袈裟にため息をついた。

「症状があてはまる。いわゆる、典型的な例。そしてわたしの飲みものにそれを混ぜたのは、サールディスカのシェフだと信じて疑わない」

「どうして？」

「四人のうち誰かがわたしとおなじになった？　病院に運ばれたシェフがいる？」

「いいえ……」

「ほら。だからわたしは彼らに狙われた。彼らはわざと、わたしをこんな目にあわせた」

「何のためにそんなことを？」マルセルの推測に反論する気はなかった。彼だって、好きこのんでこんな結論を出したわけではないと思うからだ。「マルセルを入院させて、どんな得があるのかしら？　GHBの効果は一時的なものでしょう。それで何をしたかったの？」

「こっちが教えてほしい！」とんでもなく甲高い声で、いくら枕やシーツで覆っても病院じゅうに響きわたりそうだ。「だからオリヴィア、力を貸して。どうしてわたしにこんなことをしたのかを、どうかつきとめて！」

　返事のしようがなかった。

「通常なら――」ギャヴがマルセルに聞こえないよう、わたしの耳もとでささやいた。「GHBの検査は行なわないだろう。体液に存在する時間が短いから、検査をしたところで、同定は困難だ」

「頭の怪我はどうしたの？」

「十四針縫ったよ。それにしても暑い」がさごそ音がして、シーツと枕をとったのがわかる。

「ああ、ほっとした」

「脳震盪のほうは？」

「総務部長から、しばらく休めといわれたよ。後遺症から何から、完璧に検査を終了して不安がなくなるまで、キッチンに入ってはだめだって」

「つらいわね……。でも脳震盪は深刻だから、用心するに越したことはないわ。あせって仕事に復帰すると、何かよくないことが起きるかもしれないし」

「頭の表面は怪我しても、なかみはしっかりしている。オリヴィア、きみはわたしが脳震盪のせいで意識混乱に陥ったと疑っている？」

「とんでもない。マルセルのことが心配なだけよ」

「心配してくれるなら、どうか調べてほしい。わたしが飲んだチョコレートは若干塩味があった。このわたしが材料をまちがうはずはないから、あれは薬物。ＧＨＢには塩気がある」

「シークレット・サービスには話した？」

「オリヴィアの新婚の夫は、この電話を聞いていない？」

「ええ、まあ……」わたしは認め、ギャヴの眉間に皺が寄った。何か考えこんだような顔つきだ。

「もちろん」と、マルセル。「ＰＰＤのトム・マッケンジーにも話すよ。でもオリヴィア、どうか、きみの手で真実を明らかにしてほしい」

「わたしには無理よ」

マルセルの声に熱がこもった。「オリヴィアは人殺しの正体を暴いた。命の危険を冒し、見知らぬ者の命をたくさん救った。今度は、友人の力になってほしい」

そう、マルセルは同僚であり、友人でもある。もし彼のいうとおり、サールディスカの四人の誰かが薬物を混入させたとしたら、ホワイトハウスにいる者全員が危険にさらされているのに等しい。そんなことが起きるとは想像したくもないけれど……。マルセルの意識が混乱しているだけだと思いたいけれど……。

「わかった。調べてみるわ」

「ああ、オリヴィア、きみはほんとうにすばらしい」

「また連絡するから。もう何も心配しちゃだめよ」ギャヴに妙な顔をされ、わたしは首をすくめた。「またいっしょにホワイトハウスで働けるよう、一日でも早く元気になることだけ考えてちょうだい」

電話をきるとすぐ、ギャヴがいった。

「どうやって調べる気だ？」

何ひとつ考えてはいなかった。「あんな状態のマルセルに、いやだとはいえないわ」

「まあね」

「彼の推測をどう思う？」

「脳震盪を起こしたんだ。まだ冷静に考えられない可能性はある。しかしそれより、きみ自身はどう思っている？」

「マルセルは大袈裟な表現をしがちだけど、作り話をする人じゃないわ。ただそれでも……

サールディスカの人たちが彼を狙ってどうするの？」

「何も思いつかないか？」

「むりやりこじつけようとすれば……マルセルが最初に倒れたとき、復帰時期の見当がつかなくて、サージェントがキリアンを彼の代役にしたの。でもすぐに復帰できたから、その話は流れたわ」

「それにしては、やり方が過激だ」

「ええ。キリアンも、故意に人を傷つけるようには見えないし」

「ほかの者は？　自分たちのリーダーのためにマルセルを排除するか？」

「考えにくいわ。あの四人に、そこまで硬い結びつきがあるとは思えない。困ったわねえ。マルセルにああはいったけど、どこから手をつけたらいいのか……」

「目を光らせて観察する。いまのきみにできるのは、それくらいだろう」

14

翌朝、バッキーとわたしは仕事に励んだ。サールディスカの四人が来るまであと一時間ほど。そのあいだにファースト・ファミリーの朝食を準備し、四人のスケジュールをたてなおさなくてはいけない。

「これでスケジュールの変更は何度めだ？」と、バッキー。「毎日毎日、変えている気がするよ」

「彼らにはずいぶんいいかげんに見えているかもね。ここに来てから、おちついたまともな日が一日もないわ」

「なんといっても二週間だろ？　最初の予定どおり、三日で十分だよ」

「マルセルの推理をどう思う？」わたしは声をおとした。四人はまだ現われていないけれど、万が一、誰かに聞かれたら困る。

バッキーも警戒したようにドアへ目をやった。

「このところ、おかしなことがつづくが、ぼくには何がなんだかさっぱりわからない」

「わたしもよ」

「これからどうする気だ？」

「できることなんて、たいしてないでしょう。わたしたちで——」バッキーと自分を指さす。「彼らをじっくり観察するくらいね。どういう人なのかをもっと知らなくちゃ。理由はさておき、薬物をこっそり混ぜるようなら、この厨房は……」腰に手を当て、ゆっくりと歩きまわる。「危険な場所になるわ。彼らは仕事でナイフを持ち、料理におかしなものをいくらでも混ぜられる。ゲストが卵を食べて倒れたら、深刻な問題になるわ」

わたしは新しい予定表を見なおした。

「一対一にしてみるのもいいかもしれない」

「ん？」

「たとえば——」予定表のきょう最初の仕事を指さす。「四人を二組に分けて、あなたとわたしでふたりずつ担当することにしたけど、それを三人とひとりにするの」ペンで線を引く。「バッキーがこのひとりに張りつけば、ふたりよりもっと深く知り合えるでしょう。あなたとわたしでその一対一をくりかえしたら、彼らも本音で話すようになるかもしれない」

「うーん」

「ほかに案がある？　彼らが何かを目論んでいる場合、警戒心を少しでも解くのがいちばんだと思うの」

「もし解かなかったら？」

わたしは両手をあげた。「そのときはそのときよ」

「マルセルを狙うというのが、どう考えても不可解だよなあ……。目的は何だ？　ホワイトハウスを案内してくれる人間に薬を飲ませてどんないいことがある？」

「わたしもひと晩、考えつづけたわ。でも、せいぜいキリアンをペイストリー・シェフの一時的な代役にするくらいのことでしかないのよね」

「理由としては説得力がないな」

「そうなの。そもそも、キリアンをマルセルの代わりにしようなんて思うかしら？　マルセルの推測どおり、彼らがGHBを盛ったとしても、結果は一時的な意識消失だけでしょう。頭を打って脳震盪まで起こすかどうかは予測がつかない。そしてマルセルはじきに復帰する。それが彼らにとってどんな意味があるのか……」

「でももし、そのあいだに何かできるとしたら？」

「どういうこと？」

「マルセルが意識を失えば、チョコレート工房を好きに歩きまわって盗むことができる。レシピだって何だっていい」

「それくらいで、薬まで盛るかしら」

「さあね。答えを見つけるのはオリーに任せるよ」

「チョコレート工房を調べにいってみようかしら」

「うん、やってくれ。この厨房はぼくが守っているから」

わたしは冷蔵室から外のホールへ出て、すれちがう職員に挨拶しながらチョコレート工房へ行った。なかは暗く、静まりかえっている。電気をつけると、装置類やカウンターはいつもどおりだった。ペイストリー・キッチンより狭いのはありがたい。そして改めて、こんなに狭いところであれほどのチョコレート作品をつくるマルセルはすごいと思った。

全体を見まわして、工房にはあまり来たことがないのを実感した。〝いつもと違う〟かどうかがわからないのだ。それでもとりあえず、ゆっくりと全体を見てまわる。

清掃係が来たようで、どこもぴかぴかだった。冷蔵庫を開け、のぞいてみる。さすがマルセル、何もかもみごとに整理整頓されていた。

扉を閉めようとしたとき、いちばん下の棚にデミタス・カップがあるのに気づいた。ラップが雑にかけられ、ブラックベリー・ジャムの瓶ふたつの前に押しこまれている。わたしはカップをとりだした。たぶん清掃係がここにしまったのだろう。ラップをめくり、香りをかいでみる。

マルセル自慢の、あのチョコレート・ドリンクだ。量はカップのなかばまで。

白い陶器のカップを回してながめると、チョコレートの小さな汚れがあった。マルセルかどうかはともかく、誰かがこのカップで飲んだのはまちがいない。

ラップをかけて、カップを持って工房を出て、冷蔵室に行った。右手の扉を開き、いちばん上の棚にある芽キャベツの後ろにカップを置いた。いずれこれを検査してもらおう。結果はともかく、試してみるしかない。

厨房にもどると、サールディスカの四人がいた。

「おはようございます。みなさん、ゆうべはどうやって過ごしたのかしら?」

ネイトがにやにやした。「ディスコに行って遊んだ」

ワシントンDCで、ディスコに行くの?

「それはよかった。記念塔とかスミソニアン博物館とか、ほかにもいろいろ訪ねてみてね」

ヘクターが手を振った。「時間はたっぷりある。きのうはディスコでアメリカの女の人と知り合えた」

それ以上は聞かなくてもいいだろう。

「キリアンは?」

彼は首をすくめた。「書店で過ごした。読むべき書籍がたくさんあった」

ティボルはいつものように、ぶすっとしている。詮索する気はないけれど——いいえ、詮索したくて、訊いてみる。

「ティボルは? 自由時間を楽しんだ?」

「楽しむために来たのではない」わたしに背を向け、キャビネットに調理服をとりにいく。

「仕事の時間だ。無駄話をするときではない」

はいはい、わかりましたよ。わたしはみんなに向かって声をあげた。

「みなさん、予定の変更がつづいたので、見落としがないよう確認したいと思います。キリアンは、マルセルの復帰までペイストリー・キッチンを担当することになるでしょう。わたしから総務部長とシークレット・サービスに再確認しておきます」

「マルセルがあのようなことになり残念だが」と、キリアン。「わたしにできることは喜んでさせていただく。マルセルはかならず復帰できるのだろうか？」

「ええ、問題ありません」

「では全力で、彼の代理を務めよう」

「よろしくお願いしますね」

バッキーはこの会話を険しい表情で聞いていた。彼はわたしの何倍も疑惑を抱き、それを隠すのに苦労している。するとティボルが気づいて眉をひそめ、バッキーを指さした。

「あなたは気に入らないのか？　なぜ顔を怒らせている？　キリアンはマルセルより劣ると思うのか？」

バッキーは厳しい顔つきのまま、かぶりを振った。

「それは考えすぎだよ」わたしをちらっと見て、お腹を叩く。「朝ごはんのオムレツが、胃にもたれていてね」

わたしは話を再開した。「バッキーとふたりで、新しい予定をたてました」印刷しておいた予定表をとりだす。「ケリー・フライバーグの晩餐会ではみなさんもゲストになりますが、当日のメニューにサールディスカの伝統料理も加えたいので、ご教示いただければと思っています」

ティボルが鼻を鳴らした。

「どうしました？　ミズ・フライバーグのことで、何かご意見でも？」

彼はエプロンの紐を結ぶだけで何もいわない。

「ティボル――」彼がわたしをふりむくまで待つ。「ミズ・フライバーグを快く迎えてください」

ティボルは仲間の顔を見まわした。助け舟を求めている？　でもネイトもヘクターも無表情で見返すだけだ。そしてキリアンは、とまどっていた。

「政治を論じるために来たのではない」キリアンはさとすようにティボルにいった。「学ぶために、ここにいるのだ」

これはいいきっかけになる、とわたしは思った。

「政治を語るのも、お互いの国を学ぶ良い方法では？」

キリアンの顔から、若干血の気がひいた。

「でももちろん、みなさんの気持ちしだいですから」

「答えはひとつしかない」ティボルがいった。「サールディスカを治める力のある候補者は、いまの大統領しかいない」いらいらと手を振る。「ケリー・フライバーグはどのようにして、これほど速く人気を得ることができたのか。不審を抱かざるをえない」

キリアンは彼の腕に触れた。

「フライバーグが勝てないのはわかっているだろう」

ティボルはその手を振り払った。

「彼女が勝てば、サールディスカは廃墟になる」

「どうしてそんなことがいえるの？」わたしが訊くと、ティボルの顔が真っ赤になった。下の歯をむきだし、言葉をしぼりだす。

「フライバーグは女だ。サールディスカで、女は女でしかない。立候補は、もの笑いの種。フライバーグはけっして勝てない」

「でも、もし勝ったらどうするの？」

ティボルは恐ろしい形相でわたしをにらみつけた。深緑色の瞳から、いまにも火花が飛び散りそうだ。

「もし勝ったら、わたしは彼女を哀れむ。そのような茶番に耐えられる国民はいないだろう」

「哀れむ？」これ以上怒らせないほうがいいとは思いつつ、訊かずにはいられなかった。「彼女の身に危険が及ぶということ？」

彼は首をすくめた。「わたしにわかるはずもない。わたしはただの調理人。重要な決定は、国を治める者たちが行なう」

「その人たちは彼女を脅威と感じているの？」

ティボルはせせら笑った。「そんな臆病者はひとりもいない。フライバーグは失敗する道を歩かされ、いかに無能かを世間にさらすだけだ」顔の前で、片手を横に振る。「やるべき仕事があるというのに、なぜこんな話をする？」

キリアンがわたしとティボルのあいだに立った。

「これ以上は話さなくてもよい」

わたしは一歩さがった。「そうね。しつこく訊きすぎたみたい。ごめんなさい」大きく息を吸って、気持ちを鎮める。「では、仕事にとりかかりましょう。バッキー、みんなをペイストリー・キッチンに連れていってくれる？」

「あなたは行かない？」と、キリアン。

「ええ。総務部長との打ち合わせがあるの」

15

「で、証拠も何もないのに――」トムはデスクに身をのりだした。「ぼくに動けというのか？」

ここは西棟のトムのオフィスだ。

「動け、なんていっていないわ」わたしは隣のサージェントをふりむいた。「この状況は異常すぎるように思うだけ」

トムはふうっと大きく息を吐いた。ただでさえ、支出削減で負担が増えているのに、追加仕事をもちこまれたら、誰だってうんざりするだろう。そしてわたしは彼に、お願いごとをしにきたのだ。

トムはもう一度息を吐くと、気をとりなおしてわたしに尋ねた。

「具体的には何をすればいい？」

「マルセルが飲んだチョコレートのＧＨＢテストをしてほしいの」

「しかし、彼がそのカップから飲んだという確証はないんだろ？」

「ええ、ないわ。でも、もしマルセルがそのカップで飲んで、もしＧＨＢが検出されたら

「――」

「〝もし〟がつづくな」

「〝転ばぬ先の杖〟っていうでしょ？」

トムは唇をぎゅっと結んで考えこんだ。サージェントは片手を口に当て、顔をしかめているだけで、言葉はまったく発しない。

「よし、わかった」と、トム。「そのカップはどこにある？」

「厨房の冷蔵室」

「マルセルは脳震盪を起こしたんだ。誇大妄想的な推理の可能性もある」

「信じがたいと思う気持ちはよくわかるわ。でもマルセルは――わたしもだけど――味に関してはいやというほど訓練を積んでいるの。だから彼の味覚は信頼できる」

トムは黙ってサージェントに目をやり、サージェントはうなずいた。

男性陣に異論はなさそうで、元気がわいてくる。

「しかもあのチョコレートは、マルセル自慢の特製チョコレートだもの。彼が塩気を感じたといえば、まちがいなくそうなのよ」

「だからといって、GHBとはかぎらないだろう」と、トム。「さすがのマルセルも、原因までは特定できないはずだ」

「だから検査をお願いしているの」

トムがデスクの上で手を結び、顔をこちらに寄せてきて、わたしは初めて気づいた。生え際から眉根まで、血管が浮き出ている——。

「ファースト・ファミリーはもとより」と、トム。「ホワイトハウスの職員に対する脅威は、いうまでもなく深刻にとらえる」声が低く、重くなった。「マルセルの想像力がたくましいだけだと、全面否定する危険は冒せない。また、この件をメディアにけっして漏らしてはならない」まるで立ち聞きしている者がいるようだ。わたしたちが漏らすはずはないのだから。

「悪いが、少し時間がほしい。かならず、カップをとりに行かせる」

「ありがとう。どうか、よろしくお願いします」

「また連絡するよ」

サージェントは、わたしとトムのやりとりをおもしろそうに聞いているだけだ。

「ずいぶん静かだけど、何かつけくわえることはない？」

わたしが訊くと、サージェントは眉をぴくっとあげ、鼻の穴をひくひくさせた。ネクタイとおなじ黄色の胸ポケットのハンカチに片手を当てたのは、時間稼ぎだろう。

「わたしからつけくわえることがあるとすれば、一点だけだ」

トムはその先を待ち、わたしも待った。

サージェントはトムやわたしと目を合わせず、糊のきいたズボンの太ももから膝までなでて、皺をのばした。

そして視線をあげて、まずトムを、つぎにわたしを見た。

「これは機密情報ではない」安心しろというように、トムにうなずく。「今回の料理人の訪米で、サールディスカの窓口となっている高官は――わたしと同等の地位があるかどうかは知らないがね――料理人たちから目を離すな、といっていた」

トムは見るからに緊張した。「なぜそれを、事前に教えてくれなかったのですか？ 怪しいところがあるということでしょう？」

「いいから、いいから、おちついて聞きなさい」

「セキュリティ面の注意事項であれば、知らせてくれるべきだと思いますが」

「そこまでのことじゃないんだよ」咳ばらいをひとつ。「料理人のリーダーは……キリアンといったかな？」こちらをふりむき、わたしはうなずいた。「そのキリアンとやらには、リーダー相応の忠誠心があるとはいいがたいらしい」

「それで？」と、トム。

「サールディスカの軍事力は、ここで話す必要もないだろう。協約やら交易制限やらは、もちろんね」いかにも、どうでもよさそうに。「いいたいのはそういうことではなく、国内の〝空気〟だ。国民の思考、伝統、信念といえばいいかな」

「それはこちらも把握していますよ」と、トム。

「だろうとは思うが」トムのデスクに片肘をつく。「そうそう何もかもに白黒つけられないときはある。わたしは総務部長になるまえ、式事室長だったんだよ。文化や風習については、細心の注意を払う」

いまは自慢話をするときではないでしょ？ わたしは唇を噛んだ。

「マッケンジー護衛官――」サージェントは身をのりだした。「きみはホワイトハウスにいる者たちの安全を守るのが仕事だ」

トムはうなずいた。

「したがって、きみは脅威か脅威でないかを見分ける立場にある。白黒を判断するわけだ」人差し指で鼻の横を掻く。「サールディスカの高官も派遣シェフの心を見ているからね。だからわたしに自分の目となり、耳となるよう頼んだのではないかな」

「それで？」歯がゆくてたまらない。

サージェントはじろっとわたしを見た。

「彼らが滞在期間を終えたとき、キリアンが仲間とともに帰国するのを望まないことが危惧される」

キリアンはアメリカ滞在を楽しみ、アメリカの自由を評価しているようだった。わたしが〝亡命〟という言葉を使ったら恐ろしい顔をし、自分には政府に知られていない思いもあるようなことをいっていた。

「キリアンはアメリカに残りたいのかもしれないわ」わたしはトムにいった。「そのために、正規で雇ってもらえる職をさがしているとか。法律のことはよくわからないけど」

トムはありえないというように手を振った。

「サールディスカの法律は、アメリカとはずいぶん違うんだよ。国民は自由に外国へ行くことができない。制約が山のようにあってね。だからケリー・フライバーグの外遊はトップ記事になる。これがきっかけでサールディスカも多少は変化し、アメリカとの関係が向上するといいんだが」

「キリアンがアメリカ滞在中に亡命することはできるのかしら?」

トムもサージェントも答えない。

でもトムは、サージェントにこんなことをいった。

「時期的に、フライバーグの訪米と重なっているのが気になりますね。サールディスカ政府はキリアンが亡命すると考えている?」

サージェントの目がきらっと光り、小さくうなずいた。

「この状況はいかにも不自然だ。サールディスカの高官は、フライバーグと料理人の訪米がたまたま重なったか否かはわからないといっている。キリアンにとっては、またとない機会になるだろうが」

「どういうこと?」

トムはわたしの質問に答えるよう、サージェントに手でうながした。たぶんふたりとも、サールディスカの法律をよく知っているのだろう。だけどわたしはシェフだから、知りようもない。

「キリアンは、アメリカでフライバーグに接触することができるだろう」サージェントが話しはじめた。「フライバーグは弾圧的な政治に異を唱え、国民への締め付けを緩和しろと訴えている。彼女にとってキリアンは、自分の主張を後押しする有効な駒になるわけだ。自分のもとで彼に亡命を求めさせれば、サールディスカとしては認めざるをえない。もし認めなければ、フライバーグはキリアンを武器にして、政府を攻撃する」

「だったらどうして、フライバーグとシェフの訪米をおなじ時期にしたの？　シェフの訪米は一年以上まえに決まっていたのよ。政府に力があるなら、フライバーグの出国を二週間くらい遅らせることはできるでしょう？」

サージェントは鼻を鳴らした。「きみは日程調整のむずかしさをまったく知らない」

「だけど緊迫した事態になる可能性があれば、どんなことをしてでも調整するはずよ」

サージェントは目をむいた。「フライバーグはこのタイミングでしかアメリカを訪問できなかったのだ。ふたつの訪米の担当官は、それぞれ独自に動いたのだろう」

「部署間の連絡がまったくないということ？」わたしは苦笑した。「まあね、どの国でもあり得ることかもしれないけど」

これにサージェントはむっとしたようだ。

「ミズ・パラス、重要なのは手持ちの情報を賢明に、有効に利用することだよ」そしてトムの顔を見る。「チョコレートの検査は賢明な判断だと思う」

「あえて反論させてもらえば——」トムは少しためらってからいった。「キリアンが薬物を混入させた目的は何だったのか。マルセルが倒れたせいで、ケリー・フライバーグとの面会は流れてしまった」

「彼はマルセルの代役ではなく、将来的にもずっとペイストリー・シェフになりたかったのではない？」

「それは短絡的すぎるよ」

「わたしたちならそう思えるけど、彼はホワイトハウスのことをほとんど知らないから……」そこで、ふと思いついた。「もしかして、狙いはマルセルではなく仲間の誰かだったとか？　マルセルはまちがってそれを飲んでしまった」

「こじつけっぽいな」トムは時計を見た。そろそろ時間ぎれなのだろう。「カップはかならずとりに行かせるから」

わたしは再度お礼をいうと、サージェントとふたりで部屋を出た。

「いろいろ話せてよかったわ。でもわたしの目に、キリアンは薬物を混入させるような人に見えないのよね。いくらサールディスカでの生活に不満があるとしても」

「大博打もいいところだからな」

「なんだかすっきりしないわ」

「トム・マッケンジーの疑問をどう思う？　これは不幸な偶然でしかなかったのか、きみとわたしはありもしない陰謀を懸念しているだけなのか」

いくら考えても、答えを見つけることはできなかった。

16

バッキーとサールディスカのシェフはまだ厨房にもどっていなかったので、わたしはひとりでファースト・レディの昼食会の準備にとりかかった。お客さまは六人で、三人はホワイトハウスの休日の飾りを指揮してくれるボランティア、ふたりはホワイトハウスの装花部、そしてピーター・エヴェレット・サージェント三世だ。飾りはじめるのは何カ月か先だけれど、テーマやカラーはいまから議論し、計画を立てていく。そのころには支出削減も終了している……と思いたい。

夢中で準備しおえてほっとしたとき、携帯電話が鳴った。給仕たちが料理をカートにのせて運んでいくなか、わたしは携帯電話に応答した。

「マルセル……具合はどう？」

「オリヴィア！　わたしは元気、元気。いまどこにいる？」

わたしは厨房で、バッキーたちは上の階にいると答えた。

「つまり、ひとりきり？」

「ええ。何かあったの？」

「真実が見えるのは、オリヴィアしかいないから。これから話すことをよく聞いて」

「わかったわ。話してちょうだい」

「もう一度確認。オリヴィアは、いまひとりだね？」

「ええ、ほかには誰もいないわ」

「じつは……」声をひそめる。「薬を盛られた証拠を見つけた」

電話を持つ手に力がこもった。

「証拠って？」わたしも声をひそめる。

「キリアンなのはまちがいない」いきなり早口のフランス語になった。わたしも多少はわかるものの、あまりに早口で〝チョコレート〟と〝飲む〟しか聞きとれない。

「お願いだから、マルセル」彼の怒りの言葉にかぶせるように。「英語にしてちょうだい」

ぴたりと静かになった。そしてやや間があき、ゆっくりした英語が聞こえた。

「すまない、オリヴィア。ついさっき見つけたばかりで、我を忘れてしまった。なぜ彼はわたしにこんなことをした？　わたしの後釜になりたかった？　いいや、そうではないと思う」

わたしはトムやサージェントと話したことを思い出した。

「それで、証拠というのは？」

「もっと早くに気づくべきだった。わたしが最初にペイストリー・キッチンで意識を失ったときのことを覚えている？」

「もちろん」

「あのシェフたちは、わたしがラズベリー・ソースをみんなに分けたといわなかった？」

「いったわよ。わたしはたしか、キリアンから聞いたような」

「そう、そう、キリアン。彼が黒幕」

「だけどマルセル、あなたは薬の量をまちがえたといったでしょ？」

「いまはラズベリー・ソースだと確信している」

「じゃあ、薬の量はまちがえていなかったの？」

「まちがえていた。でもわたしが倒れたのはキリアンのせい」

マルセルの必死の思いは伝わってくるけれど、これをそのままトムには話せそうにない。

「でも、あのラズベリー・ソースはあなたがつくったものでしょう？」

マルセルはいらついた声を漏らした。

「わたしはソースとスプーンをキリアンに渡した。彼はそれを仲間に渡した。みんな試食しておいしいといった。でもスプーンはひとつだけ、使われなかった。キリアンはわたしにカップを返し、わたしはあなたも試食しなさいといった。だけど彼はわたしが先だといい、なんて礼儀正しいんだと、あのときは思った。でも、そうではなかった」

うーん。ちょっと証拠とはいいがたいような。

「じゃあ、二度めに倒れたときは？」

「あのときも」マルセルの声が強くなる。「ずっとキリアンがいた」

「それで？」

「わたしの特製チョコレートをみんなで飲んで、みんな絶賛してくれたよ」

「でしょうね」あれを誉めない人はいないだろう。

「つくったわたしでさえ、あの香りにはうっとりするからね。少しではつまらないから、たっぷり用意しておいた。デミタス・カップについでみんなにまわし、最後に飲んだのは、またこのわたしだった」

「マルセルが飲むまえに、キリアンか誰かがカップに何か入れるのを見た？」

「もちろん見ていない。もし見ていたら、飲みはしなかった」

「だったら——」

「わたしはつぎのものを用意するのに忙しくてね、彼らに背中を向けていた」

「だとしたら、確実な証拠とはいえなくない？」

「塩気を感じた。その話はしたよね？　わたしの味覚を信用してほしい」

「もちろん信用しているわ。だけど何かを加える現場を見ていなかったら、ただの推測だといわれてしまう」

ここは慎重に言葉を選ばなくてはならない。

「結果的に、キリアンはマルセルの入院中、ペイストリー・シェフの役割をすることになったけど、かならずそうなるなんて、彼には予測できなかったと思うの。なのに薬を混ぜるなんて大きな危険を冒すかしら？　それよりむしろマルセルといっしょにいて、自分の有能さをアピールしたほうがいいんじゃない？」

マルセルは納得したような、小さなうめき声をあげた。

「だけどオリヴィア、もしキリアンでなければ、ほかのシェフにどんな動機がある？　わたしには見当もつかないよ」

「どうしたらいいかしらね……」自分にできることが何かあればいいけれど。

マルセルはしばらく黙ったあと、「教えてほしい、オリヴィア」といった。「きみは何を信じている？」

「え？　信じるって？」

「わたしが話をでっちあげたことがあるか？　人の注目を集めるために？　わたしの作品は、そんなことをしなくても注目される」

マルセルは大袈裟な表現をするだけで、話を捏造《ねつぞう》する人ではない。

「ええ、わたしはマルセルを信じているわ」

「オリヴィア、お願いしたいことがふたつある。ひとつは、わたしが狙われた理由を見つけてほしい。そしてもうひとつ、もっとたいせつなことは、どうかくれぐれも用心してほしい。彼らは料理以外のことをするかもしれない」

その晩、夕食をすませたあと、ギャヴはワインを手にわたしの話を聞いてくれた。ソファに並んですわり、テレビは切る、というのが結婚してからの夜の過ごし方になった。日中のあわただしさと仕事のプレッシャーから解放され、ふたりきりで静かな時間を味わえる。

「何か思うところがあるみたいだけど」わたしはマルセルとの電話のやりとりを話したところだった。

ギャヴは低いコーヒーテーブルにグラスを置くと、両手を組んで前かがみになった。

「うん。気に入らないな」

「どこが？」

「何もかも」顔をしかめ、前方を見つめたままだ。「以前聞いたときはマルセルの過剰反応の可能性もあると思ったが、サージェントの追加情報を考えると……」

「トムは納得していなかったけど、チョコレートの検査はしてくれるって」

「時期は？」

「わからない。カップをとりに行かせるといっただけで」

ギャヴはほっぺたを掻いた。

「ＰＰＤは人員削減されていないが、ほかの部署はどこも仕事が滞ってたいへんらしい」

「そうね、人手が減ればどうしてもそうなるわ」

「トムは正式ルートで検査を要請しなくてはならない。結果が出るまで、どれくらい時間がかかるか──。いや、ここで心配しても仕方ないな」体を起こして、わたしの顔を見る。

「要するにキリアンは、サールディスカ政府に目をつけられているわけだろう？マルセルの推測をきみはどう思う？」

「チョコレートに何かが入っていたのはまちがいないでしょう。でも、誰が入れたのか？その目的は？　マルセルを狙うことに意味があるとは思えないの。だとしたら、ただ単純に、騒ぎを起こしたかった？　でもそれだって、騒ぎを起こす理由がわからないわ。彼らはホワイトハウスのお客さまなのよ。滞在中は平穏無事なほうがいいに決まってるでしょ？」

「だから？　きみが疑問に思うことをいってしまいなさい」

「わたしはね、どう考えても、マルセルを狙ったとは思えないの。サールディスカのシェフの誰かが、仲間を狙ったんじゃないかしら……」

「ふむ。その可能性も否定できない。彼らのようすに何かおかしな点は？」

「とくにはね……。ただ、もやもやするの」自分の胸をつつく。「四人の何かがひっかかるのよ」

ギャヴは考えこんだようすでうつむき、しばらくたってからようやく目をあげた。

「トム・マッケンジーは優秀なＰＰＤだが、支出削減下で思うように動けないのも現実だ」

「だから、ただの不幸な偶然の出来事として見過ごせということ？」

「そうではない。わたしたちはわたしたちで慎重に状況分析すべき、ということだ」

「よくわからないわ」

「結論を急いではいけない。きみは感情に任せて判断する人間ではないだろう？　ただし、見聞きしたものに対する勘は大事にする。そしてチョコレートには薬物が加えられたと考え、〝何かひっかかる〟と感じている。わたしはきみの勘を信じるよ」

ギャヴのまなざしは真剣で、胸が詰まった。彼はわたしが感じること、思うことをはねつけず、しっかりと受けとめてくれる。職種はまったく違うのに、こうしてひとつの出来事を語りあえるのがうれしい。

「これからどうしたらいいと思う?」

ギャヴの顔が険しくなった。「シェフ一人ひとりを調べるのは無理だろう。サールディスカ政府は、ありきたりの情報しか提供しないはずだ」

「サージェントから聞いた話がせいぜいよね」

「マルセルのチョコレートは、いまどこに?」

「厨房の冷蔵室。人目につかないよう、野菜の奥に置いたの」

ギャヴは顎をこすった。「わたしのほうで、やってみるかな」

「あなたが検査を?」

「サンプルをふたつに分けるんだ。ひとつをトム・マッケンジーに、そしてひとつをわたしに」

「すばらしいわ」

ギャヴは小さく笑った。「これだけ長く仕事をしていると、法医学の専門家たちとも親しくなるんだよ。ひとりくらいは個人的に協力してくれるだろう。正式ルートではないから、時間的にも多少は早くなるはずだ」

「あなたはこの世で最高の夫だわ」

「愛する妻のためにやれることをやるだけさ」

〝妻〟といわれるたびに、うれしくて顔がほころぶ。彼のうなじに手を添えて顔を近づけ、そっとキスした。

「お花や宝石をもらうより、あなたが力を貸してくれるのが何よりしあわせ」

「あてにしていいよ。専門家とはかならず連絡がとれるから」

わたしは体を離し、ワインをひと口飲んでギャヴを見つめた。この人はわたしの夫――。〝夫〟という言葉に慣れるのに、少しばかり時間がかかった。ギャヴに初めて〝妻〟として紹介されたときは、どきっとしてしまったし。

ギャヴはワインのグラスを手にとっても、飲まずにゆっくりと回した。こんなことをするのは、ずいぶん久しぶりだ。

わたしは彼の腕に手をのせた。

「あなたは真剣にわたしの話を聞いてくれる。でもあなたにも、何か心配ごとがあるんじゃない？」

彼は視線をあげた。その目がたたえるのは不安？　安堵？　その両方？

「ビルとアーマはどんなようす？　ビルは思っていたより回復が遅いとか？」

ギャヴは首を振った。「予後はいいよ。安静にして、医者の指示に従っていれば、そう遠くないうちにもとの生活にもどれるらしい」

「彼は指示どおりにしている？」

「ビルひとりじゃ怪しいが、アーマがついているからね」

「気になることがあるなら、話してちょうだい。わたしがしつこく、くいさがるタイプなのはご存じよね？」

ギャヴは力なく笑った。「どう話せばいいのかわからず、なかなか切り出せなかった」

深刻な話なのかもしれない。わたしがソファにもたれると、彼は温かい手をわたしの膝にのせた。

「もっと早くに話すべきだった。しかし、ビルとアーマに関することではあっても、病気そのものとは無関係だ」

「わたしに対して、話し方なんか気にしないで。ね？」

ギャヴの顔にまた力のない笑みが浮かんだ。

彼はふたつのグラスにワインをつぐと、ボトルを少し掲げた。

「このワインはどうだ？」

ラベルをわたしのほうへ向けたけれど、何を飲んでいるかは見なくてもわかっている。数カ月まえ、ビルとアーマのワイナリーを訪ねたときにいただいたワインのひとつだ。

「とてもおいしいわ。どのワインも一級品よね」

「好みの程度はどれくらいだ？」

「どういう意味？」

ギャヴは大きなため息をつくと、ボトルをテーブルにもどした。わたしを見る顔に表情はなく、シークレット・サービスの捜査官にもどったようだ。自分の前に壁をつくって、頑固で強硬。彼ならいつでもそうなれるのはわかっていても、お願い、わたしといるときだけはやめてちょうだい。

「ねえ、どうしたの？　わたしに話すのが……怖いとか？」

彼の顔にほんの一瞬、ためらいがよぎって消えた。どんな話であれ、感情を読まれたくないのだろう。心を隠せるギャヴがうらやましいとはいえ、わたしには見せてほしいと思う。

「ギャヴ……。わたしたちは夫婦でしょ？」

この言葉は、見えない的を射たようだ。

「だからよけい話すのがむずかしくてね」まぶたを閉じ、大きく息を吐きながらまた開いたとき、顔には鉄の仮面がかぶせられていた。

「ビルとアーマから――」ゆっくりと。「ワイナリーを継いでほしいといわれた」

わたしは面くらい、まごついた。

「ビルが復帰するまで、という意味？」

「いや、違う」ギャヴの表情は厳しく、険しい。この顔で尋問されたら、どんな犯罪者でも降参するだろう。

「じゃあ、どういうこと？」

「ジェニファーは彼らのひとり娘だった」そして、ギャヴのフィアンセでもあった。「ビルとアーマにとって、わたしは息子も同然だから、ワイナリーを引き継いでほしいというんだよ。わたしと……きみにね」

　頭が混乱し、なんとか口にしたのは――。

「あそこはずいぶん遠くて何時間もかかるから、通えないでしょう？」

　ギャヴはまた、グラスのワインを回した。

「そこが問題でね。通うことなどできない」

　頭のなかで突風が吹き荒れて、大きな雨雲がひとつ生まれた。

「シークレット・サービスを……辞めるの？」ショックで体が固まった。「辞めて、ぶどう園とワイナリーを継ぎたいの？」

　彼は片手で顔をこすった。捜査官のギャヴが、愛する夫にもどってくれた。

「自分でも、どうしたいのかわからないんだ。まずはきみの考えを聞きたい」

「わ、わたしは……」あまりに突然すぎて、考えることすらできない。「時期はいつごろになるの？」

「ふたりはわたしに話すタイミングをもっと先に考えていたらしいが、ビルが倒れたからね。といっても、いますぐどうこうしてくれとはいわなかった。時間をかけて、じっくり考えてほしいというだけで」

　冷静さをかきあつめて尋ねる。

「わたしもホワイトハウスを辞めるということね？」

「ほかにも選択肢はあるかもしれない」

「たとえば？」

「アーマたちが信頼をおく従業員が何人もいるから、ある程度の期間なら彼らに任せることもできるだろう。それにアーマもビルも、すぐ引退するわけではない。この先しばらくは、自分たちでやっていく気でいるよ」

「それでもあなたの気持ちを知りたいのね？」

ギャヴは無言でうなずいた。

「あなたはなんて答えたの？」

「何もいわない。きみと相談すべきということは、彼らもわかっているよ」

わたしは時間稼ぎのためにゆっくりとうなずいた。結婚してからまだ半年もたっていなくて、生活のパターンすら調整中だというのに、将来に関する大きな問題がふりかかってきたのだ。

「あなたはどうしたい？　考えがまとまっていなくても、それなりに思うところはあるでしょう？」

ギャヴは顔をしかめた。「どんなチャンスでも見過ごすのはいやなんだけどね。もっとじっくり考えなくてはいけない」

「あなたはまえにも、引き抜きを断わったでしょ？　自分のやりたいことは、シークレット・サービスにいてこそできるという理由で？」

「ああ、そのとおりだ」

「その思いをあきらめられる？」きつい言い方なのは十分承知だ。「料理人としてのわたしのキャリアも終了しろといえる？」

ギャヴはまっすぐわたしの目を見た。「それぞれにとって最善の道を考えたい」グラスを置き、わたしにも置くよう手を振った。「そしてわたしがグラスを置くと、両手でわたしの両手を包んだ。「きみにとってたいせつなことは、このわたしにとってもたいせつだ。それをあきらめろなどという気はない」

「夫婦であれば、どちらかが譲歩するもの？　あなたはわたしのために、自分の思いをあきらめられるということ？」

彼は握っていた手を離した。

「きみにDCでの暮らしを捨てろという気はまったくない。しかし、大統領が替わったら？　きみがもし……もし辞表を提出したら？」

わたしはつねに怯えている。大統領選挙にかぎらず、いつそうなってもおかしくないから。

「ホテルの厨房で働くか？　それとも自分のレストランをもつ？」

「そんなのは、まだわからないわ」

「きみと相談したかったのは、そういうことだ。わたしもいつまでもシークレット・サービスにはいられない。いまの訓練でもとの筋力がもどったところで、強靭さが求められる現場に派遣される期間には限度がある。肉体的、精神的により強い、若い世代にとってかわられるのは当然の成り行きなんだよ」はるか遠くのどこかをながめる。「デスクワークは性に合わないからね。これが最後の現場になるかもしれないという恐れと戦いながら仕事をしてきた」

「ギャヴ……」わたしは彼の手に触れた。「あなたはまだまだ現役よ」

「できるだけ長くそうありたいが」視線をもどして、わたしを見つめる。「訓練で筋力のもどりが遅いのは警鐘だと思わざるをえない。いずれは、悪党との戦いを任せてもらえなくなるだろう。だがそれが、そう遠くない日だとは考えたくない」

彼はさびしげな笑みを浮かべ、「将来計画というやつが、大の苦手でね」というと、またわたしの手を握った。「しかし、いまはきみがいる」

わたしはギャヴの目を見るのがつらくなった。

「きみのおかげで計画を立てる怖さが減ったとはいえ、切り出し方がわからずに先延ばしにしてしまった」ほんの少し、背筋をのばす。「ワイナリーの話は、わたしにも思いがけないものだった。どうすればよいのか、時間をかけて話し合おう」

答えはそう簡単には見つからないような気がした。

「もし断わったら、どうなるのかしら?」

彼は力なくほほえんだ。「どうやら、ビルとアーマはすでに遺書をつくり、すべてをわたしに遺すことにしているらしい。その意味では、ワイナリーを継ぐかどうかは、かならずしも切迫した問題ではない。もちろん、ふたりはそれを望んではいるが、いったん相続すれば、売ろうが貸そうが人に任せようが、わたしの気持ちひとつで決まる。ビルもアーマも、条件なしの贈り物だといっていた」

「なんて人たちでしょう……」わたしは胸がいっぱいになった。

「彼らは将来の計画を立て、わたしは、そしてきみも、自分たちの将来を考えなくてはいけなくなった」ギャヴはテーブルのグラスをとってわたしに持たせ、自分のグラスも持った。

「では、いったんこの話はおしまいにしよう。どうか、オリー、あまり思い悩まないでくれ。生き死にの問題ではないのだから」グラスを掲げる。「わたしたちの未来のために」

ふたつのグラスが、かちっと澄んだ音をたてた。

「あなたとわたしの未来のために」

17

「今朝のオリーは、まるでシアンだな」

あくる日、バッキーが厨房に入ってくるなりいった。ウィンドブレーカーを脱ぎ、調理服を着ながらいう。

「一時解雇におちこみつつ、これを機会に将来を考えようとするシアンそっくりだ」

バッキーはびっくりするほど鋭いときがある。わたしはゆうべのギャヴとの会話を反芻していたのだ。

「シアンにはもどってきてほしいけど、ここよりもっとふさわしい場所があるのかもしれないわね」

「話をそらさないように」バッキーは腕を組んだ。「目は輝いているのに、表情は暗い」

「そんなに変かしら?」しらばっくれる。「珍しくブレアハウスで晩餐会があるし、ヴァージルはもどってこないようだし、気分はうきうきよ」

「目の明るさはそうでも、表情の暗さは?　何か悩みごとでもあるのかな?」

わたしはマルセルのチョコレート・ドリンクの件を話した。

「チョコレート工房で残りを見つけて、あそこに――」冷蔵室のほうへ手をのばす。「しまったの。いちばん上の棚なら目につかないでしょう。きょう、その半分を持って帰るわ。ギャヴに渡して検査してもらうの」

そこへ、サールディスカのシェフたちが入ってきた。いまの会話を聞かれたかしら？　わたしは不安に思いつつ、挨拶した。

「おはようございます！」

マルセルのキリアン犯人説、いつも不機嫌なティボル、傍観するだけのヘクターとネイト――。誰ひとり、信用してはいけないように思えた。念のため、あのチョコレートは上の棚からべつの場所へ移したほうがいいだろう。

「おはよう」珍しくティボルが明るい声で、しかもほほえみらしきものまで浮かべて挨拶した。

みんな気分がよさそうだけれど、キリアンだけはわたしと目を合わせようとしない。何かあったのかしら？

「みなさん、調子はいかが？」

「きょうはとてもよい日」と、ティボルが答えた。ほかの三人は背を向けてエプロンをつけているから、表情はわからない。

「何かいいことでもあったの？」

これにティボルは顔をしかめた。

「あなたには関係ない」

わたしがむっとしたのに気づいたのか、ティボルはつづけた。

「一週間が無事に過ぎて、みんなしあわせ。キリアンが国に報告書を提出し、報告書はうけいれられた」

「それはよかったわね。キリアンもほっとしたでしょ？」

ふりむいたキリアンの顔にはいつものような赤みがなく、青白い。

「そう、そのとおり」

彼はそれしかいわなかった。


ファースト・ファミリーの朝食の準備を終えたところで、全員を集めた。ケリー・フライバーグの晩餐会ではサールディスカの伝統料理も一品加える予定で、キリアンに用意してもらった材料リストを見ると、わたしのカボチャ・スープの変形版といったところだ。

「シークレット・サービスから必要な材料が届きましたよ」わたしはキリアンに伝えた。「梨を見つけるのに苦労したみたいだけれど」

「あなたとバッキーに教えられるのがうれしい」キリアンはどこかまだ調子が悪そうだったけれど、仲間たちをふりむくと、毅然とした態度で訊いた。「バザディンはつくったことがあるな？」

三人ともうなずいた。

「今回は、バザディンの特別版にする」オーケストラの指揮者さながら、ペンを高く掲げた。「秘密の材料と秘密の作り方を共有するわたしたちは、バザディン兄弟だ」わたしをふりむき、「姉妹でもある」といいそえた。

三人はまたうなずいたけれど、ネイトのうなずきは小さい。顔つきもどこか不安げで、その目は怯えているようにすら見えた。たとえるなら、道具を持たない料理人。秘密の材料や作り方を分かちあえず、仲間から見下されるのを恐れているような……。

わたしたち六人は中央のカウンターを囲んだ。これなら調理の各段階でほかの人のやり方や出来上がりを見て、比べたり確認したりできる。

キリアンは西側ドアを背にして立ち、わたしはカウンターをはさんで彼の正面だ。わたしの左にはバッキーとネイト、右にはヘクターとティボル。

「では、始めてください」

キリアンのぽっちゃりした頰が、ほんのり赤みをとりもどした。

「カボチャはとても美しい」彼は畝《うね》のある緑色のカボチャを持ち上げた。「アメリカではこれをドングリカボチャと呼び、これは——」ひょうたん形のカボチャをとりあげる。「バターナッツと呼ぶと聞いたが？」

わたしはうなずいた。

「材料としての魅力は、ほかの野菜に負けるかもしれないが、カボチャはとても硬く——」指の関節でこつこつ叩く。「用途はとても広い」

この調子で材料と作り方を解説すれば、お昼までかかるだろう。さいわい、ファースト・レディは外出し、大統領は海軍食堂で昼食をとることになっている。といっても、夕食まえにやるべきことはあるから、時間のチェックは欠かさないようにしなくては。

小太りのシェフは身をのりだし、熱をこめて語りつづけた。

「晩餐会の献立については、われらが敬愛すべきシェフたちもご存じのように、選択肢はとても多かった」わたしとバッキーににっこりする。「そしてわたしは、ティボルのバザディンを味わうことができた。が、ネイトのバザディンも、ヘクターのバザディンも、試食することはかなわなかった」ふたりの顔をじっと見る。「食材が地域によって異なることもあるだろう。ネイトとヘクターは、これまでどんな種類のカボチャを使ってきたのか？」

ヘクターは答えようと口を開いたけれど、喉がごぼごぼ鳴るだけだった。彼は目を見開き、喉に手を当てた。

「どうした？　大丈夫か？」と、キリアン。

ヘクターはあえぎ、咳をしながら床にうずくまった。片手は喉に当てたままで、反対の手を額に押しあてる。

「大丈夫。頭がくらくらしただけ」

「お医者さまを呼びましょうか？」わたしは心配になった。

「大丈夫」ヘクターはうつむいて、頭を抱えた。「すわっていれば、なおる」

わたしは彼の横にしゃがみ、バッキーもやってきた。

「場所を移して、ゆっくりしたほうがいい」

「何があった？」キリアンもそばに来た。

「今朝は何か食べた？」わたしが訊くと、ヘクターは首を横に振り、苦しげにごくっと喉を鳴らした。

キリアンもしゃがんだ。「朝はコーヒーしか飲んでいないだろう？」

ヘクターはうなずいた。

「めまいがしただけかもしれないけど」わたしはバッキーをふりむいた。「念のため、医療班を呼んでくれる？」

ヘクターは腕をのばしてバッキーを止めようとしたけれど、バッキーは気にせずドアへ向かった。

ヘクターが意識を失わないよう、わたしは話しかけることにした。

「コーヒーだけなの？　お腹がすきすぎていない？」

彼の代わりにキリアンが答えた。「みんな、コーヒーを飲んだ。ホテルで。何も食べていない」

「朝から気分がよくなかった？　それで何も食べなかったの？」

しゃがんでいたキリアンが、わたしに触れるほど前のめりになった。体を支えるように、床に片手をつく。

「うっ……」顔は土気色だった。

「キリアン、どうしたの？」

彼は片手をあげ、カウンターの縁をつかもうとした。

「速く動きすぎたらしい」苦しげに。「頭が……」あとはもぐもぐいうだけだ。

「頭がどうしたの、キリアン？」

わたしは助けを求めて見まわした。ティボルはじわじわ後ずさり、ネイトは困惑したようにわたしを見おろしている。ふたりの具合がおかしくなり、わたしは彼らにはさまれて、すぐそばにはキャビネット。どうにも動きようがなかった。

右側でヘクターがうめき、うなだれたかと思うと、横向きに床にころがった。

キリアンは咳をしながら床にすわりこんで頭を抱えた。顔に血の気はなく、汗もかいている。口を開くと喉がごろごろ鳴った。

「わたし……」何かいいかけたキリアンの体が固まった。

「キリアン！」彼の目は焦点が合わずにうつろで、わたしはネイトを呼んだ。「ヘクターをここから広い場所に移して。後ろから両手で引きずっていけばいいわ。新しい空気を吸わせてちょうだい」

ティボルはいまや遠くドアまで行っていた。顔はゆがみきり、あれでは手伝いを頼めないだろう。

ネイトはヘクターを狭い場所から引きずりだしながら、小声で元気づけている。

ヘクターは意識がはっきりしてきたようで、怯えながらも警戒している顔つきになった。

でもキリアンのほうは完全に意識を失った。仰向きに倒れ、キャビネットの縁に頭をぶつけると、調理服の胸をつかんでいた手が離れ、腕が床に落ちた。

わたしはキリアンの顔をのぞきこんだ。彼の目は開いたままで、最悪の事態としか思えなかった。

「キリアン、お願い、息をして」

バッキーと医療班が駆けこんできた。わたしは立ちあがって医師に場所を譲り、医師は心臓マッサージをしながら大声で助手に指示を出している。わたしは動かないキリアンを茫然と見おろすだけだ。

まちがいないだろう。キリアンは息絶えたのだ——。

わたしは頭を振って理性をとりもどし、医師に頼んだ。

「ヘクターも倒れたんです」いまは外の通路にいる彼を指さす。「意識はありますが、彼のようすも見ていただけますか」

医師は助手に指示すると、義務は義務として、もうしばらくキリアンの蘇生措置をつづけた。

わたしは通路でヘクターを支えているバッキーのところへ行った。ほっとしたことに、ヘクターの表情はしっかりし、誰かが持ってきてくれたのだろう、手には水のコップがある。顔色は悪いものの、医療班の質問にも一つひとつ、ちゃんと答えているようだ。

バッキーがわたしの腕をつついた——「キリアンは?」。

わたしは唇を嚙み、首を横に振った。

「最初はマルセル、つぎはキリアンとヘクターか。いったいどうなってるんだ?」

「わたしも知りたいわ……」

18

シークレット・サービスがキリアンの遺体を運んでいくころには、ヘクターも支えなしで立つことができ、何かのときに備え、ネイトがすぐそばについた。ティボルはヘクターたちが何かに感染しているなら近づきたくないと明言し、距離をとって離れた場所にいる。厨房に駆けつけた職員たちが引き上げるまで、ずいぶん時間がかかった。トムたちシークレット・サービスからは、けっしてメディアに漏らすな、と強くいわれた。

トムは厨房を出るとき、わたしを脇へ引っぱった。

「こちらに任せてくれ。いいな？」

「わたしの厨房でひとりが亡くなり、ひとりが倒れたというのに、何もなかったふりをしろというのね？」

「ふりをしろとはいっていない。口をつぐんでいればいいだけだ」

「チョコレートは？　こんなことがあれば、すぐ検査してくれるわよね？」

トムはわたしに近づき、周囲に人がいないのを確認してから小声でいった。

「亡くなったキリアンのＧＨＢ検査はすでに依頼した」

「よかった……。ここまでくると、偶然が重なっただけとは思えないもの」

「できれば偶然だと思いたいが、かならず調査はする」

サージェントがやってくるのが見えて、トムは歩きはじめた。

わたしは「ちょっと待って」と彼を追った。「ヘクターは？　彼はどうなの？」

「本人は、飲む薬の量をまちがえたといっている。マルセルとおなじだよ」トムは眉毛をぴくっとあげた。「それで満足かな？」

わたしは薬の種類が気になった。でもそれを訊くまえに、トムがいった。

「医療歴は尋ねていない。こちらの問題ではないからだ。そして、きみの問題でもない」

背を向けたトムをもう一度引きとめる。

「ヘクターもGHB検査をするんでしょ？」

「こうして答えているのは──」トムは苛立ちをこらえた顔でいった。「きみは隠しごとをされるのが嫌いだと知っているからだ。わかった、彼にもGHB検査をうけてもらおう」上からわたしを見おろすように。「ほかに何か知りたいことは？」

「いえ、ありません」ちょっと嫌味っぽくいってみる。「ありがとうございました」

「ミズ・パラス」トムがいなくなったところでサージェントがいった。「結婚しても、きみはぜんぜん変わっていないな」

思いっきりにらみつけてやった。でもサージェントに効き目はない。

「またもや国家間の危機だ。ホワイトハウスのシェフが中心にいると知ったら、サールディスカはさぞかし驚くだろう。ホワイトハウスの職員は、ひとりとして驚かないがね」

「ご用件は？」

サージェントは口の横を指で掻いた。

「きみの協力を得たいのだよ。疑問が山のようにあるからね。サールディスカ政府が料理人たちを即座に帰国させてもおかしくはない」

「そのほうがいいわ」声をひそめる。

「ほう？　なぜだ？」

「彼らが来てから、おかしなことが起きはじめたから」

サージェントは笑いをこらえた。「きみに関してもおなじことがいえるよ、ミズ・パラス」わたしに反論する間も与えなかった。「起きた出来事について、きみと意見をかわしたいが、そのまえにサールディスカ政府に哀悼の意を表しなくてはならない。あちらの政府が訪米中のミズ・フライバーグに関してどう判断するかは見当もつかないがね」厨房全体を見まわして鼻を鳴らす。「打ち合わせ時間はマーガレットに連絡させる。きみなら忙しくても都合をつけてくれると信じているよ」

サージェントはそれだけいうと、つかつかと歩き去った。

厨房をふりかえると、部屋の真ん中にヘクターがいて、そばにはバッキーとネイト。ティボルは遠くでようすをうかがっている。

キリアンはこの、わたしの厨房で急死したのだ。ショックと悲しみで膝ががくがくしそうになるのをこらえ、わたしはヘクターたちのほうへ行った。

ネイトがヘクターにサールディスカ語で話していた。言葉の意味はわからなくても、声の調子や体の動きから、もっと用心しろといっているか、あるいはホテルへ帰れといっているような気がした。ヘクターは苦しげな表情で、何度も何度もうなずいている。

「どうしたの、ヘクター？」

彼はぷっくりした唇を幼い子どものようにすぼめた。

「キリアンは死んだ？」

答えはいわなくてもわかっているはずだ。わたしはネイトの鋭い視線を感じた。

「ええ、とても悲しいけれど」

ヘクターは唇を引き結び、いまにも泣き出しそうだった。でも、まぶたをぎゅっと閉じ、かなりたってからようやく目をあけた。

「キリアンはいつもやさしくしてくれた」

「体の具合は？　もう大丈夫？」

ヘクターは首をすくめるだけで答えない。

「原因はわかっているの？」

「新しい薬だった。まえの薬は一日二錠で、新しい薬は一錠だった」情けない顔つきになる。

「二度とまちがったりしない」

トムから聞いた話とおなじだった。だけど、あまりに出来すぎてはいないか？　わたしは直感した――ヘクターは嘘をついている。でも、なぜ嘘なんか？

頭をフル回転させると、まったく新しい可能性がひとつ浮かびあがった。ただし、できればあってほしくない最悪中の最悪のもの。

「不思議で仕方ないわ」わたしは声に出した。「こんなに偶然が重なるなんて」

するとヘクターはあわてた。「わたしがいけない。これからはもっともっと注意する。あなたに約束する」

「そういう意味じゃないの」バッキーと目を合わせると、彼も不審に思っているのが伝わってきた。「マルセルは入院して、ヘクターも体調がおかしくなった。そしてキリアンは亡くなってしまって……。まさかこの厨房の何かが、人の体をおかしくさせているとか？」

ティボルが近づいてきた。

「何をいいたい？　ここにいる者はみんな毒におかされているのか？　ここには炭疽《たんそ》菌があるのか？　それともサリンか？」

「とんでもない」わたしは両手を掲げた。「そんなものはないわよ」どうか神さま、ほんとうにありませんように。「そうではなくて、触れると気分が悪くなる食材か何かがあるかもしれないと思ったの」

ネイトとヘクターはティボルのような動揺は見せないものの、かなり緊張しているのはわかる。いずれにせよ、目下の最優先事項は厨房を徹底的に清潔にすることだ。

「聞いてちょうだい。キリアンが亡くなったのは、あなたたちにも、わたしたちにも、とてもショックだった。きょうはもう仕事をきりあげたいと思うのだけど、どうかしら？」

サールディスカの三人は顔を見合わせた。

「わたしたちは仕事をするためにやってきた」と、ティボル。「義務を果たさなければ、指導者たちは失望する」

「じゃあ、その指導者たちに、オリヴィア・パラスが〝義務〟を変えてしまったと伝えてちょうだい。きょうはもう、厨房の仕事はしません。キリアンの悲報はホワイトハウスがサールディスカ政府に報告しますけど、みなさんからも当然、報告するべきでしょう」おそらくすぐに帰国の指令が出るはずだ。「キリアンは同僚思いのほんとうにいい人だった。どうか、午後は彼のために過ごしてください」

わたしは返事を待たずにシークレット・サービスに連絡し、彼らをホテルまで送るよう伝えた。

「みなさんがいないあいだに――」帰り支度をしている三人に向かって話す。「厨房と関連施設を徹底的に消毒してもらいます。日々、心がけてはいても、完璧とはいいきれませんから。みなさんがまたここに来るときには、有害なものはまったくないと安心してくださいね」

三人がいなくなったところで、バッキーがいった。

「本気でバクテリアか何かがあると思っているのか？」

「ほかに考えようがないもの」わたしは疲れきっていた。「毎日、消毒しているでしょ？

だからいままで問題が起きたことはないわ。おかしくなったのは、彼らが来てからよ」

「マルセルが倒れたのはキリアンのせいだといわなかったか？　話がずいぶん違うように思うが」

「ほんとにね……キリアンが亡くなってつらいうえに、困惑するばかりで」

「マルセルのホット・チョコレートに薬を盛ったのは、少なくともキリアンではないということだな」

「マルセルの推理が思い込みに近いのはわかっていたの。でも、完全否定はできなかったから。かわいそうなキリアン……。彼とはもっとたくさん話したかった」

「ぼくもだよ」バッキーはわたしの肩をつかんだ。「彼らがいないあいだに、シアンについて話し合わないか？」

清掃班がやってきて、わたしはこの一週間で使った場所——厨房以外にもペイストリー・キッチンやチョコレート工房等など——をすべて教えた。でも最初はともかく厨房だ。バッキーとわたしはそれが済んだあとでも、調理にとりかかるまえに再度、全面消毒することにした。

でもそれまでには、かなりの時間がある。

「お腹はすいていない？」

「多少ね」

「わたしも」

お皿と銀器を手でごしごし洗い、冷蔵室へ行った。リンゴをふたつ、グリュイエール・チーズの厚切りをふたつ取る。

「きのう焼いたバゲットがそっちにあるでしょ?」肩ごしにバッキーにいう。「あら、残りもののホウレン草サラダもあるわ。ほかに何かほしいものはない?」

バッキーはバゲットを抱え、わたしの後ろに来た。バターと水のボトルも二本持っている。

「ぼくらにはふさわしい食事かな」

おちついて食べられそうな場所に行ってみたけれど、ホワイトハウスではなかなかむずかしい。三つめの部屋も人がいっぱいであきらめた。

「あっ、そういえば秘密の場所があるわ」

「うん、オリーなら知っていそうだ」バッキーは文句もいわずについてきた。「ところで、それはどこかな?」

「中地下よ」

両手をバゲットだのリンゴだのでいっぱいにして、わたしたちはホールを東へ進み、図書室の先の階段をおりた。

「オリー」背後でバッキーの声がした。「いまぼくらが持っているものなんだけどさ」

わたしは階段をおりつづけた。

「どうしたの?」

「マルセルやキリアンがやられたものが、これにも付いていないか?」

わたしは足を止め、バッキーをふりかえった。

「チーズ、バゲット、くだもの――。どれもマルセルが最初に倒れたあとに仕入れたものよ」

「二度めはどうだ？」

「リンゴは……あったわね。でも、ほかはその後のものよ。安全だと思うわ」

「命を賭けられるか？」

「冗談はよして」

「本気だよ」

階段をおりきったところには、半円形の広い部屋がある。ここと隣接する部屋、トイレは、ホワイトハウスのゲストの控室に使われる。世界にその名を知られる人たちがここで服を着替え、お化粧をし、スピーチや歌をリハーサルするなんて、想像するだけでわくわくした。

ゲストをいつでも迎えられるよう、ドアはあっても鍵がかけられることはなく、支出削減に入ってからは使われていないだろう。ホワイトハウスとは思えないほど静まりかえり、軽く食べながら話し合うには申し分ない。

テーブルに食料を並べてから、バッキーがいった。

「マルセルにはキリアンのことをどんなふうに話すつもりだ？」

わたしはため息をついた。

「電話しなくちゃいけないけど、まだ心の準備ができないわ」

「キリアンと知り合って間がないのに、ずいぶんおちこんでいるな」

「わたしの目の前で亡くなったのよ。それも、わたしの厨房で……。マルセルの推理に疑問を感じても、ついついキリアンを疑いの目で見てしまったの。いったい何がどうなっているのか、さっぱりわからなくて」

「彼を疑ったことに後ろめたさを感じている？」

「それとは少し違うわ」

「どんなふうに？」

「なんていえばいいかしら……。キリアンのことはほとんど知らないけど、マルセルは同僚であり友人でもある。そしてペイストリー・シェフとして、心から尊敬しているわ。その彼が、チョコレートに混ぜものがあったと信じているのよ。わたしたちは料理人として、口に入れるものの危険性は、たとえ推測であっても見過ごせない。キリアンを信じきってはいけない、と思うのは仕方がないことなのよ」

「だったら何を悩んでいる？」

「どこかで大事なことを見落とした気がするの。キリアンがあんなふうに亡くなって、よけいその思いが強くなったわ。わたしが気づいてさえいれば、防げたような気がしてならない」

バッキーは椅子にすわり、グリュイエール・チーズを薄くスライスした。

「いささか過剰反応に思えるな」

「かもしれない」わたしは立ったまま、お皿のサラダやリンゴを見栄えよく整えていった。

「おいおい、ふたりしかいないんだから、そこまでしなくていいよ」

わかっているけど、じっとしていることができない。

「これで気持ちが少しはおちつくの」

バッキーはチーズをつまんだ指先を椅子のほうに振った。

「すわったほうが冷静に話せる——というのは、きみがぼくにいう常套句《じょうとうく》だ」

そう、ギャヴがわたしにいう常套句でもある。

この一週間の出来事をふりかえっても、つながりが見えてこないのがつらかった。

「彼らがホワイトハウスに来た最初のときにさかのぼって考えたら……」

言葉が途切れた。

「どうした？　何か思いついたか？」

「わたし、チョコレートのカップをあのままにしていたわ」

バッキーはきょとんとしている。

「今朝、チョコレートをギャヴにも検査してもらうって話したでしょ？　カップを冷蔵室のいちばん上の棚に置いたといったとき、サールディスカのシェフたちが入ってきたわ」

「彼らに聞かれた？」

「わからない……」唇を嚙む。「べつの場所に移そうと思っていたのに、あんなことになって忘れてしまって」

バッキーは天井を、上のフロアを見上げた。

「行ってこいよ。まだそこにあるかどうかを確認したほうがいい」

「ありがとう。すぐもどってくるわね」

19

バッキーのいる中地下へもどりながら、湧きあがってくる怒りを必死でこらえる。チョコレートは消えていた。いちばん上の棚の奥。そんな場所から消えていた。これで検査をすることができなくなった。答えを見つけるどころか、疑問が増えた。

ラップをした小さなカップはどこへ行ったのか。誰かが場所を替えただけかもしれない……。わたしは冷蔵室のなかをさがしまくった。でも見つからない。

両手をげんこつにして階段をおりた。早くバッキーに知らせたい。思った以上に時間がかかってしまったけれど、理由を話せば納得してくれるだろう。

階段の踊り場からさらに下へ――。と、控室へおりきるまえに足が止まった。

「あら、マーガレット」

小さなテーブルを前にして、マーガレットとバッキーがすわっていたのだ。

「お客さまだよ、オリー」バッキーがぎこちない笑みを浮かべた。「秘密の場所を知っていたのは、きみだけではないらしい」

「そうみたいね」わたしはゆっくりと階段をおりきった。

「こんにちは、オリヴィア」べっ甲フレームの眼鏡を小さな鼻の上で少し調整する。「お食事のお邪魔をしてしまい、申しわけありません」

わたしは隣のテーブルから椅子を引き寄せた。

「ぜんぜんかまわないわよ」と、嘘をつく。マーガレットの前にはナプキンが広げられ、その真ん中にサンドイッチがあった。見たところ、ひと口かふた口は食べたらしい。そしてもう一枚のナプキンには、ラップでくるんだニンジンのスティックと市販のブラウニーが置かれている。

マーガレットはサンドイッチを上品にひと口嚙んだ。はさんでいるのはメットヴルストのようだ。

「おいしそうね」これは嘘ではない。子どものころ、母が生のソーセージ・サンドと呼んでいたもので、マスコミで悪評が流れてもなお、人気を保ちつづけている。いま、その香りをかいで、小さいころにもどったような気がした。

マーガレットはどうでもよさそうに首をすくめると、ゆっくりゆっくり嚙んで、水をすすった。

「外で食事をするより、このほうが安上がりですから」

「よかったら、チーズもどうぞ」バッキーがお皿を近づけた。

マーガレットがいなくなるまで、肝心の話はできない。わたしは小さなため息をつくと、先に食事をすることにした。

マーガレットは新しいナプキンで口を拭った。

「死亡した男性に関する新情報はありますか？」

「キリアンのことかしら？」なぜか防衛本能が働いた。

マーガレットの口がゆがんだ。

「きょう死亡したサールディスカ人が、ほかにもいるのでしょうか？」

「新情報は何も聞いていないよ」バッキーが割って入った。「あなたは聞いたのかな？」

彼女はまたサンドイッチを——小指をたてて——ひと口かじると、かぶりを振った。

「あなたにとってサージェ……いや、総務部長は、いい上司かな？」

バッキーが話をつないでくれるのはありがたい。

マーガレットは初めてほほえんだ。いかにもうれしそうに、満面の笑み。

「わたしの経験からいわせてもらえば、彼ほどすばらしい上司はそうそういません」

「経験って、何年くらいあるの？」

わたしは嫌味でいったつもりだけれど、彼女はとまどっただけらしい。

「学校を出てからずっと働いていますけど」

バッキーはにやっとして尋ねた。

「彼のどんなところがいいのかな？」

マーガレットはサンドイッチを置いた。「規則を熟知しています。もちろん、ホワイトハウスでは当然のことでしょう。だからこそ、わたしはいまの仕事に満足しています。最近は規則に不満を並べたてる者が多くてうんざりしますよ」

「この仕事のまえは何を？」

「ベテラン上院議員のアシスタントです」目がきらっと光り、身をのりだす。「とんでもないいいかげんな人で、年じゅう言い訳ばかり。アシスタントを辞めて、ほっとしています」膝上のナプキンの端で口を拭く。「具体的な名前は申しあげませんよ」

「そうね、内輪の情報は漏らさないほうがいいわ」

「わたしの取り柄のひとつは、口の堅さです」

「それはよく知っているわ」数カ月まえ、国政を揺るがしかねない大事件が起きたとき、マーガレットはわたしに力を貸してくれた。でもそのことを、彼女はサージェントなど、必要な人以外にはいっさい口外していないのだ。

「サージェントはキリアンが亡くなったことをサールディスカに報告したかしら？」リンゴを小さく切って口に入れる。

彼女はサンドイッチを半分食べ終えていた。

「はい。たいへん驚いていたようです」

「ほかのシェフを帰国させるような話は出ていない？」

彼女はサンドイッチをかじり、かぶりを振った。

「そうすぐには決定できないんだろう」と、バッキー。

「いいえ、訪問のキャンセルに関してはすでに結論が出ています」マーガレットがいった。

「シェフたちは、少なくともミズ・フライバーグの晩餐会までは帰国しません」

「現状維持ということ?」

「はい。ミズ・フライバーグの旅程に関しても変更はありません。サールディスカ政府によると、予定どおりに完了しなければ、国内の一部の者の反発を招くだろうとのことです」

「これは驚きだわ」

「同感」と、バッキー。

「サールディスカの高官の話では、最終決定はキリアンの死亡原因しだいということでした。そして事故や犯罪ではない、自然の原因によるものだとみなしたようです」わたしを、つぎにバッキーを見る。「おふたりには何か異論がありますか?」

「とんでもない」

バッキーの即答の仕方に、マーガレットは目を細めた。

「わたしの知らないことを何かご存じですか?」

「いいえ、何も」と、わたし。疑問を抱いていることを悟られてはならない。「いまはまだ、キリアンが亡くなったショックで、ほかのことは考えられないわ。厨房の整理や清掃が終わるまで、ここでバッキーと今後のことを話し合おうと思って――」リンゴとナイフに視線をおとす。「ミズ・フライバーグの晩餐会は問題だらけになりそうだから」

「問題?」マーガレットの目が輝いた。

「キリアンのご家族の悲しみを思うといたたまれないけど、仕事をほったらかしにはできないから。マルセルがまた入院して、キリアンも亡くなって、ペイストリー・シェフがいないのよ。ピーターがマルセルのアシスタントを復帰させてくれなかったら、ミズ・フライバーグの晩餐会のデザートはどうしたらいいか……」

マーガレットの眉間の皺が深くなった。

「おふたりの経験では、デザートはつくれないのですか?」

バッキーとわたしは顔を見合わせた。

「つくることならできるわよ」そっけなく。「でもね、無視できないことがふたつあるの。ひとつは、デザートはわたしやバッキーの専門領域ではないこと。大統領のゲストは、最高のものでおもてなししなくてはいけないでしょ? バッキーとわたしは料理には腕をふるえるし、おいしいデザートだってつくれるけれど、デザートのほうは、なんていうか——」

「大傑作ではない」と、バッキー。「僭越《せんえつ》ながら、ふたつめをいわせてもらえば、今回はスタッフ不足でね。完璧な仕上がりにするうえで、シアンの不在は大きい。料理の質の高さを維持し、かつデザートをつくるのは、ぼくらの領分ではない」

マーガレットはむずかしい顔で水を飲んだ。

「お聞きするかぎり、おひとり、またはおふたりは、ずいぶんプライドが高いようですね」

バッキーの顔がリンゴに負けないくらい赤くなった。わたしはテーブルの下で手をのばし、彼の腕をつかんで爆発をくいとめる。

「あなたがそう思うのも無理ないわ。料理業界の知識がない人には高慢に見えたり、逆に言い訳がましく聞こえたりするかもしれない。これ以上いっても理解してもらえないだろうから、このあたりでやめておくわね」バッキーの腕を握っていた手を離し、反対の手でマーガレットの手を叩く。「自分とは違う考え方でも尊重できるかどうかで、その人の人間性が見えてくるわ」

かなりきつい言い方をしたつもりだけれど、マーガレットに伝わるには一秒ほどかかった。その短い時間を利用して、わたしはバッキーをうながした。

「そろそろ行かない？　清掃も終わったころだと思うわ」

すでに立ち上がっていたバッキーは、テーブルの上を片づけはじめた。

「じゃあ、急ごう」

「おふたりは――」マーガレットはいかにも不愉快そうにいった。「フルコースの晩餐を仕上げる能力に欠けることを認めたわけですから、サージェント総務部長に報告させていただきます」

わたしは思わず笑ってしまった。マーガレットには意外だったようで、正直なところ、わたしも自分でびっくりするほど本気で笑った。

「どうぞ、報告してちょうだい。わたしの欠点を残らず把握しているのは、おそらくこの地球上でピーターくらいのものでしょう。たぶん、長々しい〝オリーの欠点リスト〟ができあがっているわ」

彼女はまたサンドイッチを食べはじめ、バッキーとわたしはお皿や残りものを抱えた。

「行きましょうか」

階段をあがりながら、バッキーはちらっと後ろを見てからいった。

「さすがだな、ボス。それにしても彼女は、いったい何様のつもりなんだ？　一日、いや一時間、厨房で研修してもらおうか。たちまち全身がびちゃびちゃべとべとになる」

手がふさがっているから、わたしは指先だけ振った。

「少しいいすぎたような気がするわ」

「そんなことはない。彼女が生半可な知識で意見をいっても、きみは無礼どころか、むしろ丁寧に応じていたよ」

バッキーと自分のために反論したことは、後悔していない。でもマーガレットがおとなしくなったことがどうも気にかかる。

「彼女をばかにするつもりはなくて、もっと目を開いてもらいたいと思っただけなんだけど」

バッキーはホールに出たところで立ち止まった。

「何を気にしている？　彼女のほうはきみをばかにしたかったんだ。かつてのサージェントとおなじだよ。彼はきみのおかげで暗い面に気づくことができた。いや、明るい面といったほうがいいかな」

「わたしはたぶん、無意識のうちに否定的、消極的にはなりたくないと思ってしまうの。世のなかにはそういうのが蔓延しているでしょう？　人を攻撃したり、けなしたりするのは、その人を理解できていないからだわ。だったら、知らないことを教えるとか、閉じている目が開く手伝いをしたいじゃない？」

「きみはそれをやったよ。彼女が正しく受け止めなかったただけだ」

「ううん。あんな口調でいうべきじゃなかったし、彼女の手を叩いたのは逆効果だったかも」感情的になった自分を反省する。「つぎはもっと気をつけないと」

わたしはまた歩きはじめ、バッキーも並んで歩いた。

「オリーはほんと、がんばり屋だな」

厨房に着くと、清掃班は仕事を終えて後片づけをしていた。

「ありがとう。ぴかぴかだわ」

わたしはリーダーとしばらく話し、作業の経過がわかったところでねぎらいの言葉をかけて、清掃班は厨房を出ていった。

「シアンのことをまったく話せなかったな」と、バッキー。「きみがチョコレートの確認からなかなかもどってこなくて、そのあいだにマーガレットが来たから」

わたしはつやつやぴかぴかのカウンターにお皿類を置いた。

「そう、チョコレートの件ね」

「ずいぶん怖い顔だな」

「なくなっていたのよ。いちばん上の棚から消えていたの」

「誰かが場所を替えたとか？」

「冷蔵室を使うのは厨房のスタッフだけでしょ。わたしも最初は誰かが移動させたんだと思ったの。それであちこちさがして時間がかかって。結局、見つからなかったわ」

「持ち出したやつがいるということか？　あのチョコレートを、あえて？」

「わたしより先に冷蔵室に入った清掃班が、カップをごみだと思って捨てた可能性もなくはないでしょ」

「そんな勝手なことはしないよ」

「ええ。でも、念には念を入れたほうがいいから」

「それで？」

「作業の経過を尋ねたら、冷蔵室で捨てたものはひとつもないって。チョコレートのカップを見た人もいないみたい」

「とすると、清掃班のひとりがほかの部署の密命をうけてカップを持ち去り、そんなものは見もしなかったと嘘をついたか。でなければ……」

わたしはうなずいた。

「サールディスカのシェフのなかに、隠しごとをしている人がいるってことね」

20

その晩、アパートの廊下でウェントワースさんに会った。

「きょう、サールディスカのシェフが亡くなった現場にオリヴィア・パラスがいたって、もっぱらの噂よ」

ウェントワースさんはインターネット中毒といっていい。だからこういうとき、わたしは古き良き時代が恋しくてたまらなくなる。ニュースといえば新聞と放送、それも朝と晩の一日二回でしかなかったころにもどりたい。

「ええ、それはほんとうです」しぶしぶ認める。

「どうすれば、そうやっていつも〝渦中〟にいられるの？」

ウェントワースさんは白髪をきれいにセットし、長い耳たぶには光るイヤリング。濃紺のニットのベストの前で腕を組んでいる。

「べつに、いたくているわけではありませんから。ほんとうに、そうですから。スタンリーはいかがお過ごしですか？」

ウェントワースさんの唇の縦皺が深くなった。

「最近、困ったことが多くてね」顔を寄せ、ラインストーンのフレームの眼鏡ごしにわたしをじっと見つめて声をおとした。「痛がるのよ……トイレで。それもひと晩に四回くらい」それから声を大きくした。部屋のなかにいる人にも聞こえるくらいに。「病院に行きなさいといっても行かないの。どうしようもなく頑固なんだから」そこまでまた、ひそひそ声で。「最悪の病気を宣告されるのが怖いのよ。わたしだって、ふたりめの夫まで早々に失いたくないわ」

「不安な気持ちはわかりますけど、検査は受けたほうがいいですよね」

「そう、オリーのいうように――」ふたたび大きな声。「検査は受けるべきなのよ。早いうちに手を打つほうがいいに決まっているわ。手遅れになって後悔するのはいやだもの。ほんと、オリーのいうとおりだわ」

「たいへんでしょうが、がんばってください」わたしは小声でいった。

「これでもいろいろ考えてはいるのよ」きれいな白髪の頭を叩く。そしておやすみなさいと手を振った。

部屋に入るなり、おいしい香りに包まれた。

「ただいま！」玄関のボウルに鍵を入れ、薄手のコートを脱いでいると、ギャヴがキッチンから現われた。ストライプのエプロンをつけ、木のスプーンを持っている。

「お帰り」唇に軽いキス。「早めの夕食でもいいかな？」

「はい、喜んで」靴を脱ぎ捨て、彼についてキッチンに入った。愛情でつくる料理はとんでもなく香ばしいのがよくわかる。

「今夜の献立は？」

「ありふれたものだよ。こぶりのステーキにサラダ少々、ベイクド・ポテト……」

早速いただきながら、わたしはきょうの出来事を話し、ギャヴはひと通り聞いたところで、ウェントワースさんとおなじ質問をした。

「キリアンが亡くなったとき、きみは現場にいたんだな？」

「彼のすぐそばにいたの。ヘクターの具合が悪くなって、それからすぐキリアンも」

「きみはそれが怪しいと思っている？」

「あなたは思わない？」

「考えていることをそのまま声に出してみなさい」

「ええ、わたしはとても怪しいと思った。ヘクターは顔色から何から、見るからにおかしくて、そういう反応は意志でできるものじゃない。ただ、薬の量をまちがえたっていうのは、あまりに出来すぎな気がするの。マルセルとそっくりなのは、おかしいわ」

「よし。薬は彼の言い訳だとしよう。でっちあげにすぎないとね。しかしなぜ、そんなことをする？」

「いろいろ考えてみたけど、まともな理由は思いつかないの。彼は計画的ではなく、その場しのぎであんなことをいったんじゃないかしら……何かを隠すために」

「ほんとうに具合が悪いのを知られたくないとか？」

「そうなの。たいしたことじゃない、と思わせたかった。でももしそうなら……体に異変をきたす何かが厨房にあったとしたら？」

「たとえば？」

「見当もつかないわ。誰でも触れる可能性のある物や材料で、もし触れたら具合が悪くなるもの……。だったらティボルやネイトもさわっているはずで、ふたりは体調が悪いのをうまくごまかせている？」

「彼らがきみの目の届かない場所にいることは？」

「ときどきあるわ。そうそういつも、べったりいっしょにいることはできないもの。四人が——いまは三人になってしまったけど——べつの階に行くときはかならず職員の付き添いが必要だけど、厨房関連の部屋には入れるもの。食料庫とか冷蔵室とか」

「ティボルとネイトが体調をごまかせているとしても、きみやバッキーはどうなんだ？」

「ええ、わたしたちはまったく問題なしよ。つまり……サールディスカのシェフが狙われたんじゃないかしら？」

ギャヴの顔に何かがよぎった。

「きみはホワイトハウスの人間が裏にいると思うのか？」

「ううん、場所はホワイトハウスとは限らないでしょ？　シェフたちは毎日ホテルに帰るし、DCを見物するし、護衛はついていないわ」

ギャヴは顎を掻いた。「じゃあ、マルセルの件は？」

「わからない……。もしサールディスカのシェフを狙ったものを誤って口に入れたとしたら、場所はホワイトハウスしかないわね」

「そうなると、内部の人間ということになる」

「ホワイトハウスの職員?」そんなことは、考えたくもないけれど。

「もしくは最低限、定期的に訪問する者」

「アメリカの高官は関係ないわよね?」

ギャヴはうなずいた。「おそらく」

沈黙が流れ、彼もわたしも食べるのを忘れた。

「毒の投与という犯罪は——今回がそうであるかはべつにして——ターゲットのそばにいなくても実行できる」

「だから?」

ギャヴは人差し指を立てた。「忘れてはいけない。いまのところ誰ひとり、毒を盛られたという証拠はない。だからこれはあくまで勝手な推測だが——」

「はい、わかりました」

「サールディスカ政府には敵が多い。たとえばアメリカ国内のテロリストが、サールディスカ人の訪米を中断させるためにやったとも考えられる」

「そんなことはあってほしくないけど」

「可能性としては排除できないだろう」

たとえそうでも、アメリカ人がそこまでするとは考えたくない。サールディスカのシェフたちは、政府の判断や決定になんの関係もなく、それどころか内心では批判的かもしれないのだ。

「要するに」と、わたしはいった。「マルセルとキリアン、ヘクターに毒を盛ったのが、洗濯係の女性とか、シークレット・サービスの誰かである可能性は否定できないわけね」

「オリー」声が少し険しくなった。「キリアンの死因がはっきりしないうちに、あまり考えすぎてはいけない」

「マルセルの件も、まだわからないしね」

「きみのいうように、マルセルが誤って口にしたのなら――」フォークを横にしてテーブルを叩きながら考える。「チョコレートのカップが消えたのが気になる。マルセルの推理を初めて聞いたときは、それはありそうもないと思った。しかしいまは……」眉間に皺をよせ、わたしの目を見る。「チョコレートの検査ができない以上、なんともいえないな」

「まったく、気に入らないわ」

「明日の朝、トム・マッケンジーに話してみよう。彼にも思い当たるふしがあるかもしれない」テーブルごしにわたしの手を握る。「きみは勘が鋭く、警戒心もある。そしてどうしても、騒ぎに巻きこまれがちだ。これからは気を抜かず、くれぐれも用心してくれ」

わたしは彼の手を握りかえした。「はい、気をつけます」

「わたしからひとつ、報告がある」ギャヴは食事を再開した。「ケリー・フライバーグの警護班に加わったよ」

「あら」負傷から復帰して最初の任務だ。

ギャヴは右肩をぴくっと上げた。「一歩前進、ということかな。いきなり現場復帰させるより、従属的な任務のほうがいいと考えたらしい」

「ずっと指揮官だったから、やりづらくない？」

「不慣れな任務というのは確かだけどね、重要な夜になるし、任務を与えられただけでも良しとするよ。上層部はともかく保守的だから」

「ブレアハウスで仕事をしたことはあるの？」

「二度ほどある。きみは？」

「エグゼクティブ・シェフになったとき、オリエンテーションの一環で厨房に行ったことはあるけど、実際に調理をしたことは一度もないわ」

ふたたび沈黙が流れた。ギャヴはたぶん、あの件を話題にするのをためらっているのだろう。わたしはステーキをひと口食べて、水を飲み、一拍置いてからいった。

「思い悩む毎日がつづいているでしょう」

「今度の任務以外にか？」

「ええ……アーマとビル、ワイナリーのこと」

ギャヴはフォークを置いた。テーブルに両肘をつき、手を組んで口もとに当てる。

「思いもよらないことだった」

「でしょうね」

「そしてきみを悩ませることにもなった。結婚して半年もたたないというのに、今後の生活の基盤にかかわる問題を検討しなくてはいけない」

彼の手を握りたかったけれど、両手は口もとに当てられたままだ。

「きみには申しわけないと思っている」

「でも、まだ何年か先のことでしょ？」

「たぶんね」まばたきして目をそらす。「ただし、ビルとアーマはわたしに経営指導をしたがるかもしれない。いっしょに三人で暮らしながらね。ワイナリーを継続させる以上の思いがあるような気がしてならない。ふたりはわたしに、もっと深い役割をもたせたいのではないか。ワイナリーを継がせることで、それが実現するのではないか——」

「よくわからないわ」

「おそらく、わたしを息子にしたいのだと思う。経営に無知のわたしを、言葉だけでなく日々の生活を見せることで指導し、いざその時がくればバトンタッチする」

「いわれてみれば、そうかもしれない……」

それ以上のことはいえなかった。彼はもう十分悩みつづけ、わたしがよけいな感想をいえば悩みが増えるだけだろう。

「あなたの気持ちは？　責任の重い危険な仕事をやめたい気持ちが少しでもある？」

彼はぼんやりとテーブルをながめた。

「危険だろうと重責だろうと気にはならないよ。世のなかの、国のためになることをしている、そう思えるだけでいい」視線をあげて、わたしの目を見る。「それが仕事の喜びだ」

わたしはうなずいた。「ええ、同感よ」

「ビルとアーマはわたしにとって親同然だ」両手でまぶたをこする。「そんなふたりがわたしといっしょにいたいと望めば……彼らをがっかりさせたくはない」

わたしは手をのばし、彼が握ってくれるのを待った。

「暮らす場所は違っても、あなたはずっとふたりといっしょにいたじゃない？　あなたがどんな決断をしようと、ふたりががっかりすることはないでしょう。だってビルもアーマも、あなたにとっていちばんいいこと、あなたがしあわせでいられることを望んでいると思うから」

「ワイナリーを売却するのがいちばんいいと判断したら？　そんなことを彼らにいえるか？」

「お願い、ギャヴ。話を聞いてまだ日が浅いし、わたしたちの将来を左右する重大なことだから、心を決めるには時間が必要よ。ビルもアーマもきっとわかってくれる」

「すまない、オリー、きみに重い問題を背負わせてしまった」

「とんでもない。これはとても良い問題よ。プレッシャーだらけの仕事に嫌気がさして、静かなところで暮らしたいと思ったらどうするの？　ビルとアーマは無条件ですばらしいチャンスを与えてくれているのよ」

ギャヴはぎこちなくほほえんだ。「〝わたし〟でしか考えなかった人生が終わり、〝わたしたち〟で考えるようになってから、何もかもが変わったよ。オリーとふたりで描く未来を、オリーとふたりで実現したい。人にあてがわれた未来ではない、自分たちのものをね」

「その思いを忘れずにいれば、何があっても大丈夫ね。ううん、大丈夫どころか申し分なし、完璧よ」

「きみと出会えたのはラッキーとしかいいようがないな」ギャヴはわたしの横に来てわたしを立たせ、力いっぱい抱きしめた。「これほどしあわせにしてくれたお返しは——」顎をわたしの頭にのせる。「何がいいかな?」

彼の胸に埋もれた顔を、声が出せるくらいになんとかずらした。

「お返しはとっくにいただいていますよ」

21

あくる日、厨房に着くなり〝重要度・高〟のメールを見ても、とくに驚きはなかった。サージェントからの打ち合わせ要請だ。

わたしは返信した――ファースト・ファミリーの朝食準備が完了したらオーケイ、おおよそ七時半。

サージェントからは簡潔な返信――よろしい、わたしのオフィス。

そこへバッキーが出勤してきた。

「画面をいくらにらんだところで」ジャケットを脱ぎながらいう。「悪いニュースが良いニュースに変わったりしないよ。今朝はどんな悪い知らせだ?」

「いいかげんにしてほしいわよね」

バッキーは真顔になった。

「何かあったのか?」

わたしは画面の通達メールに手を振った。

「対処すべき単純な出来事ってことみたい。サールディスカの料理人が一名死亡し、政治に二次的な影響はもたらすだろう、質問事項あり、回答を提出せよ。今後の変更、更新は通知書と電子メールで送る」

バッキーは無言だ。

「ひとりの男性が命を失ったのよ。わたしたちといっしょに働いた人。好感がもてる人。知り合って一週間しかたたなくても、わたしたちに影響を与えた人。彼が友人や家族に与えた影響は計り知れないわ」

「オリー」いさめるような口調だった。

彼がいいたいことは想像がつく。だからわたしはかぶりを振った。

「真実なんかそっちのけで、説明のし方や印象にこだわるのはどうかと思うわ」

「しっかり調査してくれるよ、検死もされるだろうし。誰も隠蔽なんかしやしないよ」

「そういうことじゃなくて——」現場にいながら何ひとつ解明できない自分がはがゆい。

「人間としての感情よ。キリアンが突然亡くなって、何も感じないわけがないでしょう？なのに官僚的な縛りを受けて、書類仕事に追われるだけ。ゆっくり悲しむ時間さえもらえない」

バッキーは何もいわず、しばらくしてから硬い表情でうなずいた。

「いいたいことはわかるよ。ホワイトハウスで働くと、いろんなことがずいぶん変わる。一挙手一投足がチェックされ、分析され、評価をうける」

「それが当然なのよね。ここで働く者は、ここで起きることに責任をもたなくてはならない。

どんなことでも、汚れや染みがいっさいないようにするだけで時間をとられ、喜びや悲しみを感じる暇はないの」

バッキーはわたしの肩を叩いた。

「ここの仕事はそんなもんだよ。それが苦しかったら——」天井を指さす。「あそこで暮らす大統領一家のことを考えたらいい。公私を問わずいっさいが、丸見えの状態にさせられている」

「ほんとにそうね……」

わたしたちは朝食の準備にとりかかった。

「悲しみを感じるといえば」バッキーがオレンジ・ジュースとコーヒーをポットに注いでからいった。「彼らはきょうも休むかな?」

まるでそれを聞いていたかのように、サールディスカのシェフ三人が姿を見せた。最初に入ってきたのはヘクターだ。

「もどってきました」

つづいてネイトとティボルがもぐもぐと挨拶する。

「おはようございます。みなさん、体調はいかが?」

ヘクターは一睡もしていないように見えた。まぶたは腫れて鼻も赤い。

「国の連絡係と話した。キリアンには健康上の問題がたくさんあったといわれた。そしてこの……」自分の胸を指さしながら単語をさがす。「弁の手術が必要だった。アメリカから帰ったら、手術することになっていた」

「そんな健康状態で訪米させたの？」

ヘクターは首をすくめ、後ろにいたティボルがいった。

「貴重な機会であり、キリアンは地元で最高のシェフだった」

「ここに残るか、帰国するかは聞いている？」

これにはネイトが答えた。

「アメリカに残る」

わたしはたまらず訊いた。

「あなたたちはそれでいいの？」

「なぜ、それでよくないのか？」ティボルはわたしをにらみつけた。

七時二十八分、わたしはサージェントのオフィスに行った。マーガレットがわたしを見るなり、背筋をぴんとのばす。

「申しわけありません、総務部長は現在、手が離せません」

彼女に対する口調に気をつけなくちゃと思いつつ、とげとげしい態度にうんざりする。

「彼がセットした打ち合わせよ」時計を見て時刻を確認。「正確には二分後だけど」

「存じております。しかしただいま、重要な方とのミーティング中ですので」

「あら。わたしに連絡するのを忘れたのね」

「サージェント総務部長が連絡を忘れることなどありえません」

そう、むきになることでもないでしょ？

「じゃあ、予定外だったのね」彼女が何かいいかけたので、さえぎった。「いずれにしても、わたしには仕事があるから、ここで待っているわけにはいかないの。わたしが来たことを、あとで伝えてもらえる？」

するとドアが開いて、サージェントが姿を見せた。七時半ぴったりだ。

「きみの声がしたからね」後ろにさがってドアを大きく開けた。「さあ、入りなさい」

部屋にいた男性が立ち上がった。かなり背が高く、年齢は五十代前半くらい。黒髪に広い額、低い鼻。肌の色にむらがあり、どこか乱暴な少年っぽい印象ながら、スーツはぱりっとし、颯爽《さっそう》として見える。

「あなたがオリヴィア・パラス？」低い声で、サールディスカ訛りがきつい。「サージェント氏から、あなたの噂をたくさん聞いた」

どう応じていいかわからず、「はじめまして」とだけいった。

サージェントはドア口でマーガレットに何かいい、紹介が遅れたことを詫びながらもどってきた。

「すわりなさい、ミズ・パラス。こちらはクレト・ダマー。サールディスカから着いたばかりでね、わたしたちに力を貸してくださる」

「キリアンのことは残念でなりません。ご家族はさぞ悲しんでいらっしゃるでしょう」

彼はゆっくりとうなずいた。

「こちらを訪問中に、病状が急変するとは想像もしていなかった」

「やはり心臓の病気？」わたしはサージェントに訊いた。「亡くなった原因は調べたのでしょう？」

サージェントが答えるより先にクレトがいった。

「キリアンの遺体はサールディスカに送り、家族が望めば、サールディスカの医師が検死をすることになる」

なぜここで、すぐしないの？　でもサージェントの鋭い視線を感じ、尋ねるのはよした。

「国によって慣習、慣例は違うからね」サージェントはわたしに〝よけいな口出しはするな〟といいたいらしい。

「ええ、そうでしょうね」

「わたしはミズ・パラスと仕事をするために来た」

クレトがそんなことをいい、わたしはとまどってサージェントに目をやった。だけどなんの反応もなく、仕方がないからクレトに訊いた。

「あなたはシェフですか？」

彼は目尻に皺をよせ、にっこりした。

「残念ながらシェフではない」

「では、どういう？」

ここでサージェントが口を開いた。

「サールディスカ政府は、最近の出来事に強い関心をもってね。キリアンは外交の一環であるシェフ訪問団のリーダーだった。その彼が亡くなってしまい、訪問を中断させないために、ダマー氏が中継役として派遣された」

クレトは顔の横、耳のそばを掻きながらいった。

「サージェント氏は非常に礼儀正しい。わたしが彼に説明したことをあなたにも伝えると――キリアンは高く評価された人物で、わたしは彼と仕事をともにする運に恵まれた。ここに送られたシェフはみな誠実で高潔だが、リーダーにはふさわしくない」両手を広げて首をすくめる。「そこでわたしが派遣された。わたしも彼らといっしょに、あなたのキッチンで仕事をする」

「そうなんですか……」言葉に詰まった。サールディスカ政府は、ヘクターやネイト、ティボルを信頼していないということ？　そこでひとつ思いつき、訊いてみた。

「では、なぜ帰国させないのですか？」軽くほほえんで、語調をやわらげる。「キリアンの死は、みんなにとって大きな衝撃でした。残っているシェフたちがリーダーにふさわしくないと思われるのなら――」最後までいわずにおいた。

「料理人としての腕は一級で、人格にも不満はない」と、クレト。「しかし、手続きや報告の仕方を学んでいないから」わたしのほうに身をかがめ、声をおとす。これならマーガレットがドアに耳を押しつけても聞こえないだろう。「あなたは理解していないようだが、この外交使節団はわが国の未来にとって、きわめて重要な意味をもつ。なんとしてでも成功させなくてはいけない」

サージェントは硬い笑みを浮かべてわたしを見つめた。うなずく以外のことはするな、と警告しているのだろう。

「そこで、わたしがここに来た」と、クレト。「そして、サールディスカのシェフに会うまえに、あなたと会うことにした。キリアンは定期的に報告してきたが、わたしは彼らに対するあなたの感想も聞きたい」

これほど言葉に詰まるのは久しぶりだった。

「その……いまここで？」

「きみは彼らと一週間、ともに仕事をしただろう？」と、サージェント。「きみなりの意見があってもおかしくはない」

背筋がのびるというか、こわばる感覚に陥った。

「彼らの勤労意欲には頭が下がります。三人とも、つねに仕事をしていたいようで」

クレトはうなずいた。「一人ひとりに関しては？」

「ヘクターは明るく元気がよいですね。三人のなかではいちばん若いからでしょうか。ネイトはいつも静かですが、料理人としての経験が豊富とはいえない印象があります」

「ほかには？」

「ヘクターとネイトの出身地は、キリアンとティボルの出身地より発展が遅れているような話を聞きました」

「そのとおり。で、ティボルについては?」

表現に気をつけなくては、と思う。

「グループのなかでも、彼がいちばん仕事熱心でしょう」

しばらく間があいた。「それだけ?」

わたしは悩んだ。でも、クレトがキリアンの報告書を読んでいるなら、ようすはあらかたわかっているだろう。

「ティボルはたいていいつも不機嫌ですね。わたしがエグゼクティブ・シェフであることに不満のようですが、アメリカ人だからか、女性だからか、理由はよくわかりません」

クレトは訳知り顔でうなずいた。

「彼は要注意人物だ。きわめて保守的な考え方をする。サールディスカは新しい時代を迎え、変化を受け入れたくない者はたくさんいる」そこでかすかにほほえんだ。「感想を教えてくれてありがとう」

「要注意というのは――」サージェントの視線を無視して尋ねた。「危険人物ということですか?」

クレトは片手をあげた。「申しわけない。言葉の選択をまちがえた。彼と働いた経験をもつ者たちから聞いた話では、気むずかしいとのことだった。これはあなたの感想とおなじと思ってよいか?」

「そうですね」

「どうか、お願いしたい。ティボルを危険人物とは思わないでほしい」

きっかけはわたしの質問だから、なんとか妥当な、サージェントがひきつけを起こさないような返事をしなくてはいけない。

「はい。ティボルを危険だと感じたことは一度もありませんから」

「そう聞いてうれしい。この後、あなたのキッチンに行き、料理人たちと会う。もし彼らの仕事ぶりや習慣、人格について気になることがあれば、遠慮なくわたしにいってほしい」

「こちらにも報告を」と、サージェント。

わたしは立ち上がり、「いっしょにお仕事させていただくのを楽しみにしています」と、小さな嘘をついてから部屋を出た。


その足で、西棟のトムのオフィスへ向かった。いまは忙しいといわれても、直接会って話せる時刻を約束できればそれでいい。メールでやりとりする類ではなく、サールディスカのシェフたちがつねに近くにいるから、厨房の電話で話すのも避けたかった。

ところが偶然、階段の下にトムがいて、わたしがおりるのを待ってくれた。

「こんなところで何をしてるんだ？」

「あなたと話したかったの。いま、ちょっといいかしら？　長くはかからないから」

トムはわたしを連れてオフィスに入り、受付係の前を通ってドアを閉めた。

「ケリー・フライバーグの晩餐会まで——」わたしは前置きなしに始めた。「サールディスカのシェフと働く中継役の人が来たのは知っているでしょ?」

トムはデスクの前にすわると、「ああ、知っている」といった。「きのう、サージェントがその指示を受けたとき、ぼくもいたから」

「訪問団のひとりが亡くなって、具合を悪くした人もいるのに、それでも新しいリーダーを送ってくるなんて不自然じゃない? どうして帰国させないの?」

「シェフの滞在とフライバーグの外遊は、サールディスカ政府には重要な意味をもつからだ」

「その話は聞いたけど、正直いって、彼らと仕事をするのには抵抗感があるわ。あのチョコレートもどこかへ消えてしまったのよ」

「彼らのなかに疑わしい者がいるか?」

「誰かを特定することはできないけど……」

「自分が不安だから、ぼくにも不安になれと?」

「ええ、まあ、そういうことね」時間を無駄にさせるなと怒られるのは承知のうえだ。「それに、キリアンの検査は? 検死解剖しないのは聞いたけど、血液中にGHBはなかった?」

トムはかぶりを振った。「検査していない。サールディスカ政府が許可しないからね。母国以外でそんなことをするのは冒瀆らしい」

「じゃあ、ヘクターは? 彼は検査したんでしょ?」

「拒否されたよ。薬の量をまちがえたにすぎないという主張で」

「わたしをからかっているの？」

「オリー、頼むよ、声を小さくしてくれ」机をペンでこつこつ叩く。「ぼくもきみと同意見だ。何かがおかしい」

「あのクレトという人が、ティボルは要注意人物だといったの。危険という意味かって尋ねたら、すぐに撤回したわ」

「何をいいたい？　ホワイトハウスに犯罪人を送りこんだとでも？」

「クレトはとくにティボルに関心をもっているように見えたわ」

「きみはぼくに何をさせたい？」

わたしはその言葉を聞きたかった。

「このまえは断わられたけど、サールディスカ語がわかる人を加えてくれないかしら」

トムが何もいわないから、わたしはつづけた。

「表向きは、ケリー・フライバーグの晩餐会用にシェフをひとり増やしたことにすればいいでしょ？　彼らがサールディスカ語で話している内容を、あとで教えてほしいの」ひと息ついて、またつづける。「ただ冗談をいいあうとか、よもやま話なら、それはそれ。彼らを疑ったことを反省するわ。怪しいことはひとつもないとわかったほうが安心できるでしょ？」

「きみは彼らに対し、何を根拠に不信感をもつ？」

わたしは両手をげんこつにした。

「自分でもわからない。ただ、思いがけないことがつづけて起こって、このままではだめだと思ったの。そのいちばんの解決策が、サールディスカ語のわかる人を加える、というものだったんだけど、もしトムにほかの考えがあるなら教えてほしいわ」

彼は目を閉じ、鼻をつまんで小さく笑った。

「また、きみのいつもの癖がでたかな？」

「そのつもりはないけど……」

「これをきみ以外の人間に頼まれたら、ふざけるなと追い返すところだよ」

「じゃあ、わたしは〝ふざけるな〟といわれずにすむの？」

トムはデスクにどすっと両肘をつき、身をのりだした。

「なんとかやってみるよ。ただし――」最後まで聞きなさいというように首をかしげる。「いうまでもなく支出削減下だからね。厨房にスパイを送りこむのは一日か二日が限度かもしれない」

大きく胸をなでおろした。もっと反論されて、追い出されてもおかしくないと思っていたから。

「トムが動いてくれれば、それがどんなことでも、いまよりはるかによくなるわ。ありがとう、トム。ほんとうにありがとう」

彼はうなずきながらメモをとり、「また連絡するよ」といった。

わたしはドアへ向かいながら確認した。

「サージェントにはこの件を、あなたから話す?」

「ああ、ぼくから話しておく」

トムはわたしに早く行きなさいと手を振り、受話器をとりあげた。

22

厨房にもどり、バッキーとサールディスカのシェフたちにクレトの到着を告げた。また、もうひとりシェフが増える可能性も。

「もうひとり？」バッキーは目を丸くした。「デザートを任せられるシェフか？」

「まだ検討中なのですが」わたしはみんなに向かってつづけた。バッキーにはあとで〝真実〟を伝えよう。「マルセルが不在でキリアンがあのようなことになり、人手不足はいなめません。臨時のシェフがおいしいデザートをつくってくれるのを期待しましょう」

バッキーは見るからにとまどっている。

「過去にもいっしょに仕事をしたことがあるシェフか？」

「それはわからないわ」もっと突っこまれないうちに話題を変えたい。「要請したばかりだけど、たぶん大丈夫でしょう。どういう人かは、ここに来てのお楽しみってところかしら」

「マルセルの第一アシスタントだといいんだが」と、バッキー。「彼女なら全面的に任せられる」

「幸運を祈りましょう」

ティボルはわたしとバッキーの話が終わるのを待っていたらしい。

「サールディスカの中継役の名をもう一度いってほしい」

「クレト・ダマーよ」

ティボルの表情に変化はない。

「料理人ではない者をなぜ厨房に入れるのか、理解できない」

わたしはさっき聞いた説明をそのままくりかえした。

「ここととサールディスカ政府との連絡係ね」

「ふん」ティボルはばかにしたように両手を振りおろした。「彼はここのようすを政府に流す。彼を感心させられなければ、わたしたちは苦しむ」仲間をふりむき、サールディスカ語で何かいう。

「あなたはクレトを知っているの？」

ティボルは少し考えた。「キリアンが定期報告していた相手だが、わたしは会ったことがない」うんざりしたように横を向く。「クレト・ダマーは厳しい批評家。キリアンはいつも、わたしたちを引きたてる、良い報告をしていた」

クレトとは短い時間しか話していないけれど、ティボルは心配しすぎのようにも思えた。

「あなたはとても働き者で、アクシデントがつづいても立派に対応しているわ」クレトに〝ティボルは不機嫌な人〟だといったことが、若干うしろめたい。「クレト・ダマーにはわたしから、みなさんの働きぶりはすばらしいと伝えました。あまり心配しないようにしましょう」

わたしが話している最中に、ティボルは部屋の向こうへ行って腕を組み、黙りこくった。

「クレトはそのうちここに来ますから、わたしたちはつぎの仕事にとりかかることにしましょう。バッキー、きょうのスケジュールは？」

彼は書類の束を手にとった。

「新スケジュールのうちの最新版か？　それとも最新スケジュールのうち、より新しいものか？」

グラノラをつくっているところへ、マーガレットがクレトを連れてきた。すでにわたしたちとおなじ調理服を着ている。わたしは彼を厨房のなかへ案内し、シェフ・エプロンを渡したけれど、結び方がわからないらしく、マーガレットが手を貸した。

わたしはクレトをまずバッキーに紹介し、つぎに三人に——と思ったところで、クレトに止められた。彼はみずから、同郷のシェフたちに語りはじめた。

「きみたちの経歴は熟知している。才能に恵まれた料理人たちと会えて光栄だ」

彼はひとりずつ名前を呼びながら握手をし、最後はティボルだ。握手をするとき、ティボルがひるんだように見えたのは、わたしの目の錯覚ではないだろう。

「それでは、わたしはオフィスにもどります」マーガレットがいった。「何かありましたら、いつでもオフィスをお訪ねください」

クレトはにっこりし、「あなたと仕事ができてとてもうれしい」といった。

マーガレットの頬がピンクに染まり、笑みが広がった。

「こちらこそ、うれしく存じます」

マーガレットはわたしたちに手を振りながら厨房を出ていった。

バッキーがあきれてくるっと目を回す。どうか、わたし以外は誰も気づきませんように
――。

クレトはサールディスカ人のなかでいちばん背が高かった。マーガレットがいなくなると
腕を組み、ほかの三人をじっくり見まわす。

「キリアンの死を聞いて、われわれは悲しみにくれた」厳粛な口調で。「彼は賞賛に値する
サールディスカ人だった。誇りをもって祖国に尽くした」

三人はもぐもぐと同意の言葉を述べる。

「きみたちがホワイトハウスに来て以降、キリアンは報告を絶やさず、わたしはきみたちの
技能と向上をつぶさに把握してきた」わたしに向かってひとつうなずき、バッキーにも。

「わたしたちを快く迎えてくれたミズ・パラスとアシスタントの方に感謝しなくてはならな
い」

「どうか、オリーと呼んでください」

クレトはにこっとした。

「これ以上、仕事の邪魔をしてはいけない。わたしの話はここで終了する」

「よかったら、何か手伝ってくださいな。もちろん、無理にはお願いしませんよ。いまつくっているのはグラノラで、手作りのグラノラはみなさんには初体験のようですが、ハイデン大統領のお子さんたちの大好物なんですよ。つくる過程でもご覧になれば？」

ネイトとヘクター、ティボルは不安げに顔を見合わせた。

よし、ここでひと押ししよう。

「彼らが来てくれてほんとうにありがたいと思っています」しつこい感じがしたけれど、わたしが三人の味方であるのを強調しておくほうがいい。「サールディスカの伝統料理を丁寧に教えていただき、よい勉強になりました」

クレトは、ほう、という顔をした。

「それはよかった。キリアンの悲劇がありながら、彼らの訪問は成功の道を歩んでいる」

「ええ、ほんとに」

バッキーに足首をこつっと蹴られたけれど、わたしは知らんふりをした。

あくる日の朝、トムからメッセージがあり、八時に彼のオフィスで打ち合わせたいとのこと。

バッキーにはきのう、こっそり〝真実〟を伝えておいた。そしてきょうは、トムに呼び出されたことを話す。

「彼の気が変わってなきゃいいけどな」

「ええ、そう願っているわ」

トムのオフィスに着いて受付係に告げ、部屋に入った。トムはデスクの向こうにすわり、デスクの手前には若い女性がひとり。

「オリー、紹介しよう。こちらはステファニー・チャン。ステファニー、彼女がエグゼクティブ・シェフのオリヴィア・パラスだ」

ステファニー・チャンは、おそらくシアンより若いだろう。面長で、漆黒の髪はポニーテールだ。彼女は控えめにほほえむと片手を差し出し、わたしたちは握手した。

「はじめまして、ステファニーです」やわらかな澄んだ声。

「彼女が厨房で二日間、サールディスカの客人たちを監視する」

「ありがとう」わたしはトムにお礼をいってから、彼女をふりむいた。「あなたもシークレット・サービスなの？」

「いいえ、違います」

「彼女はフリーランスの通訳なんだよ」と、トム。「八カ国語に長け、一押しの人材だ。過去にも手伝ってもらったことがある。秘密厳守は信頼していいよ」

「ほんとにありがたいわ。いつから厨房に来てもらえるの？」

はにかんだ笑みが少し広がった。

「いますぐでも。ただ……」トムとわたしの顔を見る。「確認させていただきたいことがあります。わたしにはこのようなかたちの通訳経験がないので――ふだんはその場ですぐ訳して伝えますから――メモをとらずにどこまで正確にすべて記憶できるかが不安です」

トムもわたしも、そんなに神経質にならなくてもいいといった。彼らが一日のあいだに話したことを一言一句復唱する必要などないのだ。そこでキーワードをいくつか選んでみた――チョコレート、薬、毒、死に関連する言葉などだ。

「単語にこだわらず、直感でもいいの」と、わたしはいった。「これは重要そうだとぴんときたら、きっとほんとに重要だから」

彼女は自信なさげにうなずいた。「ベストを尽くします」

「そうだ、秘密の言葉を決めておきましょうか」トムがにやっとしたのに気づかないふりをする。「この会話は重要そうだと感じたら、秘密の合言葉でわたしに知らせてちょうだい。わたしがあなたを厨房の外に呼び出すから、そこで教えてくれればいいわ」

彼女は不安そうな顔をした。「彼らは危険な人たちなのですか？」

わたしはほほえんだ――もっと高齢で、経験豊富な人のほうがよかったかも。

「危険かどうかを知りたいから、こんなことをするのよ」

厨房にもどると、サールディスカのシェフとクレトが来ていた。朝の挨拶をしてから、クレトに尋ねる。

「ワシントンDCの最初の夜はいかがでした？」

「書類仕事に追われてしまって」と、苦笑い。「旅の疲れや時差で、ゆっくり眠ることもできなかった。しかし、あなたの国の首都にはすばらしいものがたくさんあると同僚から聞いている」

「時間があれば、ぜひ見物してください」

「はい、ぜひ」

わたしは緊急ミーティングでみんなを集めた。

「いい知らせがあります。要請していたアシスタントが決まり、きょうの午前中に厨房に来ます」

「マルセルの第一アシスタントか？」ティボルが訊いた。「そのアシスタントがいちばんいいといわなかったか？」

「残念ながらそうではなくて、初めて顔を合わせる人なの」

「初めて？」ティボルは疑わしげな顔をした。

「その人は女性で、名前はステファニー。みなさん、温かく迎えてくださいね」

「デザートの専門家か？」と、ティボル。

「いいえ。経験を積んだシェフというより、わたしたちの助っ人として来てもらいます」

ティボルはすっと目を細めたけれど、ほかの三人もたぶん疑問に感じているだろう。ペイストリー・シェフではない者を、なぜわざわざ加えるのか？

さっき彼女に会ってすぐ、訓練を積んだプロになりすますのは無理だと感じた。そんなことをしても、たちまちばれてしまうだろう。仕方なく、トムと彼女と三人で作り話を練ったのだ。

「ステファニーには厨房仕事の経験がほとんどないので、通常ならわたしも拒んだでしょう。ただ、彼女はDCの高官の姪御《めいご》さんなので、まあ、結局こういうことになりました。高官の名前をわたしからいうことはできません。それでもステファニーは、たとえ数日でも調理を学びたいと、とても熱意があります」

「つまり、高官の意に沿うようにした？」と、クレト。

「そういうところですね。でも、タイミング的にはとてもいいでしょう。バッキーとわたしはサールディスカの料理を、みなさんはアメリカの人気料理を学んでいますから、たとえ数日であれ、新人にとってはまたとない機会といえます」

ネイトがヘクターに何かささやいた。もしかして、わたしは誇張しすぎたかしら？　それが逆に疑惑を深めた？

ヘクターはネイトにサールディスカ語で応じ、ふたりは納得したようにうなずきあった。この状況は明らかにおかしいと合意したとか？　それともわたしの考えすぎ？

クレトはふたりの会話を耳にして、ふりかえった。

「ホワイトハウスにいるあいだは英語で話しなさい」わたしとバッキーのほうに手を振る。「エグゼクティブ・シェフたちにわからない言葉で話すのは無礼だ」

わたしは驚きを隠せなかった。気になって仕方なかったことが、クレトの一喝で解決する？

ネイトは首をすくめ、英語でいった。

「申しわけありません」

ヘクターも小さな声で謝罪した。

クレトはわたしをふりむき、「キリアンも注意したのではないか？」といった。

これには答えないほうが無難だろう。

「お気遣い、ありがとうございます」そしてみんなに向かい、きょう予定している仕事の注意事項を伝えていると、シークレット・サービスふたりがステファニー・チャンを連れてきた。

そして片方が彼女をみんなに紹介し、わたしは事前に決めていたとおり、初対面のふりをした。

「ホワイトハウスの厨房へようこそ、ステファニー。調理服とエプロンを用意しますね」

シークレット・サービスは立ち去り、シェフたちはそれぞれ彼女に自己紹介した。といっても、クレトを除き、もとからいた三人は形式的に握手をするくらいだ。わたしのときもそうだったから、もともと無愛想なのかもしれない。あるいは、わたしもステファニーも女性だからか。

ステファニーは見るからに緊張していた。最初は誰でもある程度はそうなるものの、緊張しすぎて仕事に支障がでなければよいけれど……。

ただ、クレトはシェフたちに英語で話すようにといったから、ステファニーもたいして仕事をせずにすむかもしれない。秘密の合言葉は〝ペンシル〟にした。これならいつ使っても不自然ではない。

一時間後、わたしは豚ヒレ肉とペカンのオレンジ・メープルシロップの作り方を実演した。ヒレ肉のブロックを二センチ程度の厚みでスライスし、手のひらの付け根で押さえて平らにする。

「これは大統領がお好きな一品なんです。メープルシロップと素焼きしたペカンの組み合わせがなかなかですよ」

ヒレ肉の主菜をつくりながら、時間どおりに複数の料理をつくるむずかしさについて語る。

「これからシロップとペカンをまぶしますが、みなさんもやってみてください」

ステファニーは、カウンターのいちばん端にいた。そこには刻んだペカンのボウルがある。

「ステファニー、そこのペカンをこっちに持ってきてくれる？」

「え、何をですか？」

「ペカンよ」

彼女はボウルを見おろし、「このクルミではなく？」と訊いた。

ここで表情を変えてはいけない。わたしは自分にいいきかせた。いくら初心者でも、クルミとペカンの区別くらいはつくだろう。

「それがペカンよ」

彼女は大失敗に気づいたようで、あわててわたしのところへ持ってきた。

「ぼくもしょっちゅう、こんがらがったよ」バッキーが大嘘をつき、助け舟をだす。

でもティボルは顔をしかめ、「いつから調理の勉強をしている？」とステファニーに訊いた。

「あ、あの……始めたばかりです。その……以前から勉強したいと思っていましたが、なかなかチャ、チャンスが、ありませんでした」上気した顔でわたしをちらっと見ると、笑おうとしたのだろうか、ヒヒヒッという声が漏れた。「これから勉強の日々となります」

「初心者でも」ティボルは腕を組んだ。「最低限のことは知っている。小麦粉でルウをつくるのは、どうやる？」

「はい、それくらいにしましょう」わたしはさえぎった。「ステファニーは、きょう来たばかりなんですよ」彼女はいまにも逃げ出したいようで、わたしは安心させるため、にっこりほほえんだ。

ネイトとヘクターが目配せする。

クレトはどうでもよさそうで、ひたすらシェフ三人を観察していた。そして顎をあげ、何かいいかけたとき、バッキーが声をあげた。

「このヒレ肉のつぎの工程を、誰かやってみるかい？　習うより慣れろだから」

「ティボルはどう？」と、わたし。

彼はふんと鼻を鳴らしながらもとりかかった。わたしはほっとして、ほかの人たちのために場所をあけるとステファニーのそばへ行き——シェフたちはこちらに背を向けている——腕を軽く叩いた。

「大丈夫よ。リラックスしてね」

彼女は緊張した面持ちでうなずいた。

それからの数時間、ステファニーはおぼつかない手つきで、失敗を重ねながら作業をこなした。どうやら調理にはまったく不向きのようだ。たぶんひとり暮らしだと思うけれど、どうやって空腹を満たしているのだろう？

サールディスカのシェフたちもまごついて、彼女が簡単なことにも失敗するたび目をむいた。たとえばミサキーの刃をはずせないとか、ズッキーニとキュウリの区別もつかないとか。このぶんだと、シェフをひとり増やすという表向きの理由は通用しなくなるだろう。

サールディスカのシェフたちはずっと英語で話しているから、とりあえず翻訳の必要はない。彼女を仕事から解放したほうがいいのかも——。そう思いつつわたしはバッキーに、在庫調べの名目でクレトとティボルをペイストリー・キッチンに連れ出してほしいと頼んだ。

具体的な計画があるわけではない。ただ、クレトが厨房からいなくなれば、ネイトとヘクターがサールディスカ語でおしゃべりするかもしれないと思っただけだ。

わたしはステファニーといっしょに、カウンターをはさんでネイトとヘクターの向かいに行った。彼らはズッキーニを薄くスライスし、わたしはステファニーにつぎのレシピの紙を見せながら説明する。

わたしたちが小さな声で話していると、じきにネイトたちがサールディスカ語でしゃべり始めた。

「気楽にね」わたしはステファニーにささやいた。でもしばらくは、話しかけないほうがいいだろう。ふたりの声が聞きづらかったり、彼女が混乱したりすると困るから。そこでわたしはレシピを指さし、彼女とふたりで黙って読んでいるふりをした。

ネイトたちの声は少しずつ大きくなっていく。どうやらいらついているらしい。〝クレト〟という名前が聞こえたように思ったけれど、確信はない。

ステファニーをちらっと見ると、背筋をのばして深刻な顔つきだ。一見して、ふたりの会話を聞いているのがわかり、わたしは彼女をつつきたかった。でもそんなことをすれば、逆に彼らの注意をひいてしまうだろう。

ネイトがヘクターに何かいい、わたしはおやっと思った。声の調子が変わったからで、ネイトは少し声を大きくし、あえて周囲に聞かせるかのようにゆっくりとしゃべる。

わたしはスプーンをとりにいくふりをしてカウンターから離れると、三人をながめられる場所まで行った。ネイトは話しつづけているけれど、ヘクターの顔は困惑ぎみだ。

そう、ネイトはズッキーニをスライスしながら、ヘクターではなくステファニーばかり見ているのだ。

ネイトのはっきりしたしゃべりがつづき、ステファニーが反応した。小さな声が漏れ、頬がみるみる赤くなっていく。彼女はたまりかねたようにわたしのほうを向き、「ペンシルはありますか？」と震える声でいった。「ペンシルが必要なんです」

「あるわよ」わたしは一本手にとると、彼女をここから連れ出す理由を考えた。

「聞こえました？」と、ステファニー。「ペンシルが必要です」

「ええ、聞こえているわよ。ちょっと待ってね」精一杯、やさしい声で答える。

彼女は唇を噛むと、恐ろしい目でネイトをにらみ、「ペンシルがないのでサインできませんでした」といいながら厨房から出ていった。

わたしはびっくりして額に手を当て、彼女のあとを追った。厨房にネイトとヘクターだけを残すのはいやだったけれど、どうしようもない。

ステファニーはセンター・ホールにつながる通路をすごい勢いで歩いていった。

「ちょっと待って」

わたしが声をかけると彼女はふりむき、歩く速度を若干ゆるめた。

どこへ行く気なのだろう？　彼女自身もわかっていないとか？　センター・ホールに出たところで、わたしはシークレット・サービスのひとりに頼んだ。

「いま、厨房にはサールディスカのシェフふたりきりなのよ。わたしがもどるまで、誰かにいてもらえないかしら」

彼はうなずき、相方と相談してからマイクに向かって何か告げ、厨房へ向かった。

「待ってちょうだい、ステファニー。いったいどうしたの？」

彼女はふりかえると、誰かにつけられているとでも思ったか、わたしの背後をながめた。

「あのふたりは、よくない人たちです。死亡したシェフに関する話をしているかどうかを、あなたは知りたかったのですよね？」

「何か話したの？　だったら教えてちょうだい」

「彼らはたくさん話しました」両手の指先を左右の眉に押しあてる。そして離すなり、両手ともげんこつにした。苛立ちか、それとも恐怖か、体は小さく震えている。それからしばらくして、ふうっと大きく息を吐いた。いくらかおちついたようだけれど、体はまだ震えている。そしてもう一度息を吐くと、こういった。

「ふたりはわたしのことをたくさん話しました。この——」自分の胸を叩く。「わたしのことです。もしわたしがひとりきりだったら、何をしてやろうかと話していました」

声が大きくなったから、ほかの人に聞かれてはまずいと思い、わたしは彼女をディプロマティック・レセプションルームに連れていった。

「彼らはあなたについて、なんていったの？」

「いいえ、くりかえしたくはありません」

「ごめんなさいね。いやな思いをさせてしまって」

少なくとも、手の震えは止まったようだ。

「あそこにはもどりたくありません」

「ええ、いいわよ、もどらなくて」わたしは彼女の腕をつかんだ。「ほんとうにごめんなさい。何度あやまってもあやまりきれないわ」

「たぶん……」彼女はずいぶんおちついて、部屋の遠くをながめた。「わたしにサールディスカ語がわかるかどうかを試したのではないでしょうか」

じつはわたしも、そう思っていた。

「問題ないわ」嘘はばれるということだ。ネイトとヘクターは若い女性の心を犠牲にして、真実をつきとめた。

「こんな目にあわせてしまって、ほんとうにごめんなさい」

「もうおちつきました。大丈夫です。彼らは最初からわたしを疑っていたのだと思います。わたしは試験に失敗してしまいました」

「シークレット・サービスを呼んで、付き添ってもらうわね」

ステファニーは弱々しい笑みを浮かべた。

「ほかに何かお手伝いできることがあれば、いつでも呼んでください」

「ありがとう。わたしたちがサールディスカ語の会話に関心をもっていることを彼らも知ったわけだから、これからはおしゃべりも減るでしょう。あなたが協力してくれたおかげよ。わたしは少し心配しすぎたみたい」本心ではなかったけれど、いまはともかく彼女を安心させなくてはいけない。

23

仕事が終わってから、南西ゲートの外の十七番通りでギャヴと会った。今夜は国務省近くのレストランで夕食をとり、そのあと〈ピーターと星の守護団〉を見る予定なのだ。

レストランに向かいながら、きょうの騒ぎについて話した。

「きみは厨房にもどってから、彼女がいなくなったことをサールディスカ人にどう説明したんだ？」

わたしは秋の空気を胸いっぱいに吸いこんだ。そよ風が土と落ち葉の香りを運んでくれる。子どものころは、秋が大好きだった。外で遊びまわる子ではなかったから、涼しい気候になると読書にふけり、料理にもチャレンジした。

「彼らには早く帰国してほしいわ」雲に覆われた空を見上げてつぶやく。

ギャヴは何もいわなかった。

わたしは首をすくめ、「ネイトとヘクターに説明なんかしないわよ」と答えた。「どのみちふたりは、ステファニーがサールディスカ語を理解できると知ったんだもの。だからクレトとティボルがもどってきたときに初めていったの。ステファニーはたった半日の体験で目が覚めて、料理人になることをあきらめたらしいわって」

「それでは納得しないだろう」

わたしは片手をひらひら振った。「彼らは若者全般に対する批判をしゃべりまくったわ。与えられたチャンスを無駄にするだの、見当違いの権利意識をもつだの、口をきいてくれた偉い親戚は——これはステファニーの場合ね——大いに失望しただろうとか」

「きみは反論しなかったのか？」

「できるわけないでしょ」たまりにたまった苛立ちが、また胸のなかでのたうちまわった。

「気持ちのやり場がなかっただろう」ギャヴはわたしを見おろした。「きみは大雑把な一般論が嫌いだから」

わたしは髪をかきあげた。「まったくね。若いというだけで感謝知らずの怠け者だと決めつけないでほしいわ。聡明でエネルギーにあふれた人だっていくらでもいるのに。そういう若者がいなかったら、この国はなりたたないわ」

並んで歩いていたギャヴが、わたしの左腕をつかんだ。

「のんびりしなさい」

はっとして、わたしは歩くペースをおとした。

「きみは力を込めて話せば話すほど、歩きが速くなる」

「鬱憤《うっぷん》がたまっていると、ついついね」

「知ってるよ」

肩を彼の腕にぶつけてやった。「今度の仕事は、与えられた試練ってやつかしらね」

それからしばらく黙って歩いた。

「そうだ、いいニュースもあるのよ。マルセルが仕事に復帰する許可をもらったんですって」

「それはよかったな。彼もこのところ、山あり谷ありでたいへんだっただろう。だが、腕はまだ使えないだろうから、手伝いが必要なんじゃないか？」

「一般的な会合のデザートなら、サールディスカのシェフがいればなんとかなるでしょう。ミズ・フライバーグの晩餐会の準備には、サージェントもマルセルのアシスタントを復帰させてくれると思うわ」

レストランに到着――。イタリア料理の小さなお店で、ガーリックやバジルのいい香りがする。入り口でギャヴが名前をいい、奥の隅っこ、ふたり用の木のテーブルに案内された。壁は淡い茶色で、間接照明がとてもおちつく。椅子にすわって、差し出されたメニューをうけとった。きょうのいやなことは全部忘れて、いまこのときを楽しまなくちゃ、と自分にいいきかせる。今後について、具体策がはっきりしないかぎり、芯からリラックスできるわけもないのだけれど……。

飲みものと料理をオーダーし、キャンティ・ワインが運ばれてくると、ギャヴはグラスを掲げた。

「何に乾杯するの？」わたしもグラスを掲げる。

「きみが企んでいる計画に」彼は自分の頭を、つぎにわたしの頭を指さした。「何か考えがあるんだろう？」

彼はほんとうにわたしのことがよくわかる。

「まあね」

乾杯してひと口飲んでグラスを置くと、わたしは両手を膝にのせ、身をのりだした。

「別れぎわにステファニーが、何か手伝えることがあれば呼んでくれっていったの。それでね、レシピを思いついたときに録音しておく小さなテープレコーダーがあるのよ。あれをあした、厨房に持っていって、彼らの会話を録音してみようと思うんだけど」

軽率で無謀な計画に、ギャヴは反論しなかった。ひょっとして、これでいけるかも？　わたしは気を良くしてつづけた。

「もしうまく録音できたら、ホワイトハウスの外でステファニーに訳してもらえるでしょ」

彼はうなずいた。「個人の立場でなら、できるだろう。政府が私的な会話を録音するには、法的なハードルをいくつも越えなくてはならないが」

わたしは目を細め、首をかしげた。「政府は例外なく、その原則に従っているのかしら？」

「法律家ではないからなんともいえないが、きみが厨房で秘密の会話があってはならないと思うなら、理由としては十分なりたつ。ただし、その録音を証拠として裁判で使うことはできないよ」ワインをひと口飲む。「それはわかっているな？」

「わたしが知りたいのは、裏でおかしなことが進行していないかどうかだけなの。それさえわかれば十分よ」

ウェイトレスが料理を持ってきて、わたしたちは会話を中断し、彼女がいなくなったところでギャヴがいった。

「シークレット・サービスとしては録音を承認できないよ」リングイネのお皿にフォークを入れる。「公式にはね」

「ええ、わかってるわ」リボリータの香りが食欲をそそった。「すごくおいしそう。シェフにレシピを教わりたいくらい」

それからしばらく、食べることに専念した。

「こちらにもニュースがある。アーマと話したんだよ」

「ビルの回復具合はどう？」

「順調だよ。それで、ワイナリーの件を話し合ったんだ。きみとわたしの将来についてもね」

おいしいパンスープが胃のなかで波打った。

「アーマはなんて？」

「今度の提案がいかに唐突で衝撃的だったかは十分わかってくれている。だから心を決めるまで時間をかけてかまわないと」

「それから？」何かもっとあるような予感がした。

「できれば自分たちの働く姿から、ワイナリーの経営を学んでほしいと。このまえ、きみと話したようなことだよ。アーマとしては、休日をすべてそれに当てなくてもいい、ただワイナリーの経営を少しでも知れば、最終決定する際の役に立つと思うと。そして学ぶには、直接かかわってみるしかないと」

「あなたはどう思うの？」

ギャヴはリングイネをひと口食べてからいった。

「何であれ、情報は少ないより多いほうがいい」

「もちろんそうね」

彼はほほえんだ。「アーマたちといっしょに過ごして、ワイナリー経営の基本を学べるなら、それもいいかと思う」

「ええ……」

「ただ、きみの場合はほとんど休みがないだろう。だからきみに無理強いする気はまったくないよ」じっとわたしの目を見つめる。「きみといっしょでなくても、時間があるときにひとりで行けばいいことだ。この件で、きみの時間を奪いたくはない。ふたりともが、ワイナリーを経営したいと思わないかぎりはね」

「あなたひとりで経営法を学んだら、わたしのほうは好きも嫌いも判断がつかないわ」

彼はナプキンで口を拭った。「それはそうなんだけどね」

「あなたがたいせつな人たちと過ごすのはいいことだけど……そうしたら、ワイナリー経営に前向きにならない？　考えれば考えるほど、そうなるような気がしてくるの。わたしはまだ心の準備がぜんぜんできていないけど、あそこでレストランを開くのも選択肢のひとつよね？」

ギャヴの瞳がきらっとした。

「わたしだって可能性はいくらでも考えるわ。まだ検討していない選択肢もあるでしょうし。わたしたちにとって、これは大きなチャンスになるかもしれない。でもそのまえに、教えてほしいの。あなたがワイナリーに行くのは自分の意志で？　それともアーマやビルを傷つけたくないから？」

彼は額をこすった。「自分でもわからない。今夜は少し話しすぎたかな」

「ひとつ、アドバイスがあるわ」

「なんだい？」

「わたしが心から愛している人がね、いつもわたしにこういうの――〝自分自身を信頼しなさい〟って」

ギャヴはにっこりした。「それはわたしの知っている人物かな？」

「まじめに話しているのよ。息子の代わりをするのは、ほんとうにいいことだと思っている？」

彼はテーブルをながめ、ふたたびわたしを見あげたとき、その目に翳《かげ》りはなかった。

「ああ、いいことだと思っている。彼らを喜ばせたいからか、チャンスを無駄にしたくないからかは、わからない。だが、この道を進んでみることに、なんのためらいもない」

「それだけ聞けばいいわ。じゃあ、わたしも時間があるかぎり、いっしょにワイナリーに行くわね」

「大丈夫か？」

「あなたもよく知っているでしょ？　わたしは冒険が大好きなのよ」

24

「本気か？」

翌日の朝、わたしはバッキーに会話の録音について話した。彼も小さなテープレコーダーのことはよく知っている。わたしが友人からもらったもので、トランプを細長くしたくらいの大きさだった。バッキーもシアンも、ファースト・ファミリーの食事でアイデアが浮かぶと、よくこれを利用した。

でもきょうは、まったく違う目的で使うのだ。

「やりすぎだと思う？　きのうのステファニーの件で、彼らは何かを隠していると思わざるをえないのよ」

「隠しごとのないやつなんていないさ。だがそれでも、やりすぎだとは思わないね。ちょっとびっくりしただけだ」小さなレコーダーを指さす。「オリーがいる場所で、疑いを招くようなことは絶対にできないってわけだ。きみはほんとに粘り強いというか……」

「ええ、まえにもそういわれたことがあるわ」いつもはペンを二本入れておく胸ポケットにレコーダーをしまう。ぶつかって音をたてるといけないので、ペンはエプロンのポケットに。

「これでどう？」

「だめだな」

「え？」

「外から見ても、ポケットに四角いものが入っているのがわかる」

「あら……」

「それに、いつもはペンを入れてるだろう？　ふだんと違うように見えないほうがいい」

「その点は考えたんだけど」

「だったらどうして？」

わたしはバッキーにレコーダーを預け、部屋の端のほうへ行った。

「アパートに予備で置いてある調理服には胸ポケットがないから試せなかったの」

「パンツのポケットはどうだ？」

「ゆうべ、やってみたんだけど」太腿の横を叩く。「この生地は厚くて、言葉を明瞭に録音できなかったのよ」

バッキーはレコーダーを両手のなかでひっくり返した。

「ずいぶん古い型だな。このテープはもう作られていないんじゃないか？」

わたしは自分のバッグをあけて手を入れた。

「ギャヴがもっと新しいのをあげようといってくれたの。一日じゅう使えて、どんな音でも拾えるって」

「それを断わったのか？」

わたしはバッグから携帯電話のアームバンドを引っ張り出した。

「ほら見て《ヴォワラ》」ホットピンクのベルクロ社製だ。「ジムに行くときに使っていたんだけど、さがすのに苦労したわ」と、苦笑いする。「ギャヴはね、新しいのを今夜持ってきてくれるの。だから使うにしても、あしたからでしょ。それまでわたし、待てないから」

バッキーは疑わしい目つきでわたしを見るだけで、何もいわない。わたしは彼の手からレコーダーをとり、アームバンドといっしょにカウンターに置いた。

「うまくセットできるのか？」

「電話なら、どんな型にも合うはずなのよ。やってみるわね」

アームバンドのホルダーには携帯電話の四隅に合わせるタブがついているから、レコーダーでも横幅はなんとか収まったものの、上下がはみだしてしまう。

「だからこれを使うの」ポケットから輪ゴムをとりだし、レコーダーとホルダーを縦向きに巻いて固定した。「ゆうべ、アパートでどれくらい練習したか、想像がつく？」

「いいえ、つきませんね」

調理服の左袖をまくり、腕の上のほうにバンドを巻いた。シャツの半袖をレコーダーまで引っぱって安定させ、左袖をゆっくりと慎重にかぶせる。袖はゆったりしているから、レコーダーの四角い形は浮き出てこない。

「これでどう？」体を左に、右に振ってみる。

「いささか不安定じゃないか？」

「そうなのよね……。でもスイッチを入れるのに、わざわざパンツのポケットに手を突っこんだりしなくてもすむでしょう。ひと目で怪しいと思われるわ」

「いまスイッチを入れてみたら？」

わたしは右手で左腕を掻くふりをした。小さなボタンの感触があり、スイッチが入る。

「わりと練習したみたいだな」

「腕を勢いよく動かすと危ないの。だから気をつけなきゃいけないけど、一日くらいはなんとかなると思わない？」

「ぼくはオリーと違って名探偵じゃないからわからない」

「あら、そう？」

「ところで、シークレット・サービスはこれを知っているのか？」

わたしはオーヴンをあけ、ファースト・ファミリーの朝食用のキャセロールをチェックした。

「トムには話すしかなかったわ。ステファニーの連絡先を教えてもらわないといけないから」

「彼は許可してくれたのか？」

そろそろサールディスカのシェフたちがやってくるころだ。わたしはドアから目を離さずにいった。

「〝許可〟ではないわ。〝絶対禁止〟といわなかっただけ」

「よし！　がんばってくれ、オリー。きみはホワイトハウス最強の警備官だ」

わたしは笑った。「そんなことをシークレット・サービスの前ではいわないでね」

「は？　彼らがそれを知らないとでも思っているのか？」わたしが口を開く間もなくつづける。「で、ステファニーは？　彼女はもう……」

「連絡したわ」キャセロールをオーヴンから出した。「きょうは仕事があるらしいから、わたしがアパートへ帰るまえに、彼女の家に寄ることにしたの。そこで録音した内容を聞いてもらうわ」キャセロールをレンジ台に置く。「ギャヴのレコーダーが新しいものなら、内容をパソコンで彼女に送ることもできるでしょう。インターネットはほんとにすばらしいわ」

左腕を軽く叩く。「でも、きょうのところは二十世紀の技術でいくわね」

「オリーはほんとに時間を無駄にしないな」

「彼らが来たとたん、おかしなことがたてつづけに起きたのよ。彼らのせいだと決めつけるわけにはいかないけど、何かが進行しているなら、それをつきとめたいわ」

「結局、何もなかったら？」

わたしは首をすくめた。「オリヴィア・パラスはまちがっていた、というだけよ」

バッキーはわたしに、朝食の最初の一品を渡した。

「きみがまちがうことはめったにないけどな」

朝食の仕上げを終えたところへ、給仕たちがやってきた。

給仕長のジャクソンが料理に蓋をしてカートにのせていく。

「よろしくお願いします、ジャクソン」

彼らがいなくなってから、わたしはバッキーに小声で頼んだ。

「ようすを見ながらときどき、クレトを厨房から連れ出してくれない？　彼がいると、ネイトたちはサールディスカ語でしゃべらないから」

「了解、ボス」

十分後、四人がやってきた。

「おはようございます」わたしはみんなに声をかけ、すれちがいざまバッキーに「いよいよね」とささやいた。

それから一時間ほどは、ランチの献立やケリー・フライバーグの晩餐会の準備について確認しあった。晩餐会のメニューは決まっていたから、シークレット・サービスがリストの食材を確保してくれれば準備にとりかかれる。一部はあした届くものの、大半はあさってになり、新鮮なものは晩餐会当日に到着だ。こうしておおよその段取りは整ったものの、唯一残る心配はデザートだった。

マルセルは午前中にここへ来るといっていたけれど……。時計に目をやる。早く来てくれないかしら。

「ミズ・フライバーグの最初の訪問時に――」わたしはクレトにいった。「シェフのみなさんが彼女に会えなかったのは残念でした。でも晩餐会では、みなさんをゲストとしてお迎えできますから。あなたもシェフのリーダーとして、晩餐会に?」

「そうなればうれしい。キリアンが亡くなったのは残念だが、大統領候補の晩餐会に加われればたいへん名誉だ。彼女が候補になったことが告知されてから、一度は会ってみたいと思っていた」

「ミズ・フライバーグもきっとおなじ思いでしょうね」

「彼女には良い印象をもってもらいたい」

その言葉に、クレトの背後でティボルが顔をしかめた。

そこへマルセルがやってきた。

「ボンジュール!」満面の笑みながら、目だけは笑っていない。「第二のふるさとにもどってこられて、とてもうれしい。わが友《メザミ》よ、わたしがいなくてさびしかったのではないかな?」

わたしは早足で彼のところへ行き、ギプスの腕に気をつけながら抱きしめた。

「ええ、さびしくてたまらなかったわ」

バッキーは彼の背中に手を当て、「お帰りをお待ちしておりましたよ」という。

マルセルはキリアンの死亡を知ると、わたしのアパートに電話してきて、亡くなったからといって潔白の証明にはならないといった。ペイストリー・キッチンの仕事は再開するが、サールディスカ人には目を光らせるとも。

マルセルと現況を報告しあうと、自然に話題はフライバーグの晩餐会のことになった。そしてきょうの予定では、午前中はバッキーがネイトとヘクターとともにペイストリー・キッチンで仕事をする。急な予定変更はむりなので、バッキーはふたりに思いきり英語をしゃべらせ（サールディスカ語は使わせない）、できるだけ早い機会に、わたしのいる厨房にもどすことになった。そしてわたしは入れ替わりに、クレトとティボルをペイストリー・キッチンに送るのだ。

クレトはといえば、仕事中は英語で話せと指示したわりに、シェフたちに話しかけるときはサールディスカ語になることがあった。そのたびに、わたしとバッキーに大袈裟にあやまりはするのだけれど……。

ネイトとヘクターが厨房を出てペイストリー・キッチンに向かうと、わたしはブレアハウスの晩餐会資料をマルセルに渡し、いったん冷蔵室へ行った。そして急いで腕のレコーダーの位置と安定具合をチェックして、スイッチを入れる。

厨房にもどると、クレトとティボルが何やら話しこんでいた。言葉は――サールディスカ語だ。わたしの鼓動はたちまち超特急になった。

マルセルは晩餐会資料に集中し、使えるほうの手で資料をめくっては熱心に読んでいる。たまにペンをとってメモしているけれど、やはり片腕だと書きづらそうだ。クレトとティボルがサールディスカ語で話しているあいだ、マルセルが言葉を発しないのはありがたかった。

そのうち、クレトとティボルは険悪なムードになってきた。ティボルはいつものごとく顔をしかめ、背中をそらしている。かたやクレトは、不機嫌なシェフを軽蔑しきった目でおもしろそうにながめていた。

声は徐々に大きくなった。わたしが息を殺して見つめているのに、ふたりとも気づかない。でもそれから五分とたたないうちに、話はぴたりとやんだ。ティボルの口もとはぴくぴくし、クレトは眉をつりあげている。

「すばらしいデザートを思いついたよ」マルセルの声がした。「そう何日もかけずにつくることができる」

絶妙なタイミング――。「よかったわ。さすがマルセル」

「休んでいるあいだも」指先でこめかみを叩く。「ずっと考えていたからね」そしてポケットからたたんだ紙をとりだした。「テーブルセンターは、オレンジ色のポピーがいいと思う」

「ポピーはサールディスカの南部地方の花で――」クレトがいった。「ケリー・フライバーグの出身は南部だ」彼はわたしをふりむいた。「デザートはポピーの花の形にするということか？　そんなことができるのか？」

「ええ、マルセルならできますよ」いまがチャンスだ。「ねえ、マルセル、彼をペイストリー・キッチンに案内して、これまでの作品を見てもらったらどう？」

「いいよ」マルセルの目が輝いた。「少し試してもみたいしね。早くとりかかればそれだけ、いいものができあがる」マルセルはクレトに、行きましょうと手を振った。「過去のわたしの名作も紹介しましょう。バッキーたちにはこちらにもどるようにいっておく」

ふたりが出ていくと、わたしはいったんレコーダーをきった。そしてしばらくしてから、残ったティボルに話しかけてみる。

「ミズ・フライバーグの晩餐会が近づいてきたけど、ひょっとして、あなたはあまり歓迎したくないのかしら？」

ティボルはあきれた顔をした。国や言語は違っても、感情は伝わるものだ。

「それがあなたにどんな関係がある？」

誰に対しても、そうやって喧嘩ごしなの？　それともわたしに対してだけ？　この際だから本気で尋ねてみようと思ったところへ、ネイトとヘクターがもどってきた。わたしは表情をやわらげ、明るい調子でいった。

「大きな行事が近づくと、ついついヒートアップするわ」

「ヒートアップ？」

「ちょっと夢中になりすぎるのよ」ネイトとヘクターの目つきから、わたしとティボルの会話に興味津々なのがわかる。

「いま、彼に尋ねていたの、ミズ・フライバーグの晩餐会について」

ティボルは首を横に振った。その顔はまるで、自分は何もしゃべっていないと仲間たちに伝えているような……。

「わたしたちは調理をするのが仕事だ。大統領の候補者とおなじテーブルで食事をしてはならない。わたしたちは厨房にいるべきだ」

「どうしてそこまで強く思うの？」

「わたしたちは労働者。贅沢な料理を食べる者とは違う」

「ケリー・フライバーグも労働者だった」と、ネイト。

「いまも労働者だといっている」と、ヘクター。「労働者も意見をいえるサールディスカにする、といっている」

「そうか。だから人気があるのね。だったら彼女と食事ができるのはすばらしいチャンスじゃない？　どういう人なのかを、身近に感じられるんだもの。彼女のほうもあなたたちに、アメリカに来た感想を聞きたいと思っているでしょう」

「わたしたちは椅子にすわらず、料理をつくる」ティボルは持説を曲げなかった。「晩餐会は、わたしのいる場所ではない」

「せっかくの機会なのに」

「この候補者は、サールディスカを西欧化したがっている。アメリカ人の考え方をもちこみ、人はみな平等だと信じこませようとしている」

「だって、平等でしょ？」

「人は平等ではない」

ティボルは顔をしかめたけれど、わたしはもう慣れきって、ぜんぜん気にならない。

ヘクターとネイトは、ティボルの頑固さをおもしろがってさえいるようだ。ネイトが笑いをこらえているのに、ティボルが気づいた。

「わたしはマルセルを手伝わなくてはいけない」ふたりをばかにしたような目で見る。「キリアンがいないいま、わたしがもっとも有能だ」反論できるものならしてみろ、という顔つきでわたしたちを見まわした。

ヘクターはどうでもよさそうに見返し、ネイトの口もとはほころんでいる。

「わたしは腕を発揮できるペイストリー・キッチンに行く」ティボルは歩きかけ、ふと思い出したようにわたしをふりむいた。「もし、あなたの承認を得られれば」

「ええ、どうぞ。あなたが手伝えば、マルセルも助かると思うわ」

彼が出ていくと、わたしはネイトとヘクターをふりかえった。ふたりはこちらに背を向け、キャビネットのなかをチェックしている。わたしは急いでレコーダーのスイッチを入れた。

そこへバッキーが、のんびりと厨房にもどってきた。

「いまティボルがペイストリー・キッチンに行ったところなの」

バッキーは親指で通路を示した。

「うん、すれちがったよ。ちょうどいいかな。マルセルが試作にとりかかったから」

「ペイストリー・キッチンはにぎやかね。こっちはずっと静かだったわ」ティボルのことを考えれば真っ赤な嘘だけれど、ネイトもヘクターも気にならないらしい。

カウンターの向こうから、バッキーが目で問いかけてきた。録音の準備はできたか、ということだろうから、わたしは小さく何度かうなずき、バッキーはウインクをひとつ。

左腕にレコーダーのかすかな動きを感じ、わたしはほほえんだ。さあ、録音再開！

25

準備は整ったから、あとはネイトとヘクターにおしゃべりしてもらわなくてはいけない。たいして時間はかからなかった。

ふたりはゆっくりと話しはじめ、ときおり聞こえる名前から、話題はどうやらティボルらしい。やりとりの印象として、あまり好意的ではなさそうだ。

きょうは共同作業がほとんどないから、バッキーとわたしが黙々と仕事をしていても怪しまれることはないだろう。

ネイトとティボルは話題を替えたのか、やりとりが明るくなって、しばらくつづいた。そしてついに、何も話さなくなった。

沈黙は長く、わたしは耐えられなくなって、晩餐会の資料をつかむとバッキーに話しかけた。

「ブレアハウスに行ってみない？　厨房をしっかり見ておきたいわ」

ネイトとヘクターはブレアハウスという言葉に反応して顔をあげ、わたしたちのほうを見た。

「そうだな。行ってみて初めて、びっくりすることがあるかもしれない」

「ええ、当日にびっくりするのは避けたいわ。細部まで把握しておけば、間際の変更にもおろおろせずに対応できるから」ネイトとヘクターに向かって説明する。「ぎりぎりになって変更されることも珍しくないの。予定どおりに進まないのがふつう、といってもいいくらい」

「予定外のことがあった今週も〝ふつう〟？」ネイトが驚いたように訊いた。

「ううん、そうじゃなくて晩餐会とか、大きな行事の計画のことよ。今週はマルセルやヘクターが倒れて、キリアンも亡くなって、〝ふつう〟とはほど遠いわ」わたしは目をつむった。「キリアンのこと、悲しくてつらいわ。彼ならきっと、サールディスカの伝統を加えたすばらしいデザートをつくってくれたでしょうに。彼の才能をホワイトハウスでもっと見せてほしかったわ」

ヘクターはうなだれた。「キリアンはいい先生だった。わたしも悲しい。もっと用心してほしかった」

「え？　何に用心すればよかったの？」

ネイトが自分のお腹を叩いた。「キリアンのここ、あなたも見たはず。キリアンは自分に悪いものに用心しなかった」

「太めの人間は、世のなかにごまんといるよ」と、バッキー。「キリアンはそんなに肥満でもなかっただろう」

ネイトは厳しい顔で、首を横に振った。

「何度も警告されながら、死んでいった者は大勢いる。キリアンは用心が足りずに不運にみまわれた」小さく首をすくめる。「わたしもキリアンが死んで悲しい。しかし、誰のせいでもない。キリアン自身のせい」

「心臓の病気があったと聞いたけど、そのことをいっているの？」

ネイトはおちつかなくなった。わたしとバッキーで〝無色のネイト〟と呼んだほど目立たなかった彼が、いまは会話の中心にいるのだ。

「キリアンのことは、もうどうでもよいのではないか？」

話が終了すると、厨房は静かになった。バッキーは向こうの端で作業をし、わたしはわたしの作業をし、向かいにはネイトとヘクターがいる。ふたりがサールディスカ語でキリアンのことを話してくれれば、不正行為があったのかどうかがわかると思った。彼らが事実を知らないまでも、不審に思っているかどうかだけでもいい。

会話が始まるのを期待しながら、わたしは晩餐会資料をめくりはじめた。

ふたりはずいぶんわたしを意識していた。資料から目をあげるたびに視線が合い、わたしはほほえむ。彼らはこちらをうかがいながら作業をし、しばらくするとヘクターが、サールディスカ語でネイトに話しかけた。

わたしはレコーダーが着実に動いているのを腕に感じ、資料から目を離さない。と、ネイトが恐ろしい声をあげ、ヘクターは謝罪らしき言葉をつぶやいた。わたしは無関心を貫きとおす。

ややあって、今度はネイトが話しかけた。さっきと違っておちついて、声はずいぶん低い。レコーダーがとらえきれるか、わたしは不安になった。

それにしても、無関心を装うにはかなりの努力が必要だ。体の動き一つひとつに注意を払わなくてはいけないし、ため息や独り言もぐっとこらえた。会話を明瞭に録音、再生するには、よぶんな音はかぶせないほうがいい。

資料を読みながらさりげなく調理服を引っ張り、集中しているふりをする。彼らがわたしにまったく注意を払わないのがいちばんいいのだけれど。心臓のどきどき音や体のほてりまでは、さすがに気づかれない――と思いたい。

神経がぴりぴりした。過去の危機一髪の状況がよみがえる。ともかくこの一週間で三人が倒れ、そのうちひとりが亡くなったのだ。一瞬たりとも油断してはならない。

ギャヴはいつもわたしに、自分の勘を信じろという。そしていま、わたしの勘は、踏切の警報機のごとく鳴り響いていた。だけどどんな列車が来るのか、どうよけたらいいのか――。体が震えそうになるのを我慢する。

さりげなく、彼らにもう少し近づいてみた。のんびりした話し方や態度から、どちらもリラックスして見えたものの、おなじ単語に聞こえるものが何度もくりかえし出てきて、話の内容は重要なことのように思えた。

それから少したって、マルセル、ティボル、クレトがもどってきた。わたしとバッキーは黙々と仕事にいそしみ、ネイトとヘクターはまるで仕事帰りにビールを飲みながら語り合っているかのようだ。

マルセルは優雅な足どりで入ってきながら、使える右手を背後のクレトとティボルに振った。

「わたしの試作品の感想をいってみて」

クレトは大きな手で、お花の入った小さなお碗を持っている。知らない人が見れば、ほんものの花だと思うだろう。明るいブルーのお碗に入っているのは、細い緑の茎に小さな葉をつけ、あざやかなオレンジ色の花を咲かせたポピーだった。あまりの美しさ、優雅さに、わたしは息をのんだ。

「すごいわ、マルセル。またひとつ、傑作ができたわね」

「とんでもない。これは最初の試作だから」そういいながらも口もとはほころんで、ギプスの腕をほんの少しあげた。「こんなだから、試作といってもたいへん苦労した。指が使えるからまだいいけどね」親指と人差し指をくっつけてみせてから、クレトとティボルのほうへ首をかしげた。「それでも有能なふたりがいなければ、ここまでできなかった」

マルセルは、トレイをひとつとりあげた。自分は忙しい、お褒めの言葉はもう不要というふりをしているだけだろう。なぜなら、目を輝かせてみんなをぐるりと見まわしたから。

わたしはクレトの顔を見てほほえんだ。驚嘆しきっているのは一目瞭然。

「マルセルは巨匠だ。これほどすばらしいデザートは見たことがない」クレトはわたしをふりむいた。「できあがっていくのを自分のこの目で見てもなお、信じられない」

頑固なティボルでさえ、表情がやわらかい。マルセルの才能と、気遣いのある言葉のおかげだろう。それでも無言のまま、わたしの視線を感じると顔をそむけた。

「ミズ・フライバーグの晩餐会について――」わたしはマルセルへの賞賛が一段落したところでいった。「計画の最終仕上げをしなくてはなりません。バッキーとわたしはきょう、ブレアハウスに行って、厨房のようすを確認してきます。いっしょに行きたい人はいるかしら？」

ネイトがヘクターに〝おまえはどうする？〟という顔をして、ヘクターは〝どっちでもいい〟という顔を返した。

「わたしとヘクターはいっしょに行く」ネイトがいった。「アメリカがゲストを泊まらせる場所をとても見てみたい。わたしたちのホテルより豪華なホテルは――」にっこりする。

「想像もつかない。いまのホテルだけでも、とてもすばらしい」

ティボルがわたしを、それからヘクターとネイト、クレトを見てから、またわたしを見た。言葉は発しないけれど、目には蔑《さげす》みの色がある。それにしても、なぜ彼は晩餐会への参加に反発するのだろう。いくらケリー・フライバーグを嫌っていようと、いわれた仕事はやりぬくのが彼の信条ではなかった？　考えられるとすれば、フライバーグを大統領候補として認めず、短気な性格から、何をいいだすか自分でも不安だから避けたいとか？

「サージェント総務部長に調整してもらわなくてはいけないけど、仕事が終わりしだい出かけられるでしょう。時間が決まったら、お知らせするわね」

そこで各自ばらばらになり、わたしはサージェントにメールを送ろうと、狭い通路をコンピュータのほうへ向かった。すると背後でマルセルの声がした。

「わたしもいっしょに行きたい。かまわないかな？」

思わずふりかえると、狭い通路でマルセルと正面衝突。彼はギプスの腕をなんとかよけたけれど、持っていたトレイを床に落とした。そしてギプスがわたしの調理服の袖に、レコーダーの下にぶつかった。

腕に鋭い痛みがあったのは、輪ゴムがはずれたからだ。

レコーダーを落としてはならない。反射的に右手でつかんだものの、レコーダーがあるぶん、腕を手のひらで包みきれない。握りなおそうとしたら、レコーダーがすべり落ちていった。まわりが怪訝《けげん》な顔で見ているのがわかる。急がなくては。

わたしは左手を振りあげた。レコーダーを肘までもどせないか。でも、間に合わなかった。むしろ勢いがつき、袖口から外に飛び出した。床に落ちてふたつに割れ、片方がアイスホッケーのパックのごとく床をすべっていく。

全体で十秒程度のことだったと思う。でもその短いあいだにレコーダーはみんなの目にさらされた。全員の視線が床へ、つぎにわたしへ――。

レコーダーを拾おうとしゃがみながら、わたしは必死で考えた。

「まいったわねえ」精一杯、気楽な調子で。「好きな音楽が聴けなくなったわ」

めまいがしそうだった。せっかく録音したのに無駄になるかもしれない。誰かがほんとうの目的に気づくかもしれない。

でもほっとしたことに、レコーダーの背面が本体からはずれただけだった。と、安心したのもつかの間、ネイトがしゃがんで拾おうとしてあわてた。

彼はわたしより早く本体をつかんだ。そしてためつすがめつし、握り締めるとわたしに近づいた。金属の割れる音。それともわたしの心臓が破裂した音？

バッキーとマルセルたちは、困惑ぎみにながめているだけだ。バッキーはともかく、どうかほかの人たちが不審に思いませんように――。

「これはアイポッドではない」ネイトの目が光った。「サールディスカでも、アイポッドを使う」わたしが持っている背面に手をのばしたけれど、わたしは渡さなかった。彼の表情に大きな変化はないものの、目の光はおそろしく怖い。

「ありがとう」わたしは彼の手から本体をとろうとした。でも彼は、握り締めて離さない。

「これは何？」

ネイトは首をかしげて尋ねた。どうやら彼は、気づいてしまったらしい。

「わたしのよ」うまい嘘が見つからない。「音楽を聴くの。ずいぶん古いやつだけど」あまりしゃべらないほうがいいと思った。「もう何年も使っているから、そろそろ買い換えなきゃね」

「隠し場所から簡単に落ちないものに換えたほうがいい」本体を潰すように握り、差し出したわたしの手のひらに叩きつけるようにして置いた。だけどそれでも、まだ手は離さない。

「これで音楽を聴く? あとで再生する?」ようやく手を離し、いびつな笑みを浮かべた。

「音質はひどい。それにたぶん、壊れて聴くことができない」

「ええ、そうかもね。ありがとう」

「ダウンロードしたほうがいい。ほんとうに音楽を聴きたいのなら」

バッキーがここで口を開いた。

「オリーはぼくのいうことをきかないからな。何年もまえから買い換えろといっているのに」ネイトに向かってウインクする。彼なりの援護のつもりだろうけれど、B級映画の鼻白む場面のようでしかなかった。「運がよければついに壊れて、新品を買うしかなくなる」

「そうね」わたしは力なくうなずいた。「運がよければね」

残念ながら、サージェントはきょうじゅうのブレアハウス訪問を調整できなかった。わたしは半ばがっかり、半ばほっとした。レコーダーの件のあと、サールディスカのシェフたちと出かける気にはなれない。

彼らが仕事を終えて厨房から出ていき、確実に遠くまで行ったと思えたところでバッキーに訊いてみた。この何時間か、わたしが悩みつづけていたことだ。

「彼らの会話を録音したことが、ばれたわよね?」

バッキーはステンレスのボウルを拭いては乾かし、また拭いている。おそらくわたしの質問には答えたくないのだろう。縮んでいた胃がもっと縮んだ。

「なんともいえないよ」ボウルの縁を拭き、指をはわせる。

「でもみんなの前で、ネイトはあそこまでいったのよ。気づかれたとしか思えないわ」わたしはうろうろと歩きまわった。

バッキーは拭くのをやめて、顔をあげた。

「オリーが会話を録音したのは、晩餐会の準備の段取りを記録するためだった」

「立派な理由だわ……。あの場で思いつけばよかった」

バッキーはステンレスのボウルをカウンターにがちゃっと置いた。

「ぼくにはオリーより、彼らのほうがもっと不安そうに見えたけどな。やましいことがなければ、いくら録音されたってかまわないはずだ」

「ほんとにそう思う？」

「プライベートな会話を録音されてうろたえるのは、それだけの理由があるからだと思う。だがたとえそうでも、これからどうする？　気づかれたから消去するか？」

「それはしないわ」

「盗聴に近い行為だから、誉められたことではないな」

わたしはレコーダーで手のひらを叩いた。

「ええ、いまさらながら、自分がみさげはてた人間になった気がするわ」

「だけど厨房では英語で話してくれと頼んだだろ？」

「ええ」

「それでどうだった？」

「サールディスカ語でも話したわ」

「彼らはステファニーを試したんだろ？」

「わたしはそう思っているけど」

「オリーとは長いつきあいだからわかるんだが、きみはいつも正道を進む。ぼくに対しても、簡単な道ではなく、高い壁を越えさせようとする」

彼はわたしに口をはさませず、レコーダーを指さした。

「きみはみさげはてた人間だから、それを使ったのか？ ここにいるみんなの安全を守りたいんじゃないのか？」

「それはそうだけど……」

「録音内容を聞いて、ネイトとヘクターがサールディスカで非合法の賭場を開いていたことがわかったら？」

「それはありえないわ。出身地が違うもの」

バッキーはあきれた顔をした。

「たとえばの話だよ。あのふたりが、人命にはかかわらないが不謹慎な話をしていたら、通報するか？」

「そこまではしないわ」

「だったらいいじゃないか。どのみち裁判の証拠には使えないんだ」

わたしは大きなため息をついた。

「聞くことすらできないかも。ネイトが力いっぱい潰したから」

「きみは直感を信じている。その直感が、何かがおかしいと告げている。それがとんでもない的外れかどうか、まだわかっていないだろ?」

26

パンツのポケットにレコーダーを入れて、ステファニーの家に向かった。ネイトがレコーダーを返してきたとき、てっきり壊されたと思ったけれど、しばらくいじっていたら、なんとか動くようになったのだ。ずいぶん古いものだから、耐用年数をあえて短くした最新製品より頑丈なのだろう。床に落ちても、ネイトに潰されても生き残ったのは、ありがたいとしかいいようがなかった。

この時間帯なら臨時列車があるから、ふだんはブルーラインかオレンジラインを使う。でもきょうは、メリーランドのステファニーの家に寄るので、帰りは乗り換えせずにすむブルーラインを使うしかないだろう。ともかく少しでも早く、アパートに帰りたい。ギャヴは今夜、帰りが遅くなるといっていたけれど、とりあえずわたしも寄り道をするからと、彼の留守番電話にメッセージを残しておいた。

ステファニーの家は、地下鉄駅から六ブロック先の住宅地にあった。この季節は日の沈みも早く、風が木の葉をそよがせている。思った以上に寒く、朝の服装ではちょっとつらかった。

腰の下まであるウィンドブレーカーくらいでは、この風に耐えられない。湿った土と枯れた秋の葉、車の排気ガスのにおいがした。

オンラインの地図を見ながら大通りを進む。風をよけてうつむきながら、ひとりではなく連れがいればもう少し気が楽だったかも、と思う。でもきょうに限っては、用向きからいって、ひとりで来るしかなかった。

ステファニーの家がある一帯は高級でも低級でもなく、昔ながらの古い家が並ぶ地域だった。歩きながらわたしは、どうしてここまで来たんだろうと自分に問いかけた。大統領が狙われたわけでもなく、サールディスカの人たちにはシークレット・サービスが付き添っている。彼らは仕事熱心で、犯罪に手を染めるような人には見えない。

マルセルの件でもキリアンの件でも、サールディスカのシェフがかかわったという証拠は皆無なのに、彼らが何かを隠しているという思いは拭えなかった。ともかくそこを、はっきりさせたい。

冷たい風にまばたきし、肩から斜めにかけたバッグを引っ張って、両手をポケットにつっこんだ。彼らはエグゼクティブ・シェフとしてのわたしをばかにし、その会話が録音されていたら？　わたしをジョークのネタにしていたら？

舗装されていない歩道を、足もとを確認しながら歩いていく。会話の内容を知るのは、べつに怖くはない。ただ、なんというか……とても不安だ。

三叉路に出た。枯葉が舞うだけで、車はほとんど走っていない。ステファニーの家は、右手の細い道路を行った先にあるはずだった。オンラインの地図で調べたかぎり、つぎの交差点から四軒めあたり。周囲には人影もなく、広い通りから走ってくる車もない。交差点まで来て立ち止まり、渡るまえに右を、左を、周囲を確認する。

男がいた。

さっきまで、前にも後ろにも人影はなかった。たまたまわたしとおなじ方向に歩いてきて追いついたのか、あるいはどこかの家から出てきたのか。過去の事件で怖い経験を何度もしたから、周囲を警戒する癖がついてしまった。わたしを知らない人の目には、偏執病的にすら見えるかもしれない。でもともかく、用心するに越したことはないのだ。身の安全を考えれば、傍目がどうだろうと関係ない。

男はわたしの後ろ百メートルくらいから、早足で近づいてくる。黒いジャケット、黒いズボン、インディ・ジョーンズのようなハットを目深にかぶり、日が陰るなかで顔はよく見えない。ただ、あの動き方、身ごなしは、どこかで見たことがあるような……。

男はわたしに見られていることに気づき、歩みを速めた。これはまずいかも。わたしは走るようにして道路を渡った。男に追いつかれないうちに、ステファニーの家に着けるだろうか。

男はジョギングをしているだけ、何かで急いでいるだけかもしれない。道路を渡らないかもしれないし。でもそれがわからない以上、急がなくては。もう一度、ちらっと後ろを見る

——。

男は駆け出していた。

アドレナリンと恐怖が湧きあがり、わたしは走った。限界を超えるほどの全速力。ステファニーの家へ、早く、早く。

苦しかった。どうせなら、立ち止まって戦うか。助けを呼ぶか。

そうだ、叫べばいいのだ。

「助けて！」喉がはりさけるほど。「強姦！　火事よ！　助けて！」

言葉なんかどうだっていい。ともかく走り、ともかく叫んだ。

悲鳴は風に流れ、あたりに人影はない。

ステファニーの家まであと二軒。

あれだ。古くて白いフェンス。

と、男の息遣いが聞こえ、わたしは押し倒されて歩道にころがった。

本能的に体を丸めて仰向けになり、男に向かって足を蹴りあげた。

「火事！　強姦！　助けて！」

男はわたしにのしかかろうとした。頭からストッキングをかぶり、顔はよくわからない。

また叫びかけると、大きな手で口をふさがれた。男は反対の手でわたしのバッグをつかんで引っ張った。でも斜めがけにしていたので引き抜けない。

わたしは仰向けのまま、足をばたばたさせるしかなかった。バッグさえ渡せば、男は逃げていくだろう。でも渡してなんかやるもんか。わたしは恐怖だけでなく、怒りにも燃えていた。

男は仕方なく、両手でバッグのストラップを引き抜こうとした。口から手が離れ、わたしは大声をはりあげた。体を回し、また回し、バッグを守る。

男の鼻に一発くらわした。力がないから効果もない。だけど意表をつくことはでき、男の体が一瞬固まった。

わたしは膝で道をこすって立ち上がると、なかば中腰でよろよろ逃げた。男は後ろから覆いかぶさろうとし、わたしが反射的に脇によけると、男は勢いあまって前のめりになった。よし、いまだ。わたしは駆け出した。大声で助けを呼びながら、力をふりしぼってステファニーの家へ――。

玄関をばんばん叩く。早く出てきて、ステファニー。男につかまらないうちに。

だけど男は、姿を消していた。

額に手を当て、通りの左右を見渡した。あれだけ悲鳴をあげたのに、人っ子一人いない。男もあっという間に消えてしまった。並木のどこかに隠れているとか？　帰りはタクシーを呼ぶしかないだろう。でもそれより何より、警察に通報しなくては。

玄関があいた。

「オリー、どうしたの？　大丈夫？」ステファニーの顔は不安でいっぱいだ。

わたしは肩で息をしながら、両手で胸にバッグを抱きしめていた。がんばって微笑らしきものを浮かべてはみたものの、彼女が納得しないのはいうまでもない。

「さあ、入って」ステファニーは後ずさり、わたしを通してから外の通りをうかがった。

「おかしな人でもいたの？」

わたしはうなずいた。片手で顔の汗を拭う。

「悲鳴が聞こえなかった？」

ヒップホップの音楽が流れているから、おそらくそれが答えなのだろう。

「ええ。ごめんなさい。聞こえなかったわ。ねえ、何があったの？」

「男がわたしのバッグを奪おうとしたの」バッグを抱きしめていた手の力を抜いて、気持ちをおちつけようとした。「大金を持ち歩いているわけでもないのにね」

「ゆっくりしましょう。すごく震えているわ」

もっと恐ろしい経験をしたことがあるから、この程度の震えなら大丈夫、といったところで信じてはもらえないだろう。

「ありがとう。でも、まず警察に連絡しないと」

ステファニーはわたしをリビング経由でキッチンに案内し、途中でヒップホップの音楽を消した。リビングの家具は最小限ですっきりし、テレビは壁の埋め込み式だ。

わたしは固定電話を借りて警察に通報。通信係はすぐ警官を派遣するといった。

「怪我はありませんか？」通信係は再確認した。

「ええ、ありません」

「盗まれたものはないのですね？」これも再度の確認。

「はい、ありません」

「今夜は緊急事態があいついでいるのですが、極力早急に警官を送ります」

わたしはため息をついた。

「はい、よろしくお願いします。しばらくはここにいますので」

ステファニーは腕を組んだ。

「警官が来るころには、犯人は逃げていますね」

「それはもう、とっくでしょう」

「どうか、すわってください」

キッチンは狭いながら、とても現代的だった。緑色のガラス扉のキャビネット、最新の電化製品、きれいな黒いカウンター。片隅に包丁類がある以外、外に置かれているものはほとんどない。コーヒーメーカーもなければ調理具もなく、布巾すら見えなかった。たぶん、ここで料理をすることはほとんどないのだろう。あるいは、すばらしく片づけ上手か。厨房でのようすから、外食が多いのは想像がついた。

「いったい誰なのかしら」わたしは椅子に腰をおろしていった。テーブルも黒で、汚れひとつない。椅子は真っ白なプラスチックで、脚は金属。すわり心地がよいとはいいかねた。

「警察に無駄な時間を使わせるだけかも」

「それでも、記録には残しておいたほうがよいでしょう。何か飲みますか？」

そういえば、喉がからからだった。

に置いた。

「ありがとう。お水をいただけるかしら?」ポケットからレコーダーをとりだし、テーブル
「いったいどうしてこんなことに……」ステファニーはお水をグラスに注いで渡してくれた。

「もしよかったら、録音の件は後日あらためてでもいいですよ。なんならきょう、レコーダーを預かって、あとで内容をお知らせするとか」

「ううん、大丈夫。せっかくうかがったことだし、警察が来るまでは帰れないから」

彼女はペンと紙を持ってきて、わたしの向かいにすわった。

「あなたもどうぞ」テーブルごしにペンと紙をくれる。「通訳のかたちでいいですか?」

「ええ、よろしくお願いします」

「では、始めますね」

わたしはテープを巻きもどした。

「長い会話のわりに、重要な部分は少ないと思うけど」

「どうしてそれが? サールディスカ語はわからないのでしょう?」

「話しているようすから、なんとなく」

「はい、では――」ステファニーが再生ボタンを押すと、まずクレトとティボルの声が流れてきた。わたしが冷蔵室からもどったあとだ。

ステファニーは少し聞いただけで停止ボタンを押し、クレトの言葉を訳した――「ホテルのウェイトレスはきみに興味がある」。

そしてティボルは――「ホワイトハウスで仕事をしていることに興味があるだけだ」。

「そうかな」と、クレト。からかうような調子で。「ゆうべは、きみだけに興味があったようだ」

ティボルが鼻を鳴らす音。「アメリカの人間は、あの白い建物、あそこで働いている者にどうしてあんなに熱中するのか？　大統領の家を美しいと思っているのだろうが、わたしには理解できない。あの家は名前どおり、〝白い家〟でしかない。サールディスカの指導者たちの屋敷に比べれば、ただの山小屋だ」

クレトはティボルに、「アメリカの政治家はサールディスカの指導者のように尊敬されていない」といった。

ティボル：「厨房の料理人は大統領への忠誠心が強い」

クレト：「わたしたちにも、わが国の大統領への忠誠心があるだろう？　どうだ？」

ティボル：「わたしの忠誠心を疑うのか？」

クレト：「そうではない。しかし、あの候補者が選挙に勝ったらどうする？」

ティボル：「彼女は勝たない」

クレト：「ずいぶん断定的だな」

ティボルは無言だ。

クレト：「彼女について、何を知っている？」

ティボル：「犬を連れて旅行する」

クレト：「ほかには？」

ティボル：「知る必要などない」

クレト：「きみは犬を飼っているか？　わたしは犬が嫌いだ。不潔でくさい」

ティボルは無言。

クレト：「わたしは犬も猫も嫌いだ。犬をかわいがる候補者に価値があると思うか？　不潔な犬猫を家のなかで飼い、人間のように扱う西欧のやり方を認めるのか？」

ティボルは黙りこくったままだ。サールディスカの西欧化への反発は、クレトとおなじはずなのに。

クレト：「何かいうことはないのか？」

ティボル：「犬や猫を嫌う話に、わたしからいうことはない」

ステファニーが停止ボタンを押した。

「たいした話ではありませんよね？」

「ごめんなさい、もう少しつづけてくれる？」

雑談がさらに数分。そしてついに、クレトがキリアンの名をいった。

クレト：「キリアンはかわいそうなやつだ。きみは彼の亡命計画をどう思った？」

ステファニーが訳してくれなければ、こんな内容だとは想像すらしないだろう。クレトはどうでもよさそうに、さらりといったのだ。

わたしは身をのりだした。

ティボル‥「キリアンは亡命など計画していなかった。ばかげている」
クレト‥「断言できるか？」
ティボル‥「キリアンは誇り高きサールディスカ人。祖国との絆を切ったりはしない」
クレト‥「きみはどうだ？」
ティボルは驚いたような小さな声を漏らした。そして早口でまくしたて、ステファニーはこの部分を再度聞きなおさなくてはいけなかった。わたしは厨房で見たティボルの怒りの顔を思い出し、この会話はたぶんあのときのものだと思った。
ティボル‥「よくもそんなことを。指導者たちはわたしの忠誠心を疑うはずもない。なぜ、あなたはわたしを非難する？」
クレトはなだめる口調になった。「非難などしていない。ただ訊いてみただけだ。アメリカは誘惑だらけの国で、抵抗できない者もいる」
ティボル‥「では、あなたは？　あなたは誘惑されたのか？」
これに対するクレトの答えは、何度聞きなおしてもはっきりしなかった。レコーダーからかなり離れたからだろう。
つづいてもっと多くの人の気配、がちゃがちゃいう音、挨拶の言葉。
「バッキーやネイトがもどってきたのよ」わたしはステファニーに説明した。
その後もいくらかサールディスカ語の会話はあったものの、軽いジョークや雑談でしかなかった。

「このあとが重要だと思うの」わたしはステファニーにいった。あのときの厨房の光景を思い出す。彼らはまったくしゃべらなくなり、それがずいぶん長くつづいた。

バッキーに話しかける自分の声が聞こえた――「ブレアハウスに行ってみない？　厨房をしっかり見ておきたいわ」

その後の英語のやりとりは早送りして、ヘクターとネイトのサールディスカ語の会話を聞いた。

ヘクター：「彼女は間際の変更にも対応できるといった。もしそうなら、彼女はわたしたちの目的を邪魔するのではないか？」

ネイト：「誰にも邪魔させない。かならず成功させる」

わたしは息をのんだ。ステファニーも驚いて、もう一度聞きなおす。

「まちがいありません。訳したとおりです」

「つづけてちょうだい」

ヘクター：「ティボルがずっとそばにいるから、やりづらい」

ネイト：「そうだな。そしてクレトのせいで、自由に話せなくなった」

ヘクター：「材料に制限なしに近づけたらいちばんいいが、いつも誰かに見張られている」

わたしの頬がひくついた。最初から、彼らには制限などなく、冷蔵室に材料をとりに行くのも食料庫に行くのも自由なのだ。ただし、それはキリアンが亡くなるまでのこと。わたしが決めたことだった。バッキーとわたしは、彼らが食材を扱うときは目を離さないでおくことにしたのだ。もちろん、表立ってそんなことはいわない。しかし、やはり彼らは気づいていたらしい。でもそれで、やりづらいというのは？

ネイトとヘクターは話しつづけたものの、聞かれるのを恐れるように声をおとした。

ヘクター：「弟のことは大事に扱うと約束してくれた」大きなため息。「これが終わったら、約束どおり解放してほしい」

ネイト：「仕事さえ完了すれば、何も心配することはない」

ヘクター：「晩餐会で、どうしてわたしたちがゲストになるのか理解できない。厨房にいないのに、どうやって候補者の料理にあれを入れられる？」

ネイトは笑った。「ぎりぎり間際の変更をつくればいい」

ステファニーが停止ボタンを押し、わたしを見つめた。

「どういう意味でしょう？」

「まちがいなく、悪いことよ」

それからしばらく会話はつづいたものの、とくにおかしな話はなかった。もう一度最初から聞いてみたかったけれど、ステファニーがおちつきをなくしているから、ここで終了としよう。これだけで十分、シークレット・サービスにもちこむことができるのだから。

「トムが公式に、あなたにまたこの訳をお願いすると思うわ」

「はい、わたしもそう思います。でもこれは、証拠としては使えないのでしょう？」

「それは関係ないわ。あのシェフたちは、ここではゲストなのよ。ケリー・フライバーグから遠ざけて、彼女の安全を確保すればいいの。告発でもしたら大騒ぎになるわ。偉い人たち同士で話し合えば、正義は果たされるでしょう」

「そう願っています」

ギャヴに電話をしようと思ったら、玄関のチャイムが鳴った。

「正義の話をしたからでしょうか」と、ステファニー。「ようやく警察が来たようです」

わたしはレコーダーをバッグにしまうと、彼女についてリビングに行った。そして彼女が玄関の鍵をあけるなり、警官がふたり飛びこんできた。ステファニーを床に押し倒さんばかりの勢いだ。

「そんなに緊急事態じゃありませんよ!」わたしは大声をあげた。

でも直後、わたしは自分がまちがっていたことを知った。

27

警官ではなかった。

ふたりとも、さっきの男とおなじようにストッキングをかぶっているが、今度は誰だか見当がつく。体つき、動き方、低いうなり声……。テープを聞いたばかりだし、それだけで十分わかる。

わたしはいつでも走れるよう、心の準備をしてからいった。

「どういうつもり？」

ステファニーはふたりの背後で茫然とし、壁に手をついて体を支えている。

ひとりがわたしのほうへ腕をのばし、わたしは飛びのいた。

「走って、ステファニー！　逃げて！　助けを呼んで！」

片方が――さっきの暴漢だ、こいつはネイト――わたしに向かってきた。そしてもうひとり――もちろんヘクター――がステファニーを襲い、彼女は小鳥のさえずりのような悲鳴をあげた。わたしは逃げきれず、ネイトに右手首をつかまれて引っ張られた。

左腕を思いっきり振りまわすと、よろけてテーブルにぶつかった。

背中が壁のテレビに激突する。足まで痛みが走ったけれど、テレビが体の支えになった。左手をげんこつにし、全体重をかけてネイトの頭を殴りつける。

ネイトは痛みに立ちすくんだ。でも、そう長くはつづかないだろう。放してくれと懇願するステファニーの声は聞こえても、ネイトが視界をさえぎって姿は見えない。もう一発、ネイトの顔を殴ったけれど、顎をかすめただけだった。

ネイトはわたしをにらみつけると床に投げつけた。わたしは尻もちをつく格好で床にぶつかり、なんとか逃げようとしたけど逃げ場がない。ヘクターはステファニーを壁に押しつけている。彼は大男だから、彼女も動きようがないだろう。

そこでわたしは気づいた。ふたりとも、言葉をまったく発しないのだ。たぶん、正体がばれないようにするためだろう。だったら、わたしも正体に気づかないふりをすれば、殺されずにこの場をのりきれるかもしれない。ただし、わたしとステファニーがテープをすでに聞いたことを知られてはまずい。

ヘクターがステファニーを引きずってわたしの横にすわらせた。彼女は両手で顔を覆って泣いている。

「お願い。お願いよ」

「何がほしいの?」パニックに陥った言い方をする。べつにむずかしいことではなかった。

ネイトがわたしのバッグを指さし、身振りで〝渡せ〟といった。レコーダーも携帯電話もバッグに入れてある。

わたしは彼らを強盗だと思っているふりをした。「お金がほしいのなら、あげるから」

ネイトは顔をゆがめ、またバッグを指さした。わたしは誤解したふりをつづける。

「バッグをあげてちょうだい」ステファニーが悲痛な声でいった。

ネイトがわたしを立たせ、バッグのストラップを抜こうとし、わたしは両手で彼を叩きながらわめいた。無抵抗でいうなりになんかならない。

「助けて！　強姦！　火事よ！」

わたしは力をふりしぼってバッグを握り、ネイトの手をふりはらおうとした。

「放して！　助けて！」

ネイトは手の甲でわたしの顔面を力いっぱいはたき、床に投げつけた。わたしは激痛に声も出ず、彼はストラップを引き抜いた。

わたしから目を離さずに、ネイトはバッグをヘクターに渡した。ヘクターはバッグをさかさにし、中身を椅子の座面に落とすとレコーダーを手にとった。

ネイトが財布と携帯電話を指さした。ただの強盗にみせかけたいなら当然だろう。

わたしは口を拭った。はたかれたときに口のなかが切れたのだろう、指に血がついている。頬も熱くて痛かった。

ネイトはわたしを凝視し、ヘクターは指示されたものをとりあげた。

もしここで叫んだら、ネイトに何をされるかわからない。でも黙っていることはできなかった。

「助けて！　泥棒！」

ネイトがくるっと玄関をふりかえった。

と、この世で最高の命令が聞こえた――「動くな！　警察だ！」。

ところがふたりは警官に襲いかかり、手から銃をはじきとばすと床に組み伏せた。

わたしはすかさず立ち上がった。警官を助けなくては。でもそのとき、たぶん相棒だろう、警官がもうひとり飛びこんできた。仲間を救うのが最優先だと、とっさに判断したのがわかる。

わたしは両手をあげて後ずさった。足がステファニーにぶつかって、ぐらっとする。彼女は涙が流れるまま、目を見開いていた。自分の家で起きたことが、いまだに信じられないのだろう。

四人の男たちはとっくみあいをし、怒声とわめきが交じり合った。警官ふたりはネイトとヘクターを床に押しつけ、後ろ手に手錠をかけた。

そしてようやくこちらをふりむき、ふたりともがわたしをまじまじと見て、ひとりが命じた。

「床にうつぶせになりなさい」

わたしはいわれたとおりにした。

最初に入ってきた警官――ネームバッジを見ると〝ルチャ〟――は、床から銃を拾いあげると、制服の埃を払った。

わたしは床でも両手をあげたままだ。

「男たちはいきなり襲ってきたんです。わたしのIDを見てもらえませんか」

唐突にしゃべったものだから、ルチャはたぶん驚いたのだろう、かぶりを振って「だめだ」といった。

もうひとりの警官は暴漢たちの顔からストッキングをはぎとった。ネイトとヘクターの汗だくの顔が現われても、わたしはぜんぜん驚かない。むしろ彼らのほうが、驚かないわたしに驚いたようだ。

「何を計画していたの?」わたしはふたりに訊いた。「なぜ、ケリー・フライバーグを狙うの?」

「このふたりを知っているのか?」ルチャは疑惑のまなざしでわたしを見おろした。男たちはわたしたちのボーイフレンドで、はた迷惑な内輪もめと思ったのかもしれない。

「ふたりは何語を話している?」

ステファニーは答えようとせず、わたしもそうだ。

「オリヴィア・パラスといいます。ホワイトハウスのエグゼクティブ・シェフです」

ルチャは目を見開いた。

「このふたりは外交使節としてアメリカに来ました。わたしのIDを見ていただければ、もう少しお話しできます。でもそれより先に、シークレット・サービスに連絡したほうがよいかと」

28

翌日の朝、厨房に入ってきたバッキーが、わたしの顔を見るなりいった。

「どうした、その痣《あざ》?」

わたしはゆうべの騒ぎをかいつまんで話した。

「トムたちが来てくれて、初めてほっとしたわ」

「ネイトとヘクターはどこに?」

「シークレット・サービスが連れていって、そのあとのことは知らない。でも、じきにわかるでしょう。トムから緊急ミーティングの連絡があったの」

「ギャヴは?」

「遅くまで仕事だったわ」

「連絡しなかったのか?」

「帰宅してから電話はしたわよ。でも、ホワイトハウスのシェフが騒動に巻きこまれるたびに現場に駆けつけるのは、彼の仕事じゃないから」

バッキーは苦笑いした。「ほんとにきみは、いつもそうだな」

「もっと早くに連絡しなさいっていわれたわ」

「そりゃそうだよ」

きのう、帰ってきたギャヴの最初の言葉はこれだった――「すべて話しなさい。最初から終わりまで、何ひとつ漏らさずに」。

ギャヴはわたしの話を聞いているうち、最初は男たちへの怒り、つぎにわたしが無事だったことの喜び、そして最後に、シークレット・サービスから最新情報を得られない苛立ちを示した。ゆうべの段階ではまだ大混乱で、情報保護策が何重にも敷かれていたらしく、ギャヴのような立場でも聞き取りできなかったとのこと。

バッキーはエプロンをつけ、仕事にとりかかりながら、「テープはどうした?」と訊いた。

「トムが持っていったわ」時計に目をやる。「ごめんなさい。緊急ミーティングの時刻が十分後なの。このあとの朝食準備はひとりでしてもらえる?」カウンターのジャガイモの小山を指さす。「皮はむいてあるから」

「了解」首をのばして手でこする。「ほかのふたりはどうなんだ? クレトとティボルは?」

「わからないわ。録音したものを全部、ステファニーに訳してもらったわけじゃないから。でもあの会話のようすだと、ネイトたちふたりの計画で、クレトとティボルは知らなかったんじゃないかしら」

「ということは……クレトたちはここにもどってくる? これからもいっしょに働く?」

ギャヴとも昨夜、その件について長々と話した。

「外交問題だから、わたしにはどうしようもないわ。でも、場合によっては抵抗するわよ。あのふたりにはもう、この厨房に来てほしくないもの」

「抵抗するって、どんなふうに？」

「いまは思いつかない。でも、上層部の決定がかならず的を射ているとはかぎらないもの」時刻を確認してあわてた。「ごめん、もう行かなきゃ」

「幸運を祈る」

「ありがとう。いまは運が不可欠ね」

西棟のトムのオフィスに着いたのは、一分まえだった。アシスタントがドアをあけてくれ、そこにサージェントがいてもべつに驚かなかったけれど――なんと、クレトとティボルもいたのにはびっくりした。わたしが入ると三人は立ち上がり、わたしは精一杯、平静を装った。クレトは前に進み出て、あいた自分の席にどうぞと腕をのばした。でも右側には、わたし用の椅子がある。

「ありがとうございます。でも、こちらで」わたしは右手の椅子に腰をおろした。

ティボルは珍しく渋面ではなく、まったくの無表情。わたしがすわると彼もすわったけれど、目を合わせようとはしなかった。

クレトとサージェントも腰をおろし、早速クレトがいった。

「心からお詫び申し上げたい、ミズ・パラス。邪悪な二名の計画を知れば、サールディスカの全国民が嘆き悲しむだろう」

「昨夜の事件の概要は、みなさんもご存じだと思う」トムがミーティングを開始した。「サールディスカ政府には詳細を伝え、アメリカ国務省は今後について検討している」集まった一人ひとりと目を合わせていく。

「ここで話したこと、耳にしたことは、一部の例外を除き、外部に漏らさないでいただきたい。一部の例外は、バッキー、マルセル、マーガレット、わたしとクレトが認めるサールディスカの当局者」ティボルの顔を見る。「理解できただろうか？」

ティボルの顔は渋面でも無表情でもなくなり、目には恐れの色があった。

「わたしは誰とも話そうとは思わない」足の上で組んだ両手の関節が、力を込めるあまり白くなる。「ネイトとヘクターの計画をわたしは知らなかった。わたしは潔白だ」

「おそらく誰も知らなかったでしょう」トムが緊張をほぐすようにいった。「しかし幸運なことに、昨日、明らかになった。ネイトとヘクターがケリー・フライバーグに危害を加えようとした明白な証拠を入手し、サールディスカ政府の協力も得られた。動機を解明しなくてはいけないが、現在のところ、ふたりはほぼ黙秘に近い」

サージェントが親指と人差し指で眉毛をこすった。

「具体的にはどのような計画だったのかな？」

もっともな質問だ。

トムはゆっくりと息を吐いた。「自分は具体的なことを話せる立場にないので。ただ、ホテルの部屋を捜索し、彼らを勾留できる十分な証拠は入手できた、ということだけはいえます」

「ふたりはいま、どこにいるの?」

「メリーランドの安全に管理された施設だよ」

「ただちに帰国させ、罰を受けさせなくてはいけない」クレトはそういうと、同意を求めるようにティボルをふりむいた。「わが国の政府は、そのような背信を許さない」

でもティボルは、トムを見つめたまま訊いた。

「わたしはどうなる? わたしも国に帰るのか?」

「おふたりに来ていただいたのは、このような事態をうけて、おふたりともこのミーティング後、ホワイトハウスには入れなくなる、ということを伝えるためです。貴国の政府にはこの決定を通知し、理解していただいた。おふたりも、どうかご理解のほどを」

クレトは肩をおとした。「わたしにとって、この訪米は大きな業績になるはずだった」頬が赤らみ、大きな両手を振る。「あなたたちは、わたしを信じなくてはいけない。彼らのテロ計画をわたしが知るはずもないのだ。四人の料理人はわたしが選んだのではなく、あてがわれただけだ。彼らと親しいわけではなく、このような計画を予測することなどできなかった」

わたしは大きく胸をなでおろした。サールディスカの人たちがもう厨房に来ることはない。彼らの到着とともに始まったトラブルや困惑や苛立ちは、これで幕を下ろすのだ。ほっとして歌でもうたいたい気分だったけれど、いまこの場ではほほえみすら禁物。

トムはクレトの話に礼儀正しく耳を傾け、終わったところでこういった。

「貴国の政府の了解は得ましたので」

「わたしの職権を剝奪することも了解したのか？」

「あなたの任務や職権への言及はなかったので、ご自身で確認なさるとよいでしょう。貴国の政府はヘクターとネイトのほうに大きな関心があるようでした」

「では、わたしはどうなる？」

「こちらに情報はありません。自分たちは現在、事態の解明に全力をあげています。新たな情報が入り、伝達可能であれば、あなたにも知らせが届くかと思います」

クレトとティボルは暗い表情で立ち上がった。彼らに付き添うシークレット・サービスが四人、待機している。クレトが片手を差し出し、わたしたちは握手した。

「どうか、バッキーに伝えてほしい。わたしがいかに失望しているか、いかに感謝しているかを。そしておなじことをマルセルにも。みなさんの温かいもてなしに心からお礼申し上げる」

「はい、かならず伝えます。真相が早く解明されることを願っています」

「ぜひそうあってほしい」

わたしはクレトの背後でわたしをにらみつけているティボルにも声をかけた。

「ご健康とおしあわせを祈っています」

ティボルは無視して歩きだす、と思っていたら、意外なことに口を開いた。

「あなたは何がきっかけで、ネイトとヘクターを疑った？　どのような理由から、ふたりの会話を録音しようと思った？」

わたしが答えるのをためらっていると、トムが立ち上がってこちらに来た。

「そのような話はよしましょう。彼らの計画が失敗に終わったというだけで十分かと」

シークレット・サービスがティボルの腕に触れたけれど、彼は動こうとしなかった。とんでもなく恐ろしい形相でわたしをにらんでいる。

「わたしはあの女を、ケリー・フライバーグを支持しない。しかし、彼らのような手段を用いるのは恥ずべきことだ」怖い顔つきがもっと怖くなる。でもティボルはそうすることで、怒りではなく、嘘偽りのない正直な気持ちであることを伝えようとしているのかもしれない――。「あなたはサールディスカのためになることをした」

彼はくるりと背を向け、歩きはじめた。

わたしは言葉もないまま、ふたりを見送った。

29

あくる日の朝、バッキーもわたしも久しぶりに明るい気分だった。バッキーは口笛を吹きながらスクランブルエッグをつくり、わたしも鼻歌まじりでベーコンを焼く。

「まったく信じられないよ」バッキーが肩ごしにいった。「オリーがシークレット・サービスと揉めずにケリー・フライバーグの命を救うなんて」

彼は時計に目をやり、わたしも時刻をチェックした。

「おまけに、サールディスカのシェフもいなくなった」バッキーはにこにこしている。「ブラボー、われらがシェフ！　さすがだな」

「ありがとうございます。いつものことで、たいしたことではありませんが」

サールディスカのシェフに対する責任がなくなり、国家間の大きな問題に首をつっこむこともなく、そのうえ大きな報酬まで得られた。短期の契約ながら、シアンが厨房にもどってくるのだ。わたしはまた時計を見あげた。

「ふむふむ。ぼくも待ちきれないよ」

「マルセルもうれしいでしょうね、右腕のアシスタントがもどってくるから。あしたの晩餐会が終わるまでのことだけど、一分一秒を満喫しましょう。そのころには支出削減も解かれて、すべてもとどおりになるかもしれないし」

「オリーはほんとに楽観的だな」そういうバッキーも、心のなかではわたしとおなじように考えているはずだ。

シアンが両腕を高く、大きく広げて入ってきた。

「ただいまあ！」

わたしもバッキーも、笑い声をあげながら彼女に抱きついた。シアンのきょうのコンタクトレンズは紫色で、いつものように満面の笑み。自分勝手とは思いつつ、シアンにはホワイトハウスを辞めず、ずっとこのままここにいてほしい。でもとりあえず、三人のチームが復活したのはまちがいない。もうそれだけで、この十日間の悩みは解消された。

わたしは両手でバッキーとシアンの腕をつかみ、これ以上ないほどの笑みを浮かべた。

「支出削減が始まってから、こんなにいいことはなかったわ」

でもそれは、ぬか喜びだった？　二分とたたないうちに、マーガレットが姿を見せたのだ。

「総務部長が、お話ししたいことがあるそうです」

「いますぐ？」

「はい、いますぐです」片手を腰に当て、反対の手で大きな眼鏡をきゅっと押し上げる。

「緊急でなければ、事前にメールでお知らせします。申しわけありませんが、これから総務部長室までごいっしょ願います」

わたしとバッキー、シアンは顔を見合わせた。

「またトラブルか？」と、バッキー。

わたしが答えるより先に、シアンがあきれたようにいった。

「まえとぜんぜん変わってないわね」

マーガレットは険しい顔でわたしに腕を振った。

「さあ、行きましょう。総務部長は本日多忙で、時間の余裕がありません」

わたしがオフィスに入っても、サージェントはデスクの向こうで立ったまま、顔をあげなかった。老眼鏡に手を添え、反対の手に持った書類を読みつづけている。

「オリヴィア――」ふつうの挨拶の口調だから、お説教ではないらしい。「すわりなさい」

いつもは整理整頓されているデスクに、書類が散らばっている。印刷されたものに手書きのメモがたくさんあった。

わたしは椅子にすわると、サージェントも書類を見ながら腰をおろした。不満げな声を漏らして、手にした書類をわたしに差し出す。

それは首席補佐官からサージェントに宛てたメールのコピーだった。時刻はきょうの朝。

「読む手間を省くために、わたしから説明しよう。そのほうが、無駄な時間を使わずにすむ」

わたしは途中まで読んだところでうなずき、サージェントは話しはじめた。

「それは上層部の決定であり、わたしに口をはさむ余地はない」

「ここには、あしたの晩餐会にティボルは招待されるとあるけど？」

サージェントは老眼鏡をはずし、散らかった書類の上に投げると、腫れぼったい小さな目をこすった。どうやらあまり眠れていないらしい。

「そのとおり。サールディスカのシェフの騒動があったあとで、このような決定はばかげている、ときみは異議を唱えるだろう」

わたしは唇を噛んだ。サージェントのいうとおりだからだ。大きく息を吸って、気持ちをおちつける。

「わたしたちにできることは何もないの？」

「そう、わたしたちにできることは何もない」椅子の背にもたれたサージェントは、いつも以上に小さく見えた。大人の椅子にすわった少年のようだ。「サールディスカ政府は、晩餐会に出席したティボルの姿を公開することで、シェフ訪問団はめでたく終了したことにしたいようだ」

「めでたく終了？　ひとりが亡くなり、ふたりがフライバーグの暗殺を企てたというのに？」

サージェントはうなずいた。

「どうしてそこまでするの？　ティボルも共犯だったらどうするの？」

サージェントは首をすくめ、背もたれから少し離れた。疲れと苛立ちがいやでもわかる。

「サールディスカ政府は、ネイトとヘクターふたりの陰謀でしかないと確信している」

「だから？」

「ティボルの潔白は証明された。彼は不正行為を働く人間ではない」

「ネイトとヘクターもそのはずだったんじゃないの？」

サージェントはデスクに肘をつき、両手を合わせて考えこんだ。

「サールディスカの高官によれば――あくまで内々の話だがね――ネイトとヘクターは訪米まえから知己であったらしい。贈賄と恐喝により、地域における最高シェフの名を得た」

わたしは腹が立ってきた。

「調理の腕は関係なかったということ？　キリアンはそれに気づかなかったの？　気づいたから殺されたとか？　あのふたりにそこまでできるとは思えないわ。ほかに協力者がいたんじゃないの？」

「サールディスカ政府も、その点に関しては調査中とのことだ。新事実が判明すればこちらにも情報提供するといっているが、全容が明らかにされるかどうかははなはだ疑わしい」ふっと、ため息。「キリアンは自然死だと断定された。きのう、解剖所見が送られてきたよ」

「自然死？　わかったわ。でも、たとえそうだとしても、ティボルを晩餐会に出席させる理由はわからない。そもそも本人が、いやがっているでしょう？　自分の口ではっきりそういったわ」

サージェントは腕時計を見た。「それが彼の潔白の証明でもあるだろう。ともかく、シェフの訪問団は、サールディスカとの交流における大きな前進ではある」

「クレトは？　彼も晩餐会に出席するの？」

「現在、サールディスカ政府からの回答待ちだ」

「クレトも陰謀とは無関係とみなされているのね？」

サージェントは疲れたように両手を広げた。

「彼はアメリカに来るまで、キリアンとしか接触していない。ふたりはおなじ地方の出身で、過去に何度か、いっしょに仕事をしたこともある。クレトは亡くなった友人が潔白であることの保証人といっていい」

「ティボルの潔白の保証は？」

サージェントはまた両手を広げ、時計を見た。

「念のためにいっておく。きょうからあしたにかけ、さらなる変更が生じるかもしれない」

「どんな変更？」

サージェントは充血した目でまばたきした。

「それがわかっていれば伝えるよ」

「ブレアハウスの厨房を事前に見ておきたいのだけど」

「きみの意向は伝えてある。回答がありしだい、連絡する」

わたしは立ち上がった。「最新情報をありがとうございました」

「こういってはなんだが、わたしは彼らと早く別れの挨拶をしたい。きみもおそらくおなじ思いだろう」

わたしはドアロでふりかえった。

「もうひとつ、お礼をいわなきゃ。シアンを復帰させてくれて、ありがとう。こんな状況で、彼女は希望の光だわ」

サージェントはすでに眼鏡をかけて、書類に視線をおとしていた。

「礼をいうのはまだ早い。これから数日が正念場だ」顔を少しあげ、眼鏡のフレームの上からのぞくようにわたしを見る。「くれぐれも、面倒は起こさないでくれ、ミズ・パラス」

30

マルセルとアシスタントは、テーブルセンター用のオレンジ・ポピーの製作にとりかかった。大きなものがひとつ、小ぶりのものがふたつだけれど、マルセルのチームはほんとうに、魔術師としかいいようがない。わけても今回は、万全の環境ではないというのに。またマルセルたちは、美しいポピーの周囲にお皿で並べる色とりどりのひと口サイズのケーキ――プチフールもつくっていた。

バッキーとシアン、わたしは、材料が予定どおり届いたので、仕込めるものは仕込んでおくことにした。晩餐会のゲストは十四人だ。内訳は、ハイデン大統領とファースト・レディ、国務長官、ケリー・フライバーグ、彼女の選対委員長、秘書二名、そしてティボル、アメリカの高官六名。

晩餐会では、ゲストの食材注意事項を頭に叩きこまなくてはいけないけれど、今回はありがたいことに、十四人のうちひとりにパイナップル・アレルギーがあるだけだった。

わたしはマーガレットに電話をした。礼儀正しい挨拶をすませてから用件に入る。

「サージェ……ピーターは、ブレアハウスの下見に関する返事をもらったかしら？」

「総務部長は外出中です」いつものようにきびきびと。「おもどりになられたら、確認させていただきます」

「よろしくお願いします」

「まだだめなのか？」と、バッキー。

「ゲストは十四人だけだし、大半はこの厨房で準備できるし。ブレアハウスの厨房で仕事をしたことはないけど、設備は立派よ。とくに問題ないでしょう」

「誰を納得させようとしている？　ぼくたちか？　それとも自分自身？」

一時間後、マーガレットから電話があった。やっと訪問時間が決まったかしら……。

「総務部長がおもどりになられました」

「よかった。それでブレアハウスからの返事は？」

「はい。厨房の下見は不可、とのことですよ」

否定的な話をするとき、マーガレットの声は明るくなる。

「どういう理由で？」

あなたには関係ありません、といわれるような気がした。でも、予感は当たらず――。

「シークレット・サービスの判断です。ミズ・フライバーグは今夜、ＤＣを再訪しますが、シークレット・サービスはそれまでに、危険物の有無を徹底的に調べるそうです。ブレアハウスは厳重に警備されます」

「一日じゅう、シークレット・サービスだらけになるの？」

「いいえ、調査後は通常のかたちにもどります。しかし、あなたがいらっしゃると、調査の邪魔になるようですよ」

また明るい声。だけど、それよりも何よりも……。わたしはため息をついた。

「わかりました。ありがとう」

「用件はまだあります」

何かしら？

「サールディスカ政府は晩餐会の写真を希望しています。なかでも、ケリー・フライバーグとティボル、そしてあなたの三人が写ったものがほしいとのことです」

「冗談でしょ？」とはいったものの、マーガレットに冗談をいう素養があるとは思えない。ティボルが大統領候補とエグゼクティブ・シェフの〝女〟ふたりとカメラの前でポーズをとる？　なんだか彼がかわいそうに思えてきた。

バッキーとシアンが作業の手を止め、〝どうしたの？〟という顔でわたしを見ている。

「総務部長が、記念撮影に備え、清潔な白衣とエプロンを用意するように、とおっしゃっていました」わたしが驚いたことに対する反応はまったくない。「サールディスカ最大の新聞社が、ミズ・フライバーグとアメリカ合衆国との交流を掲載する記事に、その写真を使いたいと申し出ています」

「彼女が大統領選で勝つ見込みは低いように聞いたけど」

「記念撮影がある、ということだけご存じであればよいでしょう。ほかに何かご質問は？」

ひと言いい返したい気持ちをこらえ、わたしはお礼をいって電話をきると、バッキーたちに報告した。

「たいしたことじゃないの。ケリー・フライバーグとティボルと三人で記念撮影するんですって」

「ティボルは写真をとるとき、カメラに向かってにっこりできるのかな？　シアンはラッキーだよ。あんなに気むずかしいやつと仕事をせずにすんで」

シアンはこれまでのいきさつをおおよそ聞いて知っていた。

「なんのための記念撮影なの？」

わたしは髪を手でかいてしまい、すぐに洗い場まで行って消毒した。

「サールディスカの新聞に掲載されるみたいよ」

「冗談だろ？」と、バッキー。

わたしは肩ごしに彼を見た。さっきの電話で、わたしがいった台詞を聞いたでしょ？

「何がなんだかわからないわ」両手をタオルで拭く。

「これまで聞いた話だけでも」と、シアン。「サールディスカの人が何を考えているのか、わたしにはさっぱりわからなかったわ」

バッキーがシアンを指さした。「きみは理解が早い！」

その晩、夕食を終えてから、ギャヴとテーブルに並んで、晩餐会について話した。わたしたちのうれしいところは——愛し合っていることをべつにして——ホワイトハウスに関連する情報を分かちあえることだった。もちろんギャヴには職務上、わたしにも話せないことはあるけれど、たいていは真剣に、あるいは笑いながら話すことができた。

知り合った最初のときも、お互いを尊重し（ときに反感を覚えながら）、力を合わせて事件をのりきれたのだ。彼の考えを聞くのは楽しく、大きな出来事があろうとなかろうと、一日の終わりにふたりでおしゃべりできる時間はたいせつだった。

「ブレアハウスには何時に入る予定だ？」ギャヴはわたしがテーブルに置いた計画表を指さした。「スケジュール表では空白になっているが」

「何度もサージェントに、というかマーガレットに訊いたんだけど」

ギャヴは顔をしかめた。「サージェントがそういうことを見過ごすかな……」

「いまは相当たいへんみたい。シェフの件や外交問題や、プレッシャーだらけで。支出削減でどこも人員不足だから、スムーズには運ばないわ」

「サージェントをかばうのか？」ギャヴはにやっとした。「彼はまたシアンを解雇し、バッキーに休暇をとらせ、きみはやさしい言葉を撤回せざるをえないかもしれない」

「彼はそんなにひどい人じゃないわ。誰だって変わるものでしょ？　サージェントが百八十度変わったとは思わないけど、まえとはずいぶん違うわ。彼にいらいらすることはあるわよ。わざと議論をふっかけてやりたくなることもある。だけど頼りになるし、仕事のできる人だと思う」

「ブレアハウスに行く時間も決められないのにか？　いつになったらわかるんだ？」

「わたしは遅くても正午までには必要品を運びたいの。できればもっと早いほうがいいけど」

「ケリー・フライバーグのダレス空港着は十四時の予定だ。警備班は空港で彼女を迎えて、途中で何カ所か寄ってから、遅くとも十七時にはブレアハウスに着く」

「晩餐会の開始は夜の七時よ。ブレアハウスの職員が彼女のお世話をしているあいだ、わたしやバッキー、シアンは人目につかないようにしないと」ブレアハウスの平面図を指さす。

「ずいぶん広いから助かるけど」

「厨房は通路のかなり先だ。招待客が揃うまで、周囲にさして人は来ないだろう」

「そう願いたいわ」

「厨房の下見をしたかった気持ちはわかるが、きょうはシークレット・サービスだらけだからね。わたしだったら、きみの姿を見られればうれしいが、調査チームはそうもいかない」

「あしたはがんばらないと……」平面図をしっかり頭に刻みこむ。「揉めごとはもうごめんだわ。ティボルがおかしなことをする気でなければ、なんとかのりきれるとは思うけど」

「ネイトたちの陰謀が判明してからは、サールディスカ当局もシークレット・サービスも、ティボルに関する調査を徹底してやったよ。といっても、たかだか二日程度のことだからね、見過ごしていることが皆無とはいいきれない」

「ティボルは裏表のない人のような気がするの。ケリー・フライバーグの晩餐会にも、ゲストとして参加するのはいやだとはっきりいっていたし」

「だったらなぜ辞退しない？」

わたしはキリアンから聞いたティボルの過去を話した。

「彼は兵士の見本といってもいいわ。命令されたことは確実に実行する、というのを小さいころから叩きこまれてきたのよ。自分としてはいやだ、でも政府の命令なら従う」

「ケリー・フライバーグの主張は、自由と自己責任だ。晩餐会でも、その話題になると思うが」

「ティボルは沈黙を貫くでしょうね。発言を指示されたときだけ口を開く」

「命令に従順というだけで晩餐会に出席するのか？　何か企んでいるわけではないと？」

「その可能性も否定できないけど、わたしが彼を見るかぎり、ありそうもないわ。すてきな人とはいえない。でも悪人ではないと思う」

「あしたはきみの意見を心に留めておくよ。ブレアハウスにゲストが全員到着したら、ＰＰＤがふたり、大統領にはりつき、わたしたちは別部屋に移動する」平面図のそれぞれの部屋を指さす。「厨房からわたしの待機部屋まで来るルートはいくつかあるから、もしきみがわたしを必要とする状況になったら……」

ギャヴはそれ以上いわなかった。

「いつだって、わたしにはあなたが必要よ」彼の顎を指先でなでた。「でもあしたの夜は、それぞれ静かに仕事をこなしたいわね」

「そうだな」わたしの体を引き寄せる。「ひと晩のりきれば、普通の生活にもどれる」

わたしは彼の顔を見あげた。

「〝普通〟の生活って、どういう生活？」

31

「そこにあるわ」わたしは食器類を両手に抱え、ポケットに入れ忘れたチェックリストに指先を向けた。

ブレアハウスに必要品を運ぶスタッフが、カウンターからリストをとって半分にたたみ、わたしが抱えている袋のひとつに入れてくれた。ブレアハウスのコンピュータを使えばファイルを開けるけれど、紙で見たほうが早い。

バッキーとシアンも両手いっぱいに荷物を抱えた。

「全部持ったわね。さあ、行きましょう」

大半のものは午前中に運んでもらったけれど、ぎりぎりまでこの厨房で仕上げてから持っていきたいものもあった。ブレアハウスの厨房がいくら整っていても、使い慣れていなければ何が起きるかわからない。

大荷物を抱え、正午まえには厨房を出発。ペンシルヴェニア通りの向かいにあるブレアハウスに向かった。

ホワイトハウス前のペンシルヴェニア通りは、オクラホマシティでの爆破事件以降、シークレット・サービスの要請で通行規制されたから車は走っていないものの、歩行者は多い。ブレアハウスは通りを渡ってすぐとはいえ、通用口はかなり遠かった。

到着すると、支配人はわたしたちの荷物を職員に運ばせるといってくれた。

「厨房はずいぶん先ですから、施設の紹介をしながらご案内しましょう」

「ありがとうございます」わたしは軽くなった腕を振って血の循環をとりもどした。

「ここは香りが違うな」バッキーがつぶやいた。

「どの建物にも特有の香りがあるわね」こっそりと、くんくんしてみる。「これは柑橘系かしら?」

支配人は髪が薄くなりつつある中年の男性だ。

「おっしゃるとおりです」と、にっこりする。「ゲストがペット連れの場合は、犬や猫に害のない薬品で清掃した部屋に宿泊していただきます」

「今回はフロスティがいっしょですものね」わたしはシアンをふりむき、説明した。「ミズ・フライバーグの愛犬よ。とってもかわいいウェスティの女の子――ウェストハイランド・ホワイトテリアなの」

「その子の食事もつくるの?」

「ううん。問い合わせたら、食事の内容は厳密に決められていて、ミズ・フライバーグの秘書が用意しますって」

支配人に従って階段を二階ぶんあがり、裏の細い廊下をいくつも通って、豪華な部屋をちらちらのぞいた。支配人は近道を教えてくれ、どのドアがどこにつづくか、かならず閉めておくドアはどれかなどを説明した。

「迷わずに行き来できるまで、時間がかかったのではありませんか？」

支配人は首をすくめた。「そうむずかしくもないですよ。四つの建物がどんなふうにひとつになったかさえわかれば。あなたも二日くらい滞在すれば迷わなくなるでしょう」

中庭の見える窓があった。美しく剪定《せんてい》された低木が噴水を囲み、ベンチや鉄製の椅子が置かれている。

「すばらしいわ」

左へ曲がると広い廊下に出た。

「厨房はこの左手ですが、あとまわしにしましょう」支配人は右手の細長い廊下に腕を振った。「これがダイニングにつづきます。先にあるスイングドアから、なかが見えますよ」

わたしとバッキー、シアンは、長くて暗い廊下に目をこらした。でも、青い厚手のカーテンと象牙色の壁、サイドボードとチッペンデール様式の椅子二脚くらいしか見えない。

わたしはゆうべの平面図の記憶をたどった。

「この廊下を行くと、外に出ることもできるのですよね？」

支配人はうなずいた。「よく勉強なさっていますね。はい、この廊下は応接室につながっています。今夜、大統領は応接室でお客さまと談笑なさる予定です。また、続きの二部屋もありますが、どちらもダイニングには通じていません」

いまの説明と平面図の記憶はぴったり一致した。

「この廊下は」と、バッキー。「食事時間のあいだは給仕の行き来で混むのでしょうね」

「はい、一日じゅう」支配人は笑った。「ただ、行事があるときはまったく逆です。ダイニングで晩餐会がある場合、職員はお客さまの目に触れないよう、ここには入りません。給仕は廊下を使わず、各部屋を通り抜けながら、遠回りのルートで料理を運びます」

「それはたいへんですね」

支配人はほほえんだ。「もっと時間があれば、詳しくご案内するんですけどね。一度、見てもらえば、効率的なのがわかっていただけるでしょう」

ホワイトハウスでは、ファミリー・ダイニング・ルームと配膳室は最短距離でつながっている。でも、見た目の最短が最適とはかぎらないだろう。

「そうですね。またいずれ、機会があればぜひ」

左側にはドアが三つ並び、支配人は「中央が化粧室です」といった。「ここ以外にも数カ所あり、そちらは部屋から見えませんので、ここよりもそちらが使われるほうが圧倒的に多いですね」廊下の右先、中央あたりにあるドアを指さす。「あそこが中庭につづく部屋で、汚れた靴などを脱ぎます。職員用の階段にも通じています」

「ドアがずいぶんたくさんありますね」と、シアン。

「四つの建物をまとめていますから、独特なんですよ」右側にある廊下を示す。「あのドアは、ゲストは利用なさいません。ただ今夜は、ミズ・フライバーグの愛犬を外に出す必要がある場合、秘書が使えることになりました。みなさんが厨房間を行き来する場合、階段はどうぞ自由に使ってください」

わたしたちはここの〝ホット〟キッチンを使い、マルセルは一階下のもっと狭い〝コールド〟キッチンを使うことになっているのだ。

支配人は広い廊下で立ったまま説明していたけれど、今度は左側に手を振った。

「では、メインの厨房をご覧ください」

わたしたち三人は早速なかに入った。

「すごいわ」と、シアン。「ほかと違ってずいぶん近代的ね」

わたしが何年かまえに来たときとおなじだった。広々して窓のない部屋には、温もりのある木製のキャビネットが並び、床は硬いタイル敷き、中央の広い作業台はクリーム色の大理石のようだった。あれだけ広ければ、作業がしやすい。でもそれに比べて、シンクとレンジ台は狭いほうだろう。

「あまり個性的とはいえないな」と、バッキー。「どこもベージュと茶色系だ」

バッキーは見た感想をいっただけで批判したわけではないけれど、支配人はむっとしたらしい。

「ブレアハウスは大統領のお客さまに心地よく過ごしていただくための施設であり、職員の施設ではありませんからね」

バッキーはもぐもぐと、「ええ、もちろんそうでしょう」とかなんとかいい、支配人に背を向けたあとで目をむいた。

晩餐会は七時に開始で、わたしたちは六時までには厨房に入れた。昼間、荷物を運んだときは柑橘系の香りがして、いまも多少残ってはいるけれど、大半はお肉の焼けるおいしい香りだ。

シークレット・サービスがひとり、無許可の人間が厨房に入ってこないよう、出入口のすぐ外に常駐している。ほかにはブレアハウスの職員が数人、挨拶に来ただけで、わたしたちはほとんど中断されずに仕事ができた。

とはいっても、向かいが職員の通用路だから、人の動きが絶えることはない。テーブルのセッティングやゲストを迎える準備など、行ったり来たりの足音が響く。

わたしは自分の作業に集中しながらも、ときに顔をあげ、目をやった。外の動きが気にならないバッキーとシアンが、とてもうらやましい。

晩餐会のまえにはかならず、作業の進行を反芻し、確認することにしている。そこでレンジ台を背にして全体を見まわし、予定どおりに進んでいるかどうかを確かめた。

「シアン——」彼女はサラダの仕上げをしているところだ。「ローストはいつオーヴンから出すの？」

「二十分後」ちらっと時計を見る。「温度は確認済みよ。スケジュールどおりに進んでいるわ」

「ありがとう」

作業台の反対側からバッキーがいった。

「下の階のマルセルから連絡があったよ。最初の料理を出す時間が決まったら教えてくれって。それに合わせてポピーを運ぶから」

「わかったわ。このぶんだと問題なく出来上がるわね」

「シェフ・パラス――」出入口から支配人の声がした。見るとどこかおちつかないようす。

「晩餐会に変更がありました」

「変更?」たったいま、順調だと思ったばかりなのだけれど。「何か問題でも?」

バッキーとシアンも手を止め、支配人を見つめた。

「いえ、問題というほどではありません。ただ、今夜の予定に影響するため、カメラマンと調整しなくてはいけないんですよ」

「変更というのは?」早くいってくれないかしら。晩餐会が中止にならないかぎり、作業を進めなくてはいけないのだ。一分でも無駄にはしたくない。

「あなたもよくご存じの、ティボルという方が……」

「彼が何か?」お願い、早くいって。

「晩餐会には出席しないことになりました」

えっ。わたしはぽかんとし、あわてて口を閉じた。

「どういう理由で?」

彼は建物の正面のほうをちらっと見た。そこでは大統領とゲストたちが食事まえのカクテルとオードブルを楽しんでいる。

「べつの方がいらっしゃって、ティボルは欠席する、と伝えたそうです」

「べつの方って、クレトかしら？」

「名前まではわかりませんが、政府の代表団の方のようですよ」

「じゃあ、クレトだわ……。彼はティボルの欠席理由をいわなかったのですか？」

「わたしは知らされませんでしたね。ともかく、ゲストの人数はひとり減って十三人ということで」

「わかりました。ありがとうございます」

支配人がいなくなって、わたしはバッキーとシアンにいった。

「ティボルが何か悪事を企んでいるとわかって、欠席させたのかしら？」

バッキーは顔をしかめた。「ティボルはケリー・フライバーグを襲う計画とは無関係だと思う、といわなかったか？」

「わたしのまちがいだったかも」

視界の隅で、若い女性が廊下の中央のドアから出てくるのが見えた。制服ではなく私服姿だ。そちらに近づいてよく見ると、リードを持って、足もとにはフロスティがいる。

彼女は二十歳そこそこだろうか、色白で、バストもヒップも大きく、チョコレート色の髪はピクシー・カット。言葉まではわからないけれど、フロスティにいっしょに行こうとやさしく語りかけているようだ。それからすぐ、左手のドアのひとつに消えた。

わたしが厨房に目をもどすと、シアンがいった。

「これまでの話を聞くかぎり、ティボルは晩餐会に参加したくなかったんでしょ？　欠席する理由をずっと考えていたんじゃない？」

わたしはゆうべ、ギャヴに話した内容とおなじことをいった。

「彼ならいくらいやでも、絶対に参加すると思うわ。クレトがおおやけにしない何か裏の理由があるとしか思えない」

「晩餐会さえ終われば、どうでもいいよ」と、バッキー。「あしたになればサールディスカに帰るんだから。はっきりいって、清々するよ」

「そうね、ともかく晩餐会ね。でもそうすると……」わたしはさびしい顔でシアンを見た。

「あなたもまた、いなくなっちゃうわ」

「わたしのことは気にしなくても大丈夫」シアンは無理に笑顔をつくった。

「展望は開けたか？」

「ううん、ぜんぜん。いまのところはね。でも、なんとかなるわ。数カ月はお給料なしでも食べていけるし」

「支出削減が一日でも早く終わるように祈りましょう」

それから十分後、支配人がまた現われた。

「再度の変更です」にっこりと。「予定どおり十四人のままでいきますよ」

「ティボルが来たの？」

「いいえ。彼の欠席を報告しにきた方が代わりに招待されて、参加することになりました」

「えっ……でも……」

「おそらく心配なさると思い、わたしのほうで確認したところ、食材に関するアレルギーはないとのことです」

「招待されたというのは、誰に？」

「サールディスカのシェフの欠席を知ったシークレット・サービスが大統領に報告し、大統領がミズ・フライバーグに伝えたようです。ですからたぶん、代わりに彼を招待したのはミズ・フライバーグではないでしょうか。これで万事丸く収まりましたね。ミズ・フライバーグはシェフの欠席を残念がっていましたが、べつの方に会えれば喜んでくださるでしょう」

するとそのとき、なんとギャヴが現われて、支配人は挨拶の言葉を残し立ち去った。

「どういうことかしら？」彼に会えるのはうれしいけれど、参加者変更への戸惑いは隠せなかった。「何かあったの？」

「クレトの参加は決定済みだ。わたしは強く反対したが、担当官は聞き入れなかった。ミズ・フライバーグは一体感を主張している。国務長官は彼女が当選した場合を考慮し、彼女の意見をうけいれた。クレトの身上調査をし、参加に問題なしということで、大統領は了承した」

こんな間際の参加者変更は納得できなかった。ギャヴもたぶんおなじ思いだろう。

バッキーが小声でギャヴに訊いた。

「ティボルが外から攻撃しようと考えて、晩餐会を欠席した可能性はない？」わたしを見て、またギャヴを見る。「彼は爆弾を手に入れたとか？」

ギャヴはバッキーをにらみつけ、バッキーは後ずさった。

大きく深呼吸してから、ギャヴは答えた。「この近隣に爆弾を持ちこむことも爆発させることもできない。シークレット・サービスはティボルの顔も姿もわかっている。緊急警備体制が敷かれた地域に彼が侵入しようとすれば、ただちに捕縛される」

「クレトは彼の欠席理由をいわなかったの？」

ギャヴはいかにもシークレット・サービスらしく、無愛想にうなずいた。

「クレトによれば、ティボルは体調がすぐれず、疲労もたまり、ホテルの部屋から出ることすらできないらしい」わたしに鋭い視線を向ける。「きみに現状を知らせたくて来たが、すぐもどらなくてはいけない。けっして注意を怠らないように。いいな？　晩餐会が無事に終了することを願っている」

「ちょっと待って」わたしは彼の袖をつかんだ。「ティボルの体調は確認したの？」

ギャヴは小さくうなずいた。「捜査官がふたり、派遣された。彼がもしホテルにいなければ……」

最後までいわなかったけれど、いわれなくても十分わかる。

「了解しました。こちらで何かできることがあれば、知らせてちょうだい」

ギャヴはほほえんだ。でも言葉は短く――「何かあれば連絡する」。

32

わたしたち三人は黙々と作業した。必要最低限の言葉しかかわさず、廊下から聞こえてくる音にもびくっとするほど静まりかえっている。ときどき、大統領やゲストたちの喝采や笑い声がし、フロスティの鳴き声もまじった。

ちょっとした音にも敏感になるのは、気がはりつめているからだろう。でもそれは、わたしだけではなかったらしい。

一品めの仕上げが終わったところで、シアンがいった。

「ねえ、もしここを攻撃する気なら、とっくにやっているわよね？」

「どのみち、わたしたちにできることはないわ」そういってから、わたしはバッキーに訊いた。「マルセルに準備完了の連絡は？」

「あ！　すぐやるよ。いってくれてありがとう」バッキーは電話へ向かった。

タキシード姿の給仕がふたりやってきた。挨拶もなければ笑顔もない。

バッキーがもどってきた。

「マルセルのキッチンの電話、ずっと話し中なんだよ」

すると給仕のひとりが、「コールド・キッチンの電話は最近、調子が悪いもので」といった。

「じゃあ、直接行ってくる」と、バッキー。「すぐもどってくるから」

そこでわたしはシアンとふたりで一品めの見栄えをチェックし、一皿ずつ手を入れた。パーティのようすを尋ねたところ、ゲストはみんな椅子にすわっています、というだけで、それ以上の描写はなし。これがホワイトハウスだったら、わたしは小言をいっていただろう。

すべてのチェックが終わり、給仕が蓋をしてカートにのせていると、向かいの廊下のドアからバッキーが出てくるのが見えた。早足で厨房にもどってくると、二品めの仕上げをする位置につく。

給仕たちが角を左に曲がって――ダイニングへの遠回りルートだ――姿を消すと、わたしはバッキーに訊いた。

「マルセルのほうは問題なし？」

「ああ。準備万端だ」

晩餐は予定どおりに進行し、わたしたちの仕事も終了した。済んだ食器がもどってくると、食べ残しがあるかどうかを確認する。ゲストはどうやら、今夜の献立に満足してくれたらしい。

マルセルとアシスタントはテーブルセンターのポピーとプチフールを給仕経由でこの厨房

に運ぶと、自分たちもやってきて、最後の仕上げにとりかかった。

わたしは彼らが仕事をしやすいように作業台から離れ、自分の大仕事は済んだから、ひと息つくことにした。バッキーとシアンも壁にもたれて、小声でおしゃべりしている。

廊下で動く気配がして目をやると、フロスティを連れた若い女性が外へ出られるドアに向かっていた。食事が終わってデザートが来るまで、小犬に外の空気を吸わせたいのだろう。厨房ぎわにいるシークレット・サービスに向かってドアを指さし、彼は了承してうなずいて、若い女性とフロスティはドアの外へ消えた。

厨房のなかでは、マルセルとアシスタントが額を寄せ合い、小声で話し合いながら、プチフールを美しく並べている。

廊下に目をもどすと——クレトがいた。

さっきのシークレット・サービスが、彼を見て緊張したのがわかる。クレトはわたしに気づいて手を振り、わたしは手を振り返した。

彼は化粧室に入っていき、シークレット・サービスの肩から力が抜ける。

それからすぐ、女性とフロスティがもどってきた。と、直後にクレトが化粧室から出てくると、廊下を横切った。なんとすばらしいタイミングだろう。

シークレット・サービスは両方に目をやりながら、動こうとはしない。

クレトは若い女性に、にこやかに話しかけた。そしてしゃがむとフロスティの頭をなで、耳の後ろを掻いてやり、わたしにも聞こえるほどの声で、かわいいねえ、などとやさしく話しかけた。

クレトはこのまえ、犬や猫は嫌いだといわなかった？　これはフライバーグへのご機嫌とり？　彼女はこの場にいないけれど、若い女性はきっと報告するだろう。

それにしても、ずいぶん派手な見せびらかしだ。クレトはフロスティの白い毛をなでつづけている。だけど顔を寄せることはなく、いまはむしろ背をそらし、唇をぎゅっと結んだ。たしか、犬は不潔だといっていたから、舐められるのがいやなのだろう。

フロスティは彼をくんくん嗅いだ。そして、もう一度。

クレトのフロスティ賞賛は、ますます熱を帯びた。大袈裟で、しかも長々とつづくから、若い女性もだんだんおちつかなくなった。そこでクレトに言葉をかけてフロスティのリードを引いたものの、小犬のほうは、なでてもらうのがうれしいから動かない。

女性はフロスティをあやし、リードを引いてダイニングにもどっていった。クレトは立ち上がると、両手をぱたぱたはたき、こちらをふりむいた。でもわたしは、手を振らない。彼とわたしはしばらく見つめあい、彼は小さくほほえむと、また化粧室に入っていった。

背後で大きな声がした。バッキーとシアンが絶賛し、マルセルとアシスタントは謙遜している。

「オリー、こっちに来てじっくり見ろよ、すばらしいぞ」バッキーがいった。

わたしは両手を掲げ、待ってほしいとジェスチャーし、廊下をずっと見つづけた。シークレット・サービスは不思議そうにわたしを見ている。

クレトが化粧室から出てきて、わたしは声をかけた。

彼は挨拶がわりに片手をあげるだけで、ダイニングに向かう。

「少しいいかしら？」わたしは声を大きくした。

クレトはふりむき、冷たい笑みを浮かべると、こちらにやってきた。するとシークレット・サービスがわたしたちふたりに向かい、「ゲストは厨房に入れません」という。

クレトは足を止め、「わかった」といい、両手をあげた。手のひらがピンク色なのは、ごしごし洗ったからか――。

わたしはシークレット・サービスの横を通って廊下へ出た。

「すばらしい料理だった」と、クレト。「あなたの才能を表現する言葉が見つからない」まぶたを閉じて、味を思い出すかのようにうっとりする。そして目をあけると、両手を合わせて小さくお辞儀した。「あなたと知り合えてしあわせだ」

「ティボルのことが心配なんですけど」

彼の顔に安堵がよぎったのをわたしは見逃さなかった。さっきの犬との触れ合いを訊かれるとでも思った？　ティボルの話題でほっとした？

「あなたが心配していることをかならず彼に伝えよう」

「キリアンがあんなことになったあとですから――」うちとけた口調を保つ。「お医者さまには診てもらいました？　そのほうがいいと思いますけど」

クレトは周囲を見まわしてから、わたしに顔を近づけてささやいた。

「ミズ・フライバーグを傷つけたくなかった。だから嘘をついた。ほんとうは、ティボルは晩餐会に出るのを拒否した」

「あら……」

クレトはしかめっ面をした。「あなたならわかるだろう。ティボルは晩餐会には出ないといっていた」

正確にはそうではないけれど、わたしはいわずにおいた。

クレトは小声でつづけた。「ティボルは怒りをこらえきれない。あなたも知っているはずだ。怒りと悪意。ティボルは招待に背を向けた」

わたしの背後から、シークレット・サービスがいった。

「スタッフの方からの伝言で、デザートを運びはじめたとのことです。ゲストの方はテーブルについてください」

クレトは別れの言葉をいうとダイニングに向かい、わたしはそこにいるシークレット・サービスにいった。

「ギャヴィン特別捜査官のところに行きたいの。急用ができたから」

彼はわたしたちが夫婦であることを知っているか、もしくは自由行動を許可されたホワイトハウスの職員だからか、まったく制止しなかった。

いいあわずにすんでほっとして、わたしは急いだ。でもすぐ前方に、マルセルのすばらしいポピーとおいしそうなプチフールを運ぶ給仕たちがいて、その脇をなんとかすりぬける。

彼らの好奇の視線を無視して進んだつぎの部屋は、バニラ色の壁と桃色の家具から、おそらく応接室だろう。

でも家具や絵画を楽しむ余裕はなく、人目につかずにダイニングに近づくのが最優先だ。平面図を思い出し、まだいくつか通り抜けなくてはいけない部屋があるのがわかる。ギャヴはダイニングの隣室にいるはずだった。

応接室のシークレット・サービスが腕をのばして、わたしの行く手をふさいだ。彼の顔はまえに見たことがあるけれど、知り合いというほどではない。

「ギャヴィン特別捜査官に会いたいの。急用があるの」

背後で給仕たちのカートがごろごろ鳴った。

シークレット・サービスは目を細めた。

「急用というのは？」

そんなに簡単にいえることじゃないのよ——。

給仕のひとりが咳ばらいをした。

「通してもらえますか？」

わたしはふりかえり、「だめよ」といった。でもすぐに考え直して訂正する。

「ごめんなさい。通っていいわ。でも、わたしもいっしょに行くから」

「ダイニングに？」と、給仕。

シークレット・サービスが首を振った。

「予定外の行動は許可できません」彼はマイクに向かって何かしゃべった。ギャヴに連絡してくれるといいのだけれど……。と、そこで名案を思いついた。

「テーブルまで来るように指示されたの、大統領から」

「特別捜査官に急用があるのでは？」

「ええ、そうよ」嘘の上塗りをする。「ダイニングまで付き添うのがギャヴィン特別捜査官だといわれたから」

彼はまたマイクに向かってしゃべり、返事を聞いた。

「では、自分が付き添います」

わたしは歯をくいしばり、お願いします、と丁重にいった。

少しでも早く、と気はせくばかりだ。だけどここはともかく広く、しかも迷路のなかを歩いているようだった。ざっくりいえば、ダイニングまで、巨大なUの字を描いて進む。

わたしが左へ曲がろうとすると、「そちらではありません」と給仕に注意された。

付き添いのシークレット・サービスがいることで、途中の護衛官にいちいち呼び止められずにすんだ。驚いた顔をしながらも、あっさり通してくれるのだ。

「つぎを右です」後ろの給仕が教えてくれた。

いわれたとおり右に曲がって、さあ、いよいよ到着、ギャヴに疑念を説明しなければ、と心の準備をしていたら――。

彼はどこにもいなかった。

会ったことのある護衛官がふたり、ダイニングの入り口左右に立っているだけだ。向こうから、ゲストたちの明るい会話の声が聞こえてくる。

ふたりはわたしに、脇にどきなさい、と手を振った。ゲストたちに姿を見られてはいけないと思ったのだろう。

わたしは近いほうの護衛官に小声で尋ねた。

「ギャヴ……ギャヴィン特別捜査官はどこにいるの？」

「移動させました」

その口調から、たぶん彼がリーダーなのだと感じた。

「どうして？」

「自分には答えることができませんので」

給仕たちがダイニングを出入りして、カップやソーサー、デザート皿、銀器などをセットし、護衛官たちは何か話し合っている。わたしは手を握っては開き、開いては握り、我慢も限界に近づきはじめた。ギャヴを頼りにここまで来たのに……。どうしたらいい？

「ギャヴィンは何もいわずに行ったな」と、リーダーらしき護衛官。

「ええ、何かいいたそうではありましたが」と、もうひとり。

「すみません」わたしは思いつくままいった。「晩餐会の料理はわたしがつくりました。シェフがテーブルに呼ばれるのは、料理が最高においしかったからです」こんな台詞は恥ずかしいうぬぼれでしかないが、いまは仕方がない。「デザートが出されたあとに行けば——」

ポピーやプチフールのほうに手をのばす。「大統領はデザートをつくった者はほかにいるなど、しなくもよい説明をしなくてはならず、ゲストもとまどい、気まずい雰囲気になるでしょう」

よくもまあそこまでいえるものだと、われながらあきれた。

「ですから、わたしがあちらに行くのはいましかありません」

給仕たちはデザートを運びたくてうずうずしている。

「ゲストをお待たせしたくはありません」

ここはリンカーン・ルームと呼ばれ、リンカーン大統領はこの部屋で、当時閣僚だったモンゴメリー・ブレアと密談したといわれる。また、大統領はロバート・E・リー大佐に連邦軍の司令官になるよう要請し、リー大佐はこの部屋でそれを断わった。そしてその後の南北戦争で、リンカーンは北軍を、リーは南軍を指揮したのだ。

そんなリンカーン・ルームで、わたしは一か八かの賭けに出た。ミズ・フライバーグの命を救えるか。晩餐会と自分のキャリアを台無しにして終わるか——。

33

リーダーとおぼしき護衛官は、いらいらしながら頭を掻いた。

「いいでしょう。しかし、わたしがいっしょに行きます。すみやかに済ませてくださいよ」

「はい、そうします」わたしは一気に緊張した。

彼はリンカーン・ルームをざっと見まわしてから、ダイニングの入り口に踏み出した。ゲストたちは体格のいい護衛官の登場にぴたりと口をつぐんだものの、すぐにハイデン大統領が「どうした？」と冷静に尋ねた。護衛官は脇に寄り、わたしの姿をみんなに見せる。

ハイデン大統領はテーブルの左側の中央、ケリー・フライバーグは右側の中央にいた。クレトは大統領とおなじ側のもっと遠くだ。彼はわたしを鋭い目つきで見つめている。フライバーグは膝の上のフロスティに鼻を押しつけていた。お願い、やめて、と叫びたいのをこらえ、わたしは一歩前に進み出た。

「どうしたんだ、オリー？」大統領は困惑ぎみだ。

そのひと言で、テーブルに呼ばれたというわたしの嘘はばれてしまった。でも、かまわない。

「ハイデン大統領」気持ちを集中し、一心に見つめる。ギャヴがいない以上、わたしがやるしかないのだ。「少し、お話しさせていただけるでしょうか」声は細く、しかも震えて、膝もがくがくだ。

　わたしの背後にいた護衛官が、体温を感じられるほど真後ろに来た。

「オリー、すばらしい料理だったよ」と、大統領。「ゲストのみなさんも、たいへん喜んでいた」周囲で同意の言葉がつづいたけれど、大統領はわたしを凝視している。

　わたしはクレトを見て、つぎにケリー・フライバーグを見た。テレパシーで大統領に伝わらないか。視線の動きで何かを感じてくれないか。

「ありがとうございます。スタッフにも伝えさせていただきます」

　わたしが退室しないから、ゲストたちはおちつかなげに視線をかわした。でも大統領はじっとわたしを見つめたままで、たぶん、おそらく、きっと、何かがあると感じてくれている。

「大統領、たいへん申しわけありませんが、デザートのまえに少しお話しさせていただけないでしょうか。大統領とわたしとふたりきりで」

　ゲストのあいだに忍び笑いが広がった。でもわたしは大統領から視線をそらさない。

　大統領はナプキンをたたみ、立ち上がった。

　するとクレトが口を開いた。

「なんだ、これは？　サールディスカでは、雇われ人がリーダーにこんな要求をするなど考えられない。アメリカではこれが許されるのか？」

大統領は驚いて彼をふりむいた。

クレトは椅子を引いて立ち上がると、ナプキンをつかんでテーブルに放り投げた。「お招きいただき感謝している。わたしはここで失礼する」片手を腹部に当て、さも不機嫌そうに首を振った。「礼儀の欠如には耐えられない」

「ミスター・ダマー」大統領はきわめて冷静に声をかけた。「わたしは重要な用件だと考えている。でなければ、シェフ・パラスはこのようなことをしないからね」

クレトはそれこそ無礼にも、大統領の言葉をはねのけるように片手を振った。誰の顔も見ることなく、テーブルの向こう端をまわって歩きだす。

わたしのなかにかすかに残っていた不安が、これで完全に消えてなくなった。

「ミスター・ダマー」大統領がふたたび声をかけた。

クレトは怒りを強調するように顎をつんとあげ、床を叩きつけるようにして歩く。

わたしは主賓に顔を向けた。

「ミズ・フライバーグ」気持ちが高ぶり、声が震える。「フロスティを床におろしてください。フロスティから離れてください」

彼女は心底びっくりしたようで、逆に小犬を守るように胸に抱きしめた。

「だめです、そんなことをしては――」

シークレット・サービス三人が、わたしをとりかこんだ。たぶん、ここから連れ出す気だろう。

クレトはこちらの出入口に向かっていたけれど、わたしがフライバーグに話しかけたとたん足を止め、逆方向に歩きはじめた。たぶんスイングドアから細い廊下に出て、裏口から逃げ出すつもりだ。シークレット・サービスが常駐していても、侵入者を防ぐのが目的だから、出ていく者を止めるとはかぎらない。しかもクレトはサールディスカ人の招待客だ。

わたしはシークレット・サービスに囲まれたまま、クレトを指さした。

「彼を止めて！　早く止めて！」

クレトは部屋の端まで行って、スイングドアを押した。

シークレット・サービスはマイクに向かって何やら話すだけで、ひとりも動こうとはしない。

「お願い、わたしを信じてちょうだい」

部屋は静まりかえり、映画のストップモーションの場面のようだ。

わたしは大統領を見つめ、大統領は見つめ返した。誰ひとり、口を開かない。

大統領はシークレット・サービスに目をやると、険しい顔でうなずいた。

「早く止めなさい」

すぐさまひとりが、マイクに向かって話しながらクレトを追った。ほかのふたりはわたしのそばから離れない。

「ありがとうございます、大統領」と、わたしはいった。「クレトはフロスティの毛に何かをこすりつけました。あれは有害なものにちがいありません。ミズ・フライバーグに危害を加えるもの、そしてフロスティにも」

その場にいた人たちは、わたしの言葉をすぐには理解できなかった。でも理解したとたん、あの若い女性が椅子からがばと立ち上がり、サールディスカ語で何かしゃべった。たぶん、クレトがフロスティに触れたときのことを話したのだろう。

フライバーグはフロスティの全身をなでると、みんなに指を掲げてみせた。指先には濡れた砂のようなものがついている。

「これのことかしら？」彼女はわたしに尋ねた。

「わかりません。でも危険なものかと――」

フライバーグは小犬がもがくほど、力を込めて抱きしめた。

「お願いです。フロスティを獣医に診せて、ご自身も医師の診察を受けてください。おそらく全員、診てもらうほうがよいかと」

34

毒物検査と安全確保が最優先となった。その場に残っていたシークレット・サービスが上官の指示を仰いだ結果、晩餐会のゲスト、ブレアハウスの職員全員、シェフ全員がひとつの部屋――ジャクソン・プレイス会議室に集められ、隔離された。任務についていたシークレット・サービスも含めてだ。

大統領と国務長官は、部屋の隅でシークレット・サービス数人と協議し、ファースト・レディとケリー・フライバーグ、彼女の若い秘書は大きな会議机の端で椅子に腰をおろし、静かに話していた。フロスティはすぐに連れ出されたけれど、行き先はわからない。ほかのゲストは集まって、答えのない疑問をいいあっていた。

わたしは初めて、ギャヴがいないことがうれしかった。クレトが恐ろしいものを振りまくまえに、べつの場所へ行ったのだろう。ギャヴは安全、と思いたい。

シアンは青ざめた顔で椅子にすわり、震える膝を両手で押さえていた。バッキーとわたしは彼女をはさんで立ち、マルセルとアシスタントは少し離れた場所の椅子にいる。ブレアハウスの職員たちは、不安な表情で一カ所にかたまっていた。

「よくやったよ、オリー」バッキーがささやいた。

「どうしようもなかったから」ほかに言葉が思いつかない。

頭からつま先まで防護服の危険物処理班が入ってきて、わたしたちを安心させるようなことをいった。でも装置ごしのゆがんだ声は、むしろ不安をつのらせた。

わたしのまちがいだったらいいのだけれど……。ハイテクの検査なんか無駄でしかなかったとわかるほうがいい。たとえわたしのキャリアがここで幕を下ろして、世間の笑いものになろうとも。クレトがフロスティになでつけたものが、どうか人間に危険なものではありませんように。そして、かわいい小犬やほかのペットにも。


顕微鏡や点滴スタンドふうのものを持った防護服の人たちは何十人もいた。

処理班のリーダーによれば、全員を検査するが、現況では致死性の高い毒に侵されているとは考えにくい、あくまでも用心のためである、とのこと。

どんな毒が考えられるのか、という質問がとんだけれど、リーダーは答えなかった。

まずケリー・フライバーグと大統領夫妻が検査のために部屋を出ていき、つぎに国務長官、そして晩餐会のゲストがつづいた。

シアンが消え入りそうな声で何かいい、わたしは聞き返した。

「みんな、死んじゃうの？」

「人間は死ぬもんだよ」と、バッキー。「それが今夜でないことを祈るだけだ」

わたしはシアンの頭ごしに、バッキーをにらんだ。彼は軽く首をすくめたものの、その目は不安でいっぱいだ。

「よくわからないけど……」わたしはシアンにいった。「クレトが毒を使ったとすれば、彼自身には問題がない量か、たちまちどうかなるような即効性の毒ではないと思うわ。わたしたちは彼の近くにいなかったし、わたしが廊下で彼と話した時間も短いもの。シアンやバッキーは大丈夫よ」

「空気感染は?」と、シアン。「みんな、吸いこんでいたら? あの人たちは――」処理班を指さす。「好きであんな防護服を着ているわけじゃないでしょ?」

「でもね、クレトはずっとここにいたの。自分が感染するようなものを使うはずがないわ」

「自爆テロでないかぎりはね」

「バッキー!」

さすがにシアンもキッと彼をにらみつけた。

防護服姿の専門家が四人入ってきて部屋に散らばり、センサーふうのものを高く掲げてゆっくりと動かしていった。それが終わるとドア口に集まり、何やら話しこんでから部屋を出ていく。

シアンが充血した目でわたしを見あげ、そちらを指さした。

「空気感染の可能性があるんじゃないの?」立ち上がって体に両腕をまわし、うろうろ歩きはじめる。

大統領夫妻はもちろん、ケリー・フライバーグとフロスティも部屋にもどってこない。ほかのゲストも出ていったきりだった。一分が一時間のように思え、わたしは時計を見た。処理班は部屋にいる職員たちを二人か三人、ときには四人、どこかへ連れ出していく。シアンは歩きまわり、バッキーは窓から外をながめている。マルセルとアシスタントはうなだれたまま、動こうともしない。

給仕をはじめとする職員やシークレット・サービスは、努めて冷静に、騒ぎたてないようにしている。わたしは椅子に腰をおろし、美しいテーブルに肘をつくと、両手で顔を覆った。言葉にならない恐れ、みじめさ、苦しみ……。

「オリヴィア・パラス」入り口にいる処理班が、クリップボードのリストを見ながら呼んだ。

わたしは立ち上がり、そちらへ行った。

そして彼女に——フェイスガードの向こうから見つめる茶色の目には哀れみが満ちていた——わたしより先にシアンやバッキーを調べてほしいと頼み、彼女は了承した。

部屋にいる人数はじわじわと減っていった。ギャヴはどうしたかしら？大統領とファースト・レディとケリー・フライバーグは？　バッキーたちは？　そして最後に、自分はどうなるのかと不安になった。

残っているのは四人きりになり、さっきの女性が「こちらへ」と、わたしたちを招いた。歴史あるジャクソン・プレイス会議室ではいろいろな装置が作動し、防護服を着た何十人もがデータを読んだり、家具や壁を調べたりしている。ハイテクそのもの、SF映画を見ているようだ。

彼女は四人をひとりずつ、防護服を着たべつの班員たちに引き渡した。化粧室はどこも検査室と化したようで、わたしは女性の班員とともに廊下を歩き、その先にあるシャワー付きの広い化粧室へ入った。

消毒薬のにおいが充満するなかで、彼女はわたしの既往歴や健康状態を次つぎ質問し、さらにはクレトと近い場所にいたかどうか、ダイニングにいた時間、フロスティに触れたかどうかなどを訊いた。

「みんなはどこにいるの？　大統領やミズ・フライバーグは？」

わたしが尋ねると、彼女はかぶりを振り、自分は知らないという。

血液と尿のサンプルをとり、彼女はそれを持っていったん出ていくと、しばらくしてもどってきた。

「これを飲んでください」青いカプセルをひとつ差し出す。

「何かのお薬ですか？」

「プルシアンブルーです」

紺青？　色を尋ねたわけではないのに……。

わたしがためらっていると、彼女は「そういう名称なんですよ」といった。「体内のタリウム除去には効果があります。副作用については、あなたがここを出ていくときに詳しく説明しますが、胃がむかついたりしても、じきにおさまります」

「タリウム？」

「はい、すでに検知されました」目を大きく見開いて、にっこりする。たぶん、わたしがダイニングでしたことを知っているのだろう。「タリウム中毒は時間をかけて進行するものです。いまここであまり詳しいことは話せませんが、いずれ説明があるかと思います」

わたしはふたつ、確認できた。やはりクレトは毒を使ったのだ。そしてこの女性は〝あなたがここを出ていくとき〟といった。つまり、心配しなくていいということだ。

わたしはカプセルを飲んだ。

シャワーを浴びて洗浄剤で体を洗うよう指示され、歯科衛生士のような青いコットンパンツと青いシャツを渡された。

「これに着替えてください。いま着ている白衣は洗浄後に返却しますから。シャワーが終わるまで、わたしは外で待っていますね」

降りそそぐお湯は、たまらなく気持ちよかった。

でもまだ、ほかの人たちのことが心配でならない。そして、ギャヴ。あなたはいまどこにいるの？

35

ブレアハウスの外に出ると、「ミズ・パラスですね？」と、女性のシークレット・サービスに呼び止められた。「わたしといっしょに来てください」

十五番通りと十七番通りのあいだは歩行者も通行禁止になり、首都警察のパトカーが何台も赤色灯を点滅させていた。巡回する制服警官やシークレット・サービス以外に人影はない。

青いコットンの上下では寒く、わたしは腕で体を包んで歩いた。靴も回収されたから、履いているのはおなじくコットンのスリッパだ。

結婚指輪は認められたけれど、腕時計は検査と消毒が必要とのことでとりあげられた。

「いま何時かしら？」歩きながら彼女に訊いた。

「午前四時です」

わたしは空を見あげた。

「そうね、きっとそれくらいだわね」

「お疲れですか？　電動カートを呼びましょうか？」

「ううん、大丈夫」と、小さな嘘をついた。体は疲れきり、あのプルシアンブルーはいわれたとおり、胃をむかむかさせた。

ホワイトハウスのゲートを抜けて、そのまま厨房に行くのかと思ったら、彼女はまっすぐ正面に向かった。

この時間、正面は美しいライトで照らされ、入ってすぐのエントランスホールには警備官しかいない。

「こちらへ」

彼女は左へ進んでグリーン・ルームまで行くと、入り口で脇に寄り、「どうぞ、お入りください」といった。なかからは、静かな話し声が聞こえてくる。

見ると、大統領と国務長官が向かいあって椅子にすわり、厳しい顔つきで話しこんでいた。どちらも軽装だったけれど、わたしほどではない。

「やあ、オリー！」大統領がわたしに気づいて明るい声をあげ、立ち上がって近づいてきた。すると、遠くの窓際にもうひとり男性がいて、彼がふりかえった。

「ギャヴ！」

彼は早足でこちらへ来ると、大統領を追い越し、わたしを抱きしめた。

なんて温かくて心地いいのだろう。ゆうべあんなことがあって、いまこうして――。わたしは彼の胸に顔をうずめた。そしてしばらくたってから顔を離すと、視界の端に、我慢しているらしい大統領が見えた。

「申しわけありません、大統領。ゲストのみなさんはご無事でしょうか？」

「ああ、大丈夫だ」大統領は長椅子のほうへ腕をのばした。「すわりなさい。きみはまたも

や、多忙きわまりない一夜を過ごしたからね」

ギャヴが腕を離して、わたしたちは長椅子に並んで腰をおろした。

「どこにいたの？　わたしは晩餐会に割りこむつもりじゃなかったのだけど」

ギャヴは何かいいかけた。でもわたしは疲れと安堵で、止まらなくなった。

「見たことを何もかも話して、あなたになんとかしてもらおうと思ったの。でも、べつの場所に行ったとかで……」大統領と国務長官を見る。「その場の思いつきで、あんなことをしてしまいました」

ギャヴと大統領は顔を見合わせ、わたしは尋ねた。

「ティボルは？　彼の具合が悪くなったのは、クレトのせいではない？　彼はいまどこに？」

「病院にいるよ」と、大統領。「大きな問題はないから安心しなさい」

「いったい何が？」

これにはギャヴが答えた。「クレトが薬を盛ったんだよ。キリアンに使ったものとおなじだと考えられる」

「キリアンは自然死ではなかったの？」

大統領とギャヴは、また意味ありげな視線をかわした。

「いまのところまだ、科学捜査班が調査中だ」と、大統領。

「解剖できないかぎり、確実なことはいえないんだよ」ギャヴがつづけた。「しかし昨夜の

件で、クレトとネイト、ヘクターのメールを調べることが可能になった」

「何かわかったの？」

「キリアンはネイトとヘクターがよからぬことを企んでいるのでは、と疑いはじめた。不幸なことに、キリアンはクレトを信頼していたから、彼にその疑惑を伝えたんだよ。そしてクレトは自分のほうで処理するといい、実際に処理をした。ネイトは彼の指令で、キリアンの飲みものに毒を混ぜたんだ」

「でもあの日、ヘクターも具合が悪くなったわ。あれも計画の一部だったの？」

「まだ確かなことはいえないが、ネイトはケリー・フライバーグの暗殺のためにアメリカに送りこまれた。ヘクターを協力者としてね。しかし彼の態度に疑問をもち、誰がボスか、任務は何かを思い知らせるために、微量の毒を飲ませた」

「ネイトはマルセルにも毒を？」

「マルセルが最初に倒れたのは、本人のいうとおり、薬の用量のミスだった。しかし二度めは、ネイトの仕業と考えていい。手もとの毒の量と有効性を、マルセルを実験台にして確認したんだよ。ペイストリー・シェフが、まさか自作のチョコレート・ドリンクが原因で倒れたとは誰も思わないだろう」

「あんまりだわ……。でもそうすると、クレトとネイトが共謀して、ミズ・フライバーグを狙ったの？」

ギャヴは大統領のほうへ手をのばし、大統領が話を継いだ。

「オリー、きみは過去何度も、そして今回も、わたしや家族、関係者の命を救ってくれた。言葉ではいい尽くせないほど感謝している」

「〝しかし〟？」

大統領はほほえんだ。「いいや、〝しかし〟はつづかない。ただ、きみは事件にかかわることによって、シェフでは知り得ない情報に大量に触れてきた。そして守秘義務を順守していることにも、疑問の余地はない」

「はい、いっさい口外していません」

「そんなきみを信頼したうえで、きみ自身に選択を任せたいと思う。きみがどちらを選ぼうと、わたしはうけいれる」

「選択というのは？」

「今回の事件で判明したことをきみに伝えるか、もしくはきみは何も聞かず、この部屋から立ち去るか」

「やはり真実は知りたいと思いますが」

「だがね、真実が正義をもたらすとはかぎらない。そして今回は、とても大きな事例となる。過去にも増して、重大な機密事項なのだよ。その点を踏まえ、選択してほしい」

そこまでいわれると、気持ちが揺らいだ。疑問は疑問のまま残しても、そのうち忘れてしまうかもしれない。いまは疲れきり、早く家に帰りたかった。複雑な話を聞いて、死ぬまで口にしませんと誓約するのは負担が大きいような気がする。でも……やっぱり……真実は知りたい。

「お話しください。けっして口外いたしません」

大統領とギャヴはうなずき、話しはじめた——。

まず、バッキーとシアン、マルセルとアシスタントはまったく問題なしとのこと。タリウムにはいっさい触れていないことがわかり、二日間の有給休暇ももらえるらしい。もちろん、クレトとタリウムの件は知ってしまったから、守秘義務の誓約書にはサインせざるをえない。といっても、クレトがなぜそんなことをしたのかはまったく知らないし、わたしも知らないふりをしつづけること。晩餐会の席にいたゲストたち、そして給仕ふたりもタリウムに触れた程度に従って処置を施され、誓約書に署名する。

ただ、ブレアハウスの職員たちにはべつの対応をとり、タリウムに触れていないのがはっきりした者たちには、危険物処理班の出動はまったく不要で、意味がなかったと告げる（はたしてそれを信じる人がどれくらいいるかしら？　でも真実を隠すかどうかは、わたしが決めることではないから）。

標的となったケリー・フライバーグとフロスティも元気をとりもどし、混乱が収まるまではキャンプ・デービッドに滞在することになった。

今回の暗殺計画は、クレトとネイトふたりだけの陰謀ではない（わたしはここで、目を丸くした）。実際に動いたのはクレトとネイトだが、彼らはただの歩兵にすぎなかった。

サールディスカの現大統領は——発音しづらいむずかしい名前だ——ケリー・フライバーグの人気が高まりつつあることを懸念した。過去の大統領選では圧倒的勝利を収めてきたが、今度ばかりは強力な対抗馬が現われたのだ。

クレトはその対抗馬を排除するよう命じられた。それもサールディスカではなく、アメリカ合衆国で実行する。いったいアメリカの安全性はどうなっているんだ、サールディスカの貴重な人材がアメリカで命を奪われた……。ケリー・フライバーグその人と、彼女の唱えるアメリカ的自由主義の両方を抹殺する計画だ。

サールディスカの最高権力者が暗殺を指示したことは、ここにいるギャヴを除き、生涯誰とも語ってはならない。

と、大統領がいいおえたとき、わたしは思わず訊いてしまった。

「サールディスカの大統領は、まったく責任を問われないということでしょうか？」

大統領の顔がこわばった。「できることなら、きょうにでも彼の責任を追及したいが、残念ながら、それはできないのだよ。かの国は文化だけでなく、法律もまったく異なる。サールディスカ内部の陰謀に関し、アメリカが口を出すことはできない」

「ではこの情報を公表してしまうとか？」

「国務長官が現在、その可能性を検討している。しかし公表したところで、こちらが期待するほどの効果があるかどうか——。むしろ、暗殺計画の失敗を知った過激な大統領支持者が、自分たちの手でフライバーグを暗殺しようと考えるかもしれない。現時点では、おおやけにしないのが最善だ」

「ひどい話ですね」

「同感だよ」

「結局、闇に葬るしかないのですか？」

「正義をもたらす方法が見つかりさえすれば、かならず実行する。だがそれには時間がかかるだろう」

頭がくらくらした。でも疲れではなく、考えるエネルギーがもどってきたからだ。

「ミズ・フライバーグの身の安全は？　こういうことをすべてご存じなのですか？」

大統領はうなずいた。「彼女はしかし、ひるむどころか、かならず選挙に勝って国を変えると、決意をより強くしたらしい」

「それはすばらしい……」感嘆するしかなかった。「ところで、ネイトとヘクターはサールディスカに帰国させられたと聞きましたが、クレトとティボルは？」

「クレトは国には帰らないだろう。できるだけ、そうさせないようにするつもりだ。ティボルも事情をよく知っているしね」

「ティボルが？」

「キリアンがクレトへの報告を終えたあとであのような亡くなり方をして、ティボルも仲間たちを疑いはじめた。が、誰にもいっさい語らなかった」

「彼ならそうでしょうね。祖国の考え方についてはずいぶんしゃべりましたけど、個人的なさておき、義務であるかぎりかならず参加するといってね」

「クレトはティボルに晩餐会を辞退するよう迫ったが、ティボルは拒否した。個人の感情は

ことはまったく話しませんでしたから」

わたしがギャヴの目を見ると、彼が話しはじめた。

「きみが想像したとおりだったよ。ただ、ティボルの晩餐会欠席と陰謀の有無とは直結しない。ではなぜ、欠席したのか？　彼のホテルに偵察に行ったシークレット・サービスから、居場所は確認できたが救援求む、という連絡が入った。それをブレアハウスにいたリーダーが、ティボルすなわち危険人物、と解釈し、わたしを派遣した。緊急だったから、きみに連絡する時間がなくてね」

ギャヴはあの場にいなかったことをあやまるような目でわたしを見つめ、わたしは彼の膝にやさしく手をのせた。

「ホテルに着いてみると、ティボルはクレトの部屋で薬を飲まされ、縛られていた。主犯はブレアハウスにいるクレトだとわかったから、すぐ連絡したが、そのときはすでにきみが警鐘を鳴らしていた」

「クレトという人はほんとに……」

「そもそもの始まりは、ネイトとヘクターがキリアンの疑いを招いたことだ。クレトは自分でやるしかない、ほかは誰も信用できないと考えたのだろう」

「ティボルは回復したのでしょ？」

「心配いらない」と、いったのは大統領だ。「シークレット・サービスによる発見が遅れていたら、危なかったらしいが。彼の証言は事態の解明に大いに役に立った」

「かわいそうなティボル。彼は祖国を愛しているのに……。こんなことになって、とてもつらいでしょうね」

「いや、つらいどころではないはずだ」大統領の顔つきが険しくなった。「われわれに協力した以上、サールディスカに帰ることはできないだろう。何より身の安全を考えればね。だから彼には亡命を勧めている」

わたしは驚いて口に手を当てた。「ティボルにとっては残酷な現実だわ」

「そうだね」大統領はギャヴに目をやった。「われわれとしても、彼のためにできるかぎりのことはするつもりだ。ティボルが真実を語ると、クレトはすぐさま亡命を申請した。もちろんアメリカに残ったところで、罪には問われる。いずれにせよ、ふたりが帰国しないのは、こちらにとってはありがたい。サールディスカ政府は、事の経緯をまったく知ることができないからね」

「外交関係はどうなるのですか？　ぎくしゃくしたりはしませんか？」

大統領は両手を広げた。

「それは今後の問題だ」

ギャヴとわたしも二日間の休暇をもらえた。のんびり朝寝坊して外出もせず、二日めの夕方近くになっておいしいものが食べたくなり、ようやく外へ。といっても、テイクアウトで持ち帰り、アパートの廊下でウェントワースさんにばったり会った。

「そんなにいっぱい、何を買ったの？」普段着のわたしたちを上から下までながめ、おいしいにおいを嗅いだ。よい香りのもとは、タコスとワカモレ、トルティーヤ・チップス、サルサをはじめ、メキシコ料理店のメニューの左側に書かれたものすべてだ。

「きょうは休日なんです。スタンリーの体調はいかが？」

「ずいぶんいいわ」開いた自室のドアをふりむき、声を大きくする。「わたしの忠告を聞き入れてくれてから、調子がよくなったみたい。たっぷり休んでもくれたし」

「それはよかった」

彼女の横を通りすぎると、「ホワイトハウスで何も変わったことはない？」と訊かれた。

わたしはふりかえり、ギャヴがドアの鍵をあける。

「ええ、とくに何もないですね」

「このまえの晩、訓練があったんじゃないの？」

「あら、そうですか？」

「知らなかったの？　ホワイトハウス前のペンシルヴェニア通りに規制ロープが張られて、危険物処理班が非常時の訓練をしたはずよ。そういうときは、あなたもど真ん中にいると思ったけど？」

「どうも今回は、残念ながら見逃してしまったみたいですね」わたしの前で、ギャヴがドアをあけた。鼻を鳴らしたいのをこらえているのはまちがいない。

「まあね」ウェントワースさんはどうでもよさそうに手を振った。「あれはただの訓練みたいだから。あなたがかかわるときは、ほんものの緊急事態でしょう」

「ええ、二度とないように願っていますけど」わたしは部屋に入りながら、手を振った。

「それではまた、ウェントワースさん」

レシピ集

●ピタのチキン・サンドイッチ
●秋を味わうキヌアとチキンのスープ
●豚ヒレ肉とペカンのオレンジ・メープルシロップがけ
●カボチャ・スープ
●トップサーロインのマリネ
●手づくりグラノラ
●マルセル自慢のチョコレート・ドリンク

ピタのチキン・サンドイッチ

【材料】2個分
ローマトマト(さいの目切り)……1個
エクストラバージン・オリーブオイル……大さじ1
バルサミコ酢……小さじ1
コーシャーソルトと黒コショウ(挽きたて)……適宜
チキンのムネ肉……½(調理ずみの残りもののチキンをそのまま使ってもよい。また、事前の作りおきも可)
ガーリック(パウダー)……適宜
赤トウガラシ(パウダー)……適宜
コリアンダー、チャービル、バジルなどのハーブ(パウダー)……適宜
グレープシードオイル……大さじ1
白タマネギ(さいの目切り)……½
カラマタ(ブラック)オリーヴ(種を抜いて縦半分に)……10個
ピタ……1枚(ポケットのあるものなら二等分。ないものはそのまま)
イタリアン・ドレッシング(クリームではなくオイル・タイプ)……大さじ1
お好みでロメインレタス(ひと口サイズにちぎる)……1カップ
キュウリ(皮と種をとってさいの目切り)……½本
ネギ(先端のほうは使わず、白と緑の部分をスライス)……3本

【作り方】
❶ローマトマトにオリーブオイルとバルサミコ酢をふり

かけ、少量の塩・コショウ。

2 ムネ肉をひと口サイズに切り、ガーリック、赤トウガラシ、ハーブをお好みで適宜ふりかけておく。

3 フライパンを中火から強火で熱し、グレープシードオイルを全体になじませて、火が通ったらタマネギとオリーブを入れて3〜4分炒める。

4 3に2を加えてよく混ぜながら炒め、ボウルに移す。

5 ポケットがあるピタなら、なかにお好みでドレッシングをかけ、それぞれ半量のレタス、4のムネ肉、キュウリ、ネギ、1のトマトを入れる(うちの家族には、入れる順番に好みがあります。少し変えるだけで味わいが違ってくるので、いろいろ変えてみて、ご自身にいちばん合う順番を見つけてください)。ポケットがないピタの場合は、はさんでカットしてください。

秋を味わうキヌアとチキンのスープ

【材料】

エクストラバージン・オリーブオイル……大さじ1(必要に応じて追加)

チキンのムネ肉(皮がないもの。脂肪があれば取り除く)……2枚

チキンのモモ肉(骨と皮がないもの。脂肪があれば取り除く)……2枚

コーシャーソルト……適宜

黒コショウ(挽きたて)

……適宜
タマネギ（みじん切り）……カップ1
ニンジン（みじん切り）……カップ1
セロリ（みじん切り）……カップ1
冷凍トウモロコシ……1袋
（300グラム前後）
ニンニク（細かいみじん切り）……1片
チキン・ブロス……カップ8
（必要に応じて追加）
タイム（ドライ。ただしパウダーでないもの）……小さじ1
サツマイモ（皮をむいて、2センチ程度の角切り）……大きめのもの2個
キヌア（洗って水をきる）……カップ½
ケール（みじん切り）……カップ4
全粒粉の堅めのパン
パルメザン・チーズ……お好みで

【作り方】

❶大きめのスープ鍋（5リットル以上）で、中火から強火でオイルを熱してから、弱火にしてチキンのムネ肉とモモ肉を焼く。片面それぞれ8分ほど焼き、表面に火が通ったら、レンジからおろして冷ます。

❷❶にタマネギ、ニンジン、セロリを加え（必要に応じて追加のオイルも）、塩・コショウして5分ほど炒める。

❸さらにトウモロコシを加えて5分炒め、ニンニクを加えてさらに2分。

❹❸にチキン・ブロスとタイムを入れて、沸騰したら、ぐつぐついう程度まで火を弱める。

❺サツマイモとキヌアを加

える。チキンをとりだしカットしてから、鍋にもどしてさらに10分。

❻ケールを加え、サツマイモにフォークがすっと刺さるまで5分ほど煮る。味見をして、調整。全粒粉のパンと削ったチーズ（お好みで）を添えてテーブルへ。

＊冷めるとキヌアは水分を吸収するので、温めなおすときはブロスか水を加えてください。

豚ヒレ肉とペカンのオレンジ・メープルシロップがけ

【材料】

豚ヒレ肉……1ブロック（500グラム前後）

コーシャーソルト……適宜

黒コショウ（挽きたて）……適宜

メープルシロップ……大さじ4（予備のぶんも用意しておく）

素焼きのペカン（刻んでおく）……カップ1½（予備のぶんも用意しておく）

エクストラバージン・オリーブオイル……大さじ2

オレンジ……2個（ひとつは果汁のみ。ひとつは半分に切って薄くスライス）

クミン……小さじ¼

赤トウガラシ（パウダー）……小さじ¼

インゲン（蒸すか炒める）……付け合わせ用

【作り方】

❶ヒレ肉を2センチ程度の厚みでスライスする。手のひらの付け根で均一に平らにならし、塩・コショウする。

❷ボウルをふたつ用意し、ひとつに大さじ3のメープルシロップ、もうひとつに刻んだペカンを入れる。手もとにペカン、メープルシロップ、ヒレ肉の順に並べておく。

❸大きめで深めのフライパンを中火から強火で熱し、オリーブオイルを入れて熱する。

❹ヒレ肉を一枚ずつ、メープルシロップに浸け（両面とも）、ペカンのボウルに入れて（片面のみ）、ペカンが付いた面を下にして❸に入れていく（必要なら予備のシロップ、ペカンをボウルに加える）。手早くやること。

❺ペカンが残っていれば❹の全体に均一に散らす。

❻5～6分焼いて、いい色になったら裏返してさらに5～6分。全体に火が通ったら、大皿にとりだし、軽く蓋をする。

❼オレンジの果汁と、シロップ大さじ1、クミン、赤トウガラシをボウルでよく混ぜる。

❽❼をフライパンで3～4分ほど火を通し（多少とろりとするまで）、大皿のヒレ肉にかける。お皿にインゲン（蒸すか炒めたもの）を敷いてからヒレ肉を並べ、オレンジのスライスを3、4枚添えてテーブルへ。

カボチャ・スープ

【材料】8人分

ドングリカボチャ、またはバターナッツカボチャ……2個
コーシャーソルト……適宜
黒コショウ（挽きたて）……適宜
エクストラバージン・オリーブオイル……大さじ1

タマネギ(さいの目切り)
……カップ1
ブラウンシュガー
……大さじ1
クミン……小さじ½
チキン・ブロス……カップ3
バートレット梨(皮をむいて種をとり、刻んだもの)
……カップ2(約2個分)
サワークリーム……カップ¼
メープルシロップ
……大さじ2
タイム……8本(お好みで)

【作り方】
1 オーヴンを230℃に予熱。
2 カボチャを縦に切り、種や筋をとりのぞく。
3 縁のあるベーキングシートにホイルを敷き、深さ3ミリくらいまで水を入れる。
4 カボチャのカット面に塩・コショウし、そちらを下にして3に置き、30分焼く。ひっくり返してさらに15分。
5 4を冷ましてから、中身のみくりぬく。
ここまでは、2日まえから準備しておいてもよい。

6 厚手の鍋を中火から強火で温めてオイルをひく。オイルに火が通ったら、タマネギ、ブラウンシュガー、クミンを入れて軽く混ぜながら、タマネギがしんなりするまで約5分。
7 鍋に5のカボチャとチキン・ブロスを加えて塩・コショウする。
8 7が沸騰したら梨を加えて蓋をし、火を弱める。梨がやわらかくなるまで約5分。
9 鍋を火からおろし、ハンドミキサーでなめらかになるまで攪拌する(通常のミキサーでもかまわない。ただ、一度に入れる量は、ミキサー容量の半分以下にすること）。

⑩小さめのお碗に、サワークリームとメープルシロップを入れ、スプーンといっしょにスープに添えてテーブルへ。お好みでタイムも一本。

トップサーロインのマリネ

【材料】6人分

トップサーロイン（余分な脂肪はとりのぞく）……900～1200グラム

イタリアン・ドレッシング（クリームではなくオイル・タイプ）……カップ¾～1

コーシャーソルト……適宜

コショウ（挽きたて）……適宜

エクストラバージン・オリーブオイル……大さじ1

【作り方】

❶大きめの浅い皿で、サーロインの表と裏の全体にまんべんなくドレッシングをかけ（手で全体にのばしてもよい）、塩・コショウする。ラップをして、最低4時間から24時間、冷蔵庫で寝かす。

❷調理の30分まえに冷蔵庫から出し、常温にもどす。

❸オーヴンの上段（熱源から10センチほど離れた場所）に棚をセットし、ブロイル（上火）で予熱する。

❹焼き皿（ブロイラー・パン）の底にごく少量の水を入れ（全体にうっすら広がる程度）、焼き網にはオリーブオイルをペーパータオルで軽く塗る。

❺❷のサーロインを❹にのせ、6～7分焼く。ほどよい焦げ色になったら裏返して6

〜7分。なかに火が通るまで。
❻ サーロインをとりだしてまな板に置き、軽くホイルをかけて4〜5分たったら切り分ける。フルーツと野菜を添えてテーブルへ。

手づくりグラノラ

【材料】8〜10人分
オールドファッション・オートミール……カップ3
ブラウンシュガー……カップ⅓
ハチミツ……大さじ3
グレープシードオイル……カップ¼
バニラ・エッセンス……小さじ1
クルミ(素焼きして刻む)……カップ¾
亜麻仁……カップ¼
ココナッツ……カップ½

【作り方】
❶ オーヴンを180℃に予熱。
❷ オートミール、ブラウンシュガー、ハチミツ、オイルをボウルで混ぜ(オイルを先に入れ、そのカップにハチミツを入れてからボウルに注ぐと馴染みがよい)、さらにバニラ、クルミ、亜麻仁、ココナッツを入れて混ぜる。
❸ 天板にアルミホイルかシリコンマットを敷き、❷を入れて均一に広げる。
❹ 焼き時間は10分。いったんとりだして、スパチュラで粗く砕き、再度オーヴンで10〜15分。全体がきつね色になるまで。
❺ オーヴンからとりだし、10〜15分冷ます。スプーンの背で軽く、やさしく潰す。

＊この作り方では全体に塊が大きくごろごろするので、それを避けたければ、途中で砕く回数を増やす。

マルセル自慢のチョコレート・ドリンク

【材料】2人分
ダーク・チョコレート（小さく砕く）……60グラム
ミルク・チョコレート（小さく砕く）…………60グラム
ミルク……カップ½（お好みでもっと多くても）
シナモン（挽いたもの）……小さじ½
エスプレッソ……40〜50ミリリットル

【作り方】
1 チョコレートとミルクを入れた鍋を弱火にかけ、つねに混ぜながらチョコレートを溶かす。火加減は、ようすを見ながら調整する。
2 なめらかになったらシナモンを加え、かたまりができないように混ぜる。
3 エスプレッソを入れて全体になじませる。
4 温かいうちにデミタスカップでテーブルへ。とてもリッチな味わいなので、お好みでミルクを加えても。シナモンがうまく溶けないときは、いったん漉してからカップに入れる。

コージーブックス

大統領《だいとうりょう》の料理人《りょうりにん》⑧
ほろ苦《にが》デザートの大騒動《おおそうどう》

著者　ジュリー・ハイジー
訳者　赤《あか》尾《お》秀《ひで》子《こ》

2019年　11月20日　初版第1刷発行

発行人　成瀬雅人
発行所　株式会社　原書房
〒160-0022 東京都新宿区新宿 1-25-13
電話・代表　03-3354-0685
振替・00150-6-151594
http://www.harashobo.co.jp
ブックデザイン　atmosphere ltd.
印刷所　中央精版印刷株式会社

落丁・乱丁本はお取り替えいたします。
定価は、カバーに表示してあります。
 ISBN978-4-562-06100-6 Printed in Japan